www.miluzw.com

秘境24号

甜思 著

图书在版编目（CIP）数据

秘境24号 / 甜思著. -- 南京 : 江苏凤凰文艺出版社, 2019.3
ISBN 978-7-5594-3375-6

Ⅰ.①秘… Ⅱ.①甜… Ⅲ.①长篇小说－中国－当代 Ⅳ.①I247.5

中国版本图书馆CIP数据核字（2019）第034521号

书名	秘境24号
作者	甜 思
责任编辑	王 青
选题策划	静九九
出版发行	江苏凤凰文艺出版社
出版社地址	南京市中央路165号，邮编：210009
出版社网址	http://www.jswenyi.com
印刷	湖南凌宇纸品有限公司
开本	880mm×1230mm 1/32
印张	9
字数	150千字
版次	2019年3月第1版，2019年3月第1次印刷
标准书号	ISBN 978-7-5594-3375-6
定价	36.00元

影视版权抢订热线：18395960619

目录

contents

- /001 第一卷
  Heart Attack 怦然心动
- /019 第二卷
  Never let me go 别让我离开
- /040 第三卷
  Fly to u on that day 去见你的日子
- /060 第四卷
  Spring rain 春雨
- /080 第五卷
  迷幻花园 The Enchanted Garden
- /099 第六卷
  Forest after the rain 雨后森林
- /118 第七卷
  蜜糖少女 Petite Cutie

• /138 第八卷
小猫圆舞曲（The Waltzing Cat）

• /158 第九卷
心动的感觉（Feeling Of Love）

• /178 第十卷
妒忌（Envy）

• /197 第十一卷
毒药（Poison）

• /216 第十二卷
秘境 24 号（No.24 Mysteries）

• /240 第十三卷
Midnight Party （午夜宴会）

• /261 第十四卷
Amour（当爱来临时）

contents

目录

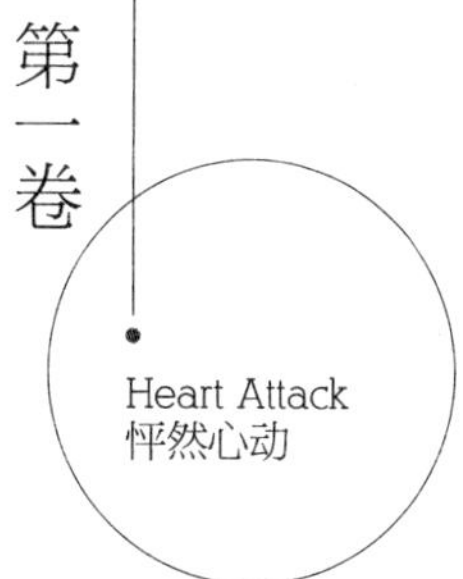

金色的光点透过海平面照射下来，一望无际的湛蓝中忽然跃下来一道纤细的身影。海藻般的乌黑长发在蓝海中铺散开，白皙的手拨开不断上升的气泡，在纯白的蚌壳中找到了她正在寻找的宝物。

“耀眼辰光不如你，Cold Ocean，属于你的海洋淡香水。”

Cold 系列香水新品发布会现场，大屏幕上滚动播放的广告画面、地中海风情的音乐，以及海蓝色的布景将人带入这蓝色的海洋世界。

曜煜香水品牌 Cold 系列调香师齐未芷正站在台上给来宾们进行调香介绍。“清凉的薄荷与干净的绿茶组成了Cold Ocean清新温柔的前调，中调是带着南洋风情的栀子花和典雅的睡莲，极富有可爱小女人魅力，后调融合了鸢尾花和西洋杉，柔美中带着神秘的异国气息。无论是什么年龄阶层都适用哦！”

作为曜煜的一员，黎沫挂着工作牌低调地站在一旁充当背景。听着齐未芷的介绍，黎沫唇角勾了勾，不予评价。不断有客户上前试喷

Cold Ocean，可是到现在为止，一瓶香水都没有卖出去。

就算是有曜煜的品牌号召力，撞上现在这个敏感的时期，也没办法吧。黎沫面上一贯的不动声色，心里却闪过无数的想法和吐槽。

手机在这时振动了起来，黎沫退到一边点开一看，是闺蜜慕心雨打来的电话。

“厉害了我的沫！我刚才跟领导夫人聊天啊！她给我说你帮某位太太识破了小三？”慕心雨的声音中满是兴奋和八卦，“Ariel 美人调香师，肯定是你没错吧？快别在曜煜受虐了，直接开个抓小三工作室！好好发挥自己的特长啊！我给你当助理！”

“你以为我是狗鼻子吗？”黎沫用手遮挡着嘴，小声道：“别说这件事啦！我战战兢兢好多天，怕被打击报复！我以后再也不乱说话了！”

“抱抱，哈哈哈谁让你鼻子这么灵。”慕心雨不厚道地笑了，“你现在在哪儿？好吵！”

黎沫无奈道：“今天 Cold 系列香水新品发布，哎。”

“听你的声音就知道好虐，这个时候发布新香水肯定惨啊！”慕心雨咋舌，“不要告诉我是那个一直找你麻烦的齐什么来着？”

“齐未芷……”黎沫尴尬道，“你还真的说对了。”

“看吧我就说过，恶有恶报！谁让她那么无耻！”慕心雨完全没有同情心。

提到这里，她正经道：“上个月那起香水杀人案，凶手还没落网吧？现在谁敢乱喷香水啊？你们也是胆子大。”

“跟我们品牌又没关系，不是说针对的是风尚的香水吗？”黎沫对待香水就像是穿衣服一样，不喷香水不想出门。

今天她“穿”的是“怦然心动（Heart Attack）”樱花淡香水。浅淡的味道都是用樱桃的香味调出来的，算是她手中不太满意的一次作品。虽然Heart Attack现在还是Ariel系列的大人气香水，可是黎沫每次嗅到都会觉得有些遗憾。

“谁知道那些变态是怎么想的啊？我听说昨天晚上又有一个女孩子被袭击了！”慕心雨故意压低嗓子，想借此吓吓黎沫，“只不过怕在社会上引起恐慌，硬生生被压下来了。我倒觉得是风尚高层施压遮掩的！他们的香水现在多惨淡你又不是不知道。”

黎沫莫名心虚地干咳两声，不知道应该怎么回答。她胆子一向很小，听不得这些恐怖的事件，但是又忍不住喷香水。就连一个月前的香水杀人案，黎沫都是因为案件和香水有关，才忍着害怕点进去看的。当然，看完后吓得她连续做了好几天的噩梦。

就在黎沫愣神的时候，一群人从门口涌了进来，把她推到了一边。黎沫的工作牌被其中一人勾到，一下子挣脱，呈抛物线飞了出去。

“啊……”黎沫愣愣地站在原地，看着自己可怜的工作牌被踩了好几脚。

一道身影在黎沫的工作牌前停了下来，倾身把它捡了起来。在看清楚黎沫的照片和职务时，男人动作明显地停顿了一瞬。

曜煜Ariel香水调香师，黎沫。

一片嘈杂声中，黎沫的视线落在这男人骨节分明的手指上，觉得世界都安静了下来。这大概是手控的黎沫在现实生活中见过的，最好看的手型了。每一处都太完美了吧！

再往上看，男人一身烟灰色的手工定制西装，优雅沉静的气场和周围这杂乱的环境完全不符。

不动声色就把对方打量了个遍，黎沫内心活动丰富，脸上却习惯性的淡定疏离。

男人的唇角忽然勾出一个浅淡的笑意，就这样拿着黎沫的工作牌朝着她走了过来，让她一下子有些手足无措了起来。

身上的Heart Attack现在已经到后调，剩下甜甜的果香和麝香，闻起来会给人一种春心萌动的少女感。

察觉到自己在想什么的时候，黎沫的眼底染上一抹慌张，她这是被这款少女心的香水同化了吗？

虽然她不擅长和陌生人打交道，但是这么紧张也太奇怪了吧。

“谢谢你。”

“不客气。”

深吸了一口气，黎沫在心里模拟了这个对话，对这男人点了点头，正要客套地按照这个对话流程说“谢谢”，不知道是谁忽然挤了她一下。

脚步不稳的黎沫往前踉跄了一步，额头猝不及防撞进了陌生的胸膛。

“你们这些卖香水的为了赚钱也是醉了吧？就不会为客户的安全着想吗？”

“你们这是客户喷了香水被变态针对也无所谓，对吧。”

“今天明明有新的受害者了，你们难道就不会避讳一下吗？”

黎沫完全搞不懂为什么会有来闹事的人，担心被针对，自己不用就是。也并不是所有用香水的人都会被袭击呀。

“到我这边来。”

温柔磁性的男性嗓音将黎沫的神志拉了回来，她这才发现自己竟然还抓着对方的衣服。那熨得平整的西装外套都被自己抓皱了。

“不好意思！”黎沫连忙和对方拉开距离，拘谨地站在安静的角落。

突然被打乱了节奏，黎沫一时间不知道该和对方说什么好。尤其是当她发现自己身上的Heart Attack都蹭到这位先生身上了，真是太尴尬了。

“刚刚谢谢你！”

“不客气。”顾亦笙一直都在观察着黎沫的微动作和微表情。

这女孩身上带着一股香甜的果香，如果说用颜色来形容，那就应该是粉红色的。

即使她没有多少表情，看上去似乎很“高冷”的样子，可是那言语之中的紧张和羞涩没能逃过顾亦笙的观察。

完成了预想中的对话，黎沫正准备双手接过自己的工作牌。然而她的工作牌只是在她面前一闪，就被这男人给收了回去。

“哎？”黎沫瞪大了眼。

“Miss Ariel？”顾亦笙轻笑一声，直接道出业界对黎沫这位优秀调香师的称呼，对她自我介绍道：“我是顾亦笙。”

顾亦笙的话音刚落，他的特别助理洛安便适时地拿出了名片。

意料之外的展开让黎沫不知道说什么，尤其是当她看清楚这男人所在的公司之后。

风尚集团亚洲区域总裁，顾亦笙。

曜煜这样专注于香水的小品牌，和国际化的时尚品牌风尚集团自然是不能比的。

之前风尚集团香水部门的并不是没有来挖过黎沫，光是那言语中的高傲就够让她一生黑了。黎沫没想到的是，风尚的总裁竟然是这样谦逊绅士的人。

没有得到黎沫的回答，顾亦笙耐着性子道：“黎沫小姐？”

“啊，是！”黎沫就像是上课走神被老师点名的学生一样，察觉到自己的失态，她连忙道：“您好。”

传闻中曜煜 Ariel 香水系列调香师拥有出色的嗅感和极佳的嗅觉记忆，无论是人工合成的香味和纯天然的气味，她都能迅速地分辨出来。

由她调配出来的Ariel系列香水不单是曜煜旗下的畅销商品，在香水业界也是炙手可热的存在。不知道是从什么时候开始，追求名品香水的富太太们开始热衷于出自Miss Ariel手中的定制香水。

Miss Ariel的名头在富太太圈子里也很是响亮。

看出黎沫紧张的状态，顾亦笙也不急着直接表达自己的意图。

把工作牌放进愣愣的黎沫手中，顾亦笙似笑非笑道："拿好你的工作牌，我们有机会下次再聊。"

他们刚才算聊天吗？

顾亦笙都已经走远了，黎沫这才察觉到，她刚才全程发呆。想到上次风尚香水负责人那一副被她侮辱了的嘴脸，黎沫就无奈。

不知道为什么，风尚集团这位年轻的总裁，让她觉得或许能好好相处呢。在黎沫走神这段时间内，刚才闹事的风波已经平定了下来。留下来的客户基本都是曜煜的忠实客户。

不远处有一位太太犹豫不决地看着手中的试用瓶，抬眼就看到穿着工作装的黎沫，朝着她招了招手。

又要和陌生人说话，黎沫的唇角习惯性地僵了僵。

"我看刚才那位调香师没有介绍说这款香水留香效果怎么样？不同人喷，效果也不同吧？"这位太太说着，在手腕儿处喷了一点试试，"我很喜欢这款香水的瓶子，这造型挺美的。"

恰好问到自己专业的事情，黎沫说话也顺溜多了。

"是这样的，前中后三个香调都和调香师描述一致，整体味道很清爽。"黎沫并没有误导客户的打算，她单刀直入道："这款香水的短处在于留香时间短，后调的味道受众范围很窄，您可以等一会儿再闻闻后调的味道，看您是否接受。"

见黎沫说得如此清楚，而且还没有避讳，这位太太这才将注意力从漂亮的香水瓶子上移开。眼前的女孩子五官干净柔美，倒是比刚才香水广告上的美人鱼模特还适合当女主角了。明明自己手上才喷了 Cold Ocean，这位太太都嗅到了黎沫身上甜美的香气，她好奇道：“你身上喷的不是今天发布的香水吗？好清甜的味道，心情也会跟着好不少吧？”

听到自己的“孩子”被夸了，黎沫唇边漾起一抹清浅的笑意，原本淡漠的脸顿时就染上了一层明媚的色彩，“这是我们公司另一个系列的香水，不是 Cold 系列的。”

注意到黎沫手里拿着的工作牌，这位太太伸长了脖子凑过去一看，顿时就眼前一亮：“哎呀！你是 Ariel 系列的调香师啊！你身上是用的你自己的香水吧？”

黎沫羞涩地点了点头，面上虽然没有太多的表情，但是她心里开心得不行。

“Ariel 系列的新品什么时候发布啊？”这位太太立刻就放下了 Cold Ocean，“已经一年没有新的香水了吧。等死我了，去年限量发售的‘怦然心动’我没有买到，我好多朋友都在跟我炫耀。你身上的应该就是‘怦然心动’吧？肯定是！”

黎沫没想到自己就是打个酱油都能碰到真爱粉，她不好意思地用食指挠了挠脸颊。

“真好闻啊，光是嗅到就觉得怦然心动了！这名字起得真不错。”这位太太想到什么，热络地拉着黎沫道，“我听说你都只给熟人定制香水，能不能给我一个名额啊？”

黎沫正想说今年排队的名额都快要满了，可是看到这位太太眼底的期待，她又不好意思把拒绝说出口了。

“可以的。”黎沫刚一点头，这位太太就摸出一张自己的名片递给了黎沫，“我叫方媛。”

“好的，方小姐。”黎沫和方媛交换了联系方式。

在她把方媛拉进Ariel定制香水微信群的时候，就听方媛道：“Cold Ocean我就只喜欢这瓶身，香水本身对我吸引力还不够，可能是因为我太喜欢Ariel系列的关系吧！哎呀今天可来对了！都没想到能碰到你！”

在方媛看来，像是黎沫这种重磅级别的调香师，身边起码要跟好几个人啊，谁能想到她会像普通工作人员一样站在旁边，她刚才还把自己的女神当导购使唤了。

喜欢香水瓶子？黎沫眼神微闪，不得不再次感谢方媛对Ariel的喜爱。方媛喜欢的瓶身设计，原本就是黎沫准备留着给新品的。只是没想到齐未芷会如此不要脸，偷了她的瓶身设计招标记录，提前给发布出来了。

幸好黎沫到现在对Ariel新品还没有头绪，否则还不知道齐未芷要搞什么事情。

顾亦笙安静地站在角落里等待着去试香的洛安，他的视线一直有意无意地落在黎沫的身上。他原以为Ariel的调香师会是一位有资历、年长的女性，没想到竟然如此年轻。因为黎沫平日里行事低调的关系，传闻把她整个人都神化了。

师从于法国香水之都格拉斯的著名调香师，专注于自己冠名香水系列的调配，为人高冷孤僻，不愿与人多做接触。

可是刚才就他和黎沫短暂时间的接触来看，这女孩子只是单纯不善言辞，反射弧还有点长。用二次元的说法来形容，就是有点天然呆？

倒是挺符合她今天身上的香水味，顾亦笙一向不太喜欢女人身上太过于甜腻或是浓厚的气味，没想到黎沫身上的香味还挺不错。

他倒是能理解，为什么她的Ariel香水系列受欢迎了。

“Boss，你看这可以了吗……”洛安厚着脸皮去喷了一身的香水回来，满脸憋屈。

谁知道他刚刚靠近他家Boss，就看到对方嫌弃的表情。

“好刺鼻，你喷这么多做什么？”顾亦笙抬脚就往外面走，想要呼吸新鲜的空气。

洛安的玻璃心碎了一地，不是他让自己多喷点回来吗！难道是他用力过猛了？

大长腿的顾亦笙加快脚步和洛安拉开距离，一边走一边道：“难怪这香水反应惨淡，我倒觉得和香水杀人案的影响无关，单纯是这香水的问题了。”

很多女人喜欢喷很多香水在自己身上，甚至是头发和身体一起喷。这海洋风的Cold Ocean喷多了就会发觉这气味并不是很讨喜，都不用去考虑中调和后调了。

“不过瓶子很漂亮呢！感觉女性会很喜欢，买回去收藏也并不是不可以。”洛安发表了一句自己的意见。

顾亦笙扯了扯唇角，笑道：“是吗？我倒觉得这瓶身除了颜色，一点都不符合Cold Ocean的主题。”

“这是什么意思？”洛安正懵逼着，就见自家Boss已经坐进了他的黑色宾利里面，甚至关上了门。

“抱歉，你打车回来吧，这气味我受不了。”顾亦笙温和一笑，“车费公司报销。”

说完，洛安就被扔在原地，虚脱地看着自家腹黑的Boss绝尘而去。

Cold Ocean发布现场，黎沫见今天的新品发布已成定局，她再留在这里也帮不上什么忙，便提前离开了。

早在这次香水发布之前，黎沫就给齐未芷提过意见。留香时间太短，后调味道太过于独特，受众性不强。可是齐未芷执拗地不愿意做任何更改，她觉得前调和中调就能俘获很大一票香水控了。从黎沫那里偷来的瓶身设计更是让齐未芷有信心。

就算是有部分人不喜欢Cold Ocean的味道，冲着曜煜的品牌影响力，那些香水控都会把这艺术性的香水瓶子收集回去的。

只是齐未芷千算万算，没料到今天竟然如此惨淡收场，不要以为她没有看到黎沫刚才“卑劣”的行为。那名客户明明都已经拿起Cold Ocean的瓶子准备买了，黎沫居然跑过去不知道多嘴说了什么！

对方就把她的新品给放下了！

齐未芷还特意跑去问了柜台的销售，得知那位客户竟然宁愿排队等黎沫那所谓的“定制香水”，都不愿意收她的Cold Ocean。她怎么可能不气！

“‘香水杀人案’嫌疑人在逃，并被指为S市一桩性侵案的嫌疑人，目前警方正在调查中，请广大市民晚归注意结伴同行，并不要散布莫须有的谣言。”

黎沫搭乘公交回家的时候，坐在她前面的两位女性正在看微博上的新闻。

“什么啊！这杀人犯是不是变态啊？为什么要针对喜欢香水的女性？”

“热评里面有人曝光，说今天就有人被尾随袭击了，只不过被压了下来。”

“真的吗？我看看，又是喜欢风尚的年轻女性啊……”

“这年头，心理变态的人怎么这么多？反正我暂时不会买风尚的香水了，迷信一下也好。”

这两个人热切地讨论了起来，周围有些关注“香水杀人案”的乘客也热络地加入了这个话题。

黎沫往车窗外看了看，原本还明朗的天空中笼罩着一层乌云。黑压压的云朵莫名给人一种压抑的感觉，周围的人还不停地在聊这种恐怖的事情，让黎沫更是觉得一阵冷意。

这个“香水杀人案”上个月爆出来，到现在还没有归案，黎沫想想都觉得有些害怕。

被害人是一位年轻的女子，遇害时手边有一瓶破碎的香水瓶，是风尚上一季的冬季香水“The Next”。

也正是因为这香水的名字，不少网友在第二次和香水有关的恶性袭击女性事件发生后，纷纷推测这是不是变态杀人犯要继续害人的预告。

网络上不断涌出各路名侦探，跃跃欲试参与到这少有的“连环杀人案”中来。在抨击警方的同时，把舆论和关注点都导向了香水。仿佛只要喷了香水，就会被杀人犯盯上一般。

对于这种荒谬的结论，黎沫虽然嗤之以鼻，但是却架不住大家对风尚香水的忌讳。尤其是“The Next”这一款香水，基本上没人敢再购入了。就连这次Cold Ocean的发布，也或多或少受到了一些影响。当然，黎沫觉得主要责任还是在齐未芷这个调香师身上。

车内的八卦越来越往一种奇怪的方向发展，迷信完过后，到后面甚至有直男出来抨击喷香水的女人了。

“崇洋媚外！非要学国外那一套，人家外国人体味重才用这种东西，中国的女人哪里有什么体味？”

“对啊！勤洗澡不就得了，这两年好多爱美的人把那个什么风尚集团和曜什么的都养起来了，赚的就是你们的钱！”

好在到了自己的目的地，黎沫从包里摸出随身携带的晴雨两用伞，撑在脑袋上下了公交车。

淅淅沥沥的雨，暗沉的天色，就像是黎沫的心情一般。细线一样的雨滴在黎沫浅粉色的雨伞上，纯色的伞面一遇水，便开出了朵朵桃花的模样。明明还没有到傍晚，天就已经黑了。

黎沫发现快到小区门口的这段斜坡上竟然没有人迹，不禁习惯性地加快了脚步。

平日里都会有物业提供的观光车乘坐，直接到达业主居住的楼栋，现在下雨，观光车全都不见了踪影。噼里啪啦的雨点砸在石板做的台阶上，黎沫今天穿的单鞋完全湿透了。

她停下脚步想要甩一甩鞋子里面的水，却在这时听到了不属于自己的脚步声。

谁？黎沫转过身一看，身后却只有树枝摇曳，并没有人的影子。

是她的错觉吗？手指不自觉地握紧了手中的伞柄，黎沫深吸了一口气，拿出了这辈子都没有过的速度，迅速冲了上去。等看到大门口的物业保安亭时，黎沫因为害怕，喊了一声保安。

“保安先生！”

原本就穿着雨衣的正门保安连忙从里面打着伞出来，抱歉道：“请问是需要我帮你刷开门吗？抱歉啊，今天下雨，观光车全都塞满了业主，现在还没有下来。”

黎沫摇了摇头表示不介意，这才大着胆子转过身去看。

“啪嗒啪嗒”的，一道肥胖的身影踩着水坑，从草丛里面钻了出来。

“急支糖浆？”黎沫没想到居然是这傻猫，她刚才还以为被什么人尾随了。

她真是，明明不想被这些奇怪的言论影响，结果还是胡思乱想了起来。

急支糖浆浑身都湿透了，毛都贴在了身上，鼻子两边的两团黄毛让它这张花脸看着莫名喜感。

保安先生没想到这位漂亮的女业主居然说出这么搞笑的称呼，他没忍住道：“它为什么叫急支糖浆啊？”

“因为它老是追我……”黎沫说完这句过后，莫名有些羞耻。

急支糖浆甩了甩尾巴，大摇大摆地走到了黎沫的伞下，大有要跟她一起打伞的架势。

黎沫对保安先生点点头，自己刷开门走了进去。急支糖浆丝毫没有流浪猫的自觉，冲着保安先生甩了甩尾巴，大摇大摆地紧跟在黎沫的身边。大有“这小区是我凭本事进的，我就是这个小区老大”的架势。保安先生看着急支糖浆这肥胖的背影，哭笑不得。

其他猫因为虚胖，沾湿了毛，体格都会小不少。这个急支糖浆一看就是实心胖！黎沫配合着急支糖浆的脚步走着，一直走到楼栋下的入户大厅。

甩了甩身上的雨水，急支糖浆像狗一样坐在了地上，冲着黎沫“喵”了两声。

在包里摸了下，黎沫找出了两袋小包装的零食猫冻干，她拆开放在地上，急支糖浆就开心地凑了过来。

是它最喜欢的鹿肉冻干！

“现在的猫都成精了吗？”黎沫想到小区里自己经常喂的流浪猫，一开始它们都还警惕着、弓着背威胁自己。

然而后面每次她都在安全的距离放下食物离开，混久了，这些小家伙跟她也比较熟了。

想到花丛里经常晃悠的那几只小流浪，黎沫不放心地过去看了看，果然看到那几个小家伙正缩在最后一块儿干的区域。

想要把它们抱出来，黎沫发现它们一副要跑不跑的可怜模样，似乎是要在这里等猫妈妈回来。

“好吧，不勉强你们。”黎沫把伞放在它们头上支着，怕伞被风吹走，她还费力地把伞柄插进了土里。

确认比较牢固了，黎沫这才用手遮挡着，迅速跑了回来。急支糖浆已经吃饱喝足在舔嘴巴了，看到黎沫回来了，它站起身“喵”了两声，似乎是在说“本大爷吃饱了就先走了”！

“等等！”黎沫冲过去一下子抱住了急支糖浆，摸到它这一身湿润润的，“你这样会感冒，回去我给你吹一吹。”

“喵？”急支糖浆歪着脑袋看黎沫，没想到这移动饭票居然对自己图谋不轨。

幸好黎沫身上的香水气息已经散得差不多了，否则对气味敏感的猫咪根本不喜欢跟她接触。

一开始黎沫不懂这些，猫咪看到她就跑开，她后面才知道猫咪不喜欢香水味。像是打仗一样，黎沫抓着急支糖浆迅速洗了个战斗澡，再满屋子追着它，给它吹毛。幸好急支糖浆给面子，才没有把她抓得满手是伤。

等终于搞定时，急支糖浆已经选了一个距离黎沫工作室最远的角落，趴着睡大觉了。

“噗，鼻子还真灵敏。”黎沫轻笑一声，对着猫的时候，她的表情比对着陌生人要轻松多了。

习惯性地打开她精心设计的工作室，这间最大的房间里，满满的都是黎沫收集的各类香料、香精，还有她收藏和采集的各类香水。

不知道的，还以为这里是化学实验室。

她的嗅觉能记住上千种气味，当初在法国求学的时候，就算是她有天赋，也发现这条路并不是这么好走。然而黎沫就是喜欢各种香香的东西。她内向的性格不能很好地表达自己的心情，可是香水可以。每天换不同的香味，都会让黎沫生出一种不同的期待。

就比如今天这少女感极强的“怦然心动”，黎沫的视线落到Heart Attack那带着粉色蝴蝶结的瓶身上，眼前一闪即逝顾亦笙温文尔雅的笑容。

窗外绵绵的阴雨趋于停止，黎沫脑子忽然一抽，和这相比，那位顾先生的笑容就像是春雨吧？

玻璃窗上反射出来的自己带着一种让她根本搞不懂的羞怯表情，仿佛就真的像是……

怦然心动一样。

“我在想什么！”黎沫赶紧把自己之前放置在旁边的混合香打开嗅了嗅，这才冷静了下来。

淡淡的气味带着些许清爽的味道，乍一嗅到这前调，会给人一种透心凉的感觉。随之而来的清甜味并不会太浓厚，倒有一点春雨的味道了。

等等……怎么又想到这里了！

黎沫的脸没由来地红了红，她连忙放下这密封瓶，像是做贼一样，把它塞好，放在了最里面的角落。

急支糖浆看着黎沫一脸兴奋地打开了那个气味“可怕”的房间，过了一会儿又满脸惊慌地走了出来。

打了个呵欠，急支糖浆舔了舔爪子，一边回味冻干的美味，一边再次进入了充满鲜肉的美梦中……

风尚集团高层一级会议结束的时候，已经是接近22点了。顾亦笙面色如常地从会议室走了出来，手里端着一杯还未喝完的黑咖啡。慢一步的洛安整理好顾亦笙的资料紧跟其后，俨然已经习惯了这种强度的加班。

“顾总，请留步。”

风尚集团亚洲区域服装品牌总经理魏浩言一脸疲惫地追了上来，态度恳切道：“我还有话想单独跟你说。”

顾亦笙喝了一口咖啡，挑了挑眉，随手打开旁边一间洽谈室走了进去。

打起精神，魏浩言跟着走了进去。在刚才的会议上，魏浩言要求加大时装板块资金投入的提案又被驳回了。他明明可以把今年年底的业绩变得好看好几倍，为什么这些顽固的人放着时装板块不管，非要去捣鼓香水部门？

风尚一开始确实是从香水品牌开始做起，然后扩大到拥有一切和时尚有关的板块。现在风尚的香水部门明显已经是入不敷出的状态了，为什么还要白费力气？

“我知道顾总来牵头整顿香水板块，恕我拙见，我觉得还不如把更多的力气放在其他板块，给我们一个提高的机会。”魏浩言在“香水杀人案”之前就汇报过一次，提案被驳回。

现在又被驳回，他难免有些心急。

顾亦笙微笑着听魏浩言说完，平静道：“我明白你的意思，只是风尚从一开始到现在，往香水板块投入了很多金钱和精力，现在一直没填补起来，董事长难免会觉得遗憾。”

“可是现在我们风尚的香水口碑很差！这一点你也是知道的！”魏浩言气得快要抓头发。

他今年正是上升的阶段，如果做得好，说不定年底就晋升为集团的副总裁了。他才不想局限在区域负责人的位置。

“所以我把新品发布的时间延后了。”顾亦笙交握着双手，支在桌面上，“至于什么时候发布，等我们把香水的质量提升上去再说吧。”

“顾总，你知道今天曜煜的Cold Ocean发布有多惨淡吗？”魏浩言想要给顾亦笙证明，现在不光是风尚的香水，就连曜煜这样口碑香水品牌都被影响了。

在这种情况下，风尚的香水本来竞争力就不如曜煜，怎么可能有多好的业绩？

“我今天去了现场，并不是‘香水’存在产生的问题，而是这香水受众不行。”顾亦笙的唇边始终带着温柔的笑容，“好的产品在于它本身，酒香不怕巷子深。”

“可是，顾总……”魏浩言还想说什么，却被顾亦笙打断道：“不用担心，董事长并没有给我太多的时间宽限。”

董事长给顾亦笙的时间，正好就是魏浩言所需要的时间，这让他如何不烦躁。

“好了，这件事就暂时说到这里。”顾亦笙笑容依旧温和，只是那言语中带着一股让人无法拒绝的魄力，“你也早点回家，不要太拼。”

越看越觉得顾亦笙这笑容别有深意，魏浩言烦躁地把手指掰得咔嚓直响。明明只是一个外行，对这些下属板块一点都不懂，竟然空降过来对他们指手画脚。

魏浩言怒气冲冲地回到了他的小洋房，走到入户花园的时候，他家新来的园丁还在花园中忙碌着。

园丁许攸正拿着遮阳帽扇风，长发披散在肩头。

这位园丁小姐对魏浩言的花园景观设计一见倾心，晚上还在悉心照料着这些花草。

因为声带受损的关系，这位身材高挑的园丁小姐很少说话，每天只是静静地用微笑面对着大家，倒是和家里的保姆关系不错。

魏浩言冷淡地应了一声，眉宇间的烦躁还未完全消散。

在打开门走进去的时候，魏浩言不经意道："你看了今天的新闻吗？"

许攸拿着喷壶的动作一滞，转身诧异地看着魏浩言。

"晚上出门可要小心，你嗓子不舒服，少说话要紧。"魏浩言轻描淡写地说完这句话，便头也不回地走上了楼。

徒留这位园丁小姐愣在原地，似乎是被他的话给吓到了。

一阵晚风吹拂，把墙上的玫瑰藤蔓吹得簌簌作响。

也将一些隐晦的低语吹散了……

第二卷

Never let me go
别让我离开

No.24
Mysteries

风尚的执行总裁来到曜煜新品发布会现场的事情，黎沫自然是告诉了曜煜的老板楚逸寒。

几天后风尚去年热销香水“Never let me go（别让我离开）”的第二版发布，出于礼尚往来的考虑，曜煜的人也来到了这小型发布会的现场。

和Cold Ocean华丽的发布会风格相比，风尚本次发布现场就显得小家碧玉很多了。可是从外到内的布置，都给人一种温馨的感觉。就算黎沫不是风尚的老客户，都会觉得很贴心。

仔细观察了一下周围的情况，黎沫发现老客户手腕儿上都戴着蓝色的睡莲鲜花手腕花。光是这漂亮的睡莲就很是抢眼。有些进来参观的人都忍不住被这手腕花吸引，找导购询问时，被导购微笑着告知这睡莲正好就是“Never let me go”的主香调。

被导购展示了那蓝色的香水瓶之后，客户基本都被这形似莲花的设计吸引了。试喷了热门香水的客户，都入手了它，现场成为了老客户。

黎沫的视线一直落在那手腕花上，她也很喜欢这漂亮的睡莲。

“呵呵，不知道这手腕花好看在哪里？不就是和平时的手腕花差不多吗？”齐未芷对此嗤之以鼻，“鲜花店就几十块钱一个吧。”

现场优雅的氛围都被齐未芷这煞风景的话破坏了，黎沫蹙了蹙眉头，不想跟齐未芷同行。特意走到一边去想听导购介绍这第二版同名香水，黎沫刚离开几步，就被人叫住了。

“黎小姐请留步。”

这声音莫名熟悉，黎沫转头一看，居然是风尚香水的负责人乔修韦。这人之前挖过自己，想邀请她成为风尚的调香师。可是这人言语之间流露出的野心和高傲的性子，让黎沫很是不喜欢。她原本就不善言辞，不会和人打交道。对于这种一辈子都不可能好好相处的人，更是不想多跟他浪费一分一秒的时间。

“你好。”黎沫淡淡地点了点头，面无表情的脸和“传闻”中一样高冷。

乔修韦以为黎沫在曜煜的发布会过后，会“识时务”一些。毕竟就今天现场的氛围来看，风尚再差，也不会比Cold Ocean差。没想到黎沫还是这副样子，乔修韦当即就不爽了起来。

“看来，你还是和上次一样的答案。”乔修韦言语中带着掩饰不住的嘲讽，“在曜煜的平台，你觉得你能够得到什么？名气？收入？”

黎沫觉得自己和乔修韦实在是聊不下去，幸好没有跟他共事，否则她真是分分钟待不下去了。现阶段的调香工作，黎沫觉得自己的收入已经很可观了，她并没有更多的要求。名利从来都不是她追求的。她喜欢能够直接反应她心情的香气，仅此而已。

见黎沫根本不回答自己，乔修韦越是自说自话，越是觉得自己被轻视了。

这位风尚负责人再次被自己气走了，黎沫只能沉默地看着他的背影。才简单看了看风尚新品的瓶身设计，黎沫还没有开始试香，就被面上带着薄怒的齐未芷拉到了一边。

“黎沫，你是什么意思？”齐未芷直接对着黎沫就是一顿喷，把她听得愣住了。

“什么？”黎沫没有搞清楚状况，想听齐未芷接下来怎么说。

正巧曜煜的同事都回到这边集合，见齐未芷一脸怒意，表情都有些微妙。

“少跟我装傻！”齐未芷仿佛蒙受了天大的羞辱，“风尚的新品为什么和我的 Cold Ocean 感觉差不多？这明明是我调的香！”

黎沫不敢相信道：“不会吧？”

手里拿着一瓶试用装，齐未芷直接就喷在了黎沫的手腕儿上，让她闻。

“是，前调他们增添了睡莲的元素，可是除开这个，你不要告诉我，你没有熟悉的感觉！”齐未芷一口咬定是黎沫的问题，“我刚才看到你和风尚的负责人在一起，黎沫，你到底安的什么心？”

黎沫见其他人突变的表情，她淡淡道：“齐小姐，从我们刚才分开，到现在，只不过一刻钟而已，你想告诉我中调和后调也和你的 Cold Ocean 一样吗？”

齐未芷被黎沫一噎，她差一点就绷不住表情了。

“好，那二十分钟后，我们走着瞧！我倒是要看看，你到底有没有动手脚！”齐未芷让在场的其他曜煜同事也喷上了风尚的新品，等着一会儿打黎沫的脸。

从黎沫加入曜煜到现在，出自她手中的香水，现在是完全占据了公司人气榜和销售榜前列。

虽然营销部的宣传和包装也是一部分，可是只要是黎沫的 Ariel 系列，客户就是买账。这让负责其他香水的同事很是尴尬，年底分红总是黎沫组拿到手软。尤其是公司还特许黎沫开设了香水私人订制，这更是其他组没有的特权。

即使知道现在齐未芷说的话很刺耳，却没有一个人站出来给黎沫说话。能住进御龙庭，黎沫的收入比他们多很多呢，真是不得不嫉妒。

对于这种现象，黎沫已经习惯了。她不擅长和其他人交往，这些人多半也觉得她很高冷吧！

反倒是齐未芷平日里就和公司的同事打成一片，黎沫的 Ariel 新品香水瓶设计稿被剽窃，这也是齐未芷在设计部的好朋友在帮着她。

黎沫组的助理调香师何淼逛了一圈儿回来就看到齐未芷这一组人仗着人多又开始阴阳怪气了，她火速来到黎沫身边，一叉腰道：“咋了？你们有什么不满的？在竞争对手的地盘上都能给自家公司的人找茬，你们真是厉害死了啊！”

何淼平时跟黎沫接触最多，在 Ariel 组是黏合剂一般的存在，她总是能理解黎沫的想法和行动，在工作上和她配合度极高。

“啧，我们刚刚说的你应该也听到了，二十分钟后见。”齐未芷看到何淼就心烦，这女人一天到晚捧着黎沫的臭脚，真的是跟着拿钱多，掉进钱眼了是吧！

“嘿！你这人态度还真奇怪啊！大家都是一起来考察的，你搞什么站队啊！”何淼和佛系的黎沫截然相反，撸着袖子就要跟她继续理论。

“好啦淼淼，不要再说啦。”黎沫担心何淼跟齐未芷她们起冲突闹得很难看，拉着她走到一边去，“我们看看风尚以前的香水吧，工作要紧。”

何淼也觉得在这里起冲突太白痴了，她瞪了齐未芷一眼，乖乖跟着黎沫走到一边去了。

黎沫和何淼一走，齐未芷表情更是难看了。

“我喷第一口的时候，就觉得太熟悉了！”齐未芷仗着组里其他人资历和经验不如她，开始随着自己的性子说，“如果黎沫没有和那位乔总在一起还好，他俩一看就不是第一次见面了，怎么不让我多想！”

齐未芷组里的其他人刚才没多想的，现在难免有些细思极恐。

Cold 系列出品的香水从去年开始就处于低迷状态，这次 Cold Ocean 反响也不好，如果下半年再是这样，Cold 系列能不能继续还是一个问题。

现在曜煜的香水本来就有一种被 Ariel 系列垄断的意思，如果勉强能与 Ariel 相抗衡的 Cold 系列也不存在的话，最终的受益人是谁？

他们都同时有了这样的想法——

黎沫为了成为曜煜唯一的调香师，真是无所不用其极，这是要逼死他们组的节奏！

眼角余光瞥到乔修韦看过来的视线，齐未芷在所有人看不到的地方，冲着他小动作地比了个“OK”的动作。

乔修韦见自己的目的已经达到，便也没有留在现场了。

风尚的香水品牌现在急需提升，恰逢空降的总裁来主要负责香水板块，乔修韦觉得自己的感觉肯定不会错。

如果他想办法把黎沫挖到风尚来，这位总裁肯定会高兴的！

至于那些对黎沫有负面影响的因素，乔修韦的算盘已经打好了，把锅全都推给齐未芷就好了，反正这个没脑子的棋子做了这么多坑死她自己的事情，他就不客气地利用了。到时候黎沫加入风尚，他马上安排搞臭齐未芷，给黎沫迅速平反洗白。

无论是出于业绩，还是出于自身利益考虑，乔修韦都觉得自己现在正在做一件正确的事情。

半个小时后，前调已经挥发得差不多了，黎沫悲哀地发现，风尚这次的新品确实和Cold Ocean很相似。

不一样的是，风尚的新品中调和后调有些许的调整，使得顾客的接受度要比Cold Ocean高很多。这实在是让黎沫无话可说了。除开留香时间不足的缺点，这次风尚的新品完爆曜煜的Cold系列。

“奇怪了，这到底是怎么回事？”何淼一脸懵逼地看着黎沫，她肯定相信她家组长，黎沫就是她女神一样的存在，可是现在这是齐未芷要咬死的节奏。

纠缠不休的齐未芷果然凑了过来，黎沫无奈道:“确实是比较相似。”

“你少跟我说这些，现在光是凭借味道就能辨别出香料和配方的，我们公司就只有你了！”齐未芷揪着黎沫不放，“你不是号称能分辨出所有香料的气味吗？如果不是你，还会有谁能把我的配方泄露给竞争公司的？”

曜煜两大调香师之争，看得其他同事都一愣一愣的。

黎沫叹了叹气道：“我并不是能嗅出所有的气味，你不用帮我夸大。还有，齐小姐，你急着甩锅给我，这是不是能让我反过来怀疑你呢？”

黎沫只是说了一句话，就被齐未芷抓着反驳了十几句。

辩论从来都很弱的黎沫只能愣在一边看齐未芷嘴皮子翻飞，大意就是她不可能会如此玷污自己的“孩子”，所以就怀疑到黎沫头上。

“我知道你很郁闷，但是我没有这样做，你并没有证据，而是靠你的主观推测和个人情绪就在这里指责我，齐小姐，你没有这样的权利。”黎沫不是软柿子，她脾气好，但是不背锅。

何淼看着齐未芷这咄咄逼人的样子都要笑死了，她该庆幸当初进公司的时候没有被分到Cold组吗？

“齐组长，正常人遇到这种情况，第一个想到的应该是立刻去找咱们相关部门的负责人吧，这只能是在你提交详细香料配比之后发生的事情，你在这儿夸大我家组长的专业能力干什么？不要张口就乱诬陷人哦！”

听到何淼的话，齐未芷简直气得发抖，黎沫组的人真是牛逼了，连个跟班儿都敢跟她呛声！

该说的都说了，黎沫忽然生出一种无力感，跟齐未芷理论的自己，才像是个白痴吧。她弱弱道：“我们这里的工作结束了，能让我先回公司吗？”

“……”齐未芷没想到自己跟黎沫浪费了这么多口舌，只得到她这样的反应，这女人是个神经病吗！

黎沫和何淼都转身离开了，还听到齐未芷在身后叫嚣：“我回去就跟老板反映！黎沫你最好不要被我逮到证据！”

何淼翻了个白眼，全公司的人都知道齐未芷组跟黎沫组不对盘，这针锋相对的氛围是怎么来的，齐未芷最清楚！

头也不回地离开，黎沫轻轻嗅了嗅手腕儿上留存着的香水后调。还是能嗅出睡莲的主香调，说实话黎沫挺喜欢这个香味。想到齐未芷那夸张的表情，黎沫无端地头疼，居然说她能辨别出所有的香料，她自己从来都不敢这么吹嘘好吗？

心情实在是郁闷，黎沫打开微信又看到定制群里面的富太太们聊天信息 99+，尤其是还有人艾特自己催单。

好死不死，慕心雨还在给她审核客户订单，往群里拉人，黎沫忽然就觉得有些胃痛。点开慕心雨那搞怪的表情包头像，黎沫实在是不知道应该怎么吐槽她了。之前就有客户加上慕心雨微信后，以为她是什么奇怪的人，怀疑自己加错人了。

沉迷赚钱日渐消瘦：心雨，又有新的客户吗？

不瘦十斤不改名：对啊，你又不是第一天知道 Ariel 香水的火爆程度。上次你交给程太太的 Late Spring（晚春）她喜欢得不得了，去了一次聚会，就给你介绍了不少客户，感激吧你！

沉迷赚钱日渐消瘦：我……笑不出来。

不瘦十斤不改名：好好看看你的昵称！你对得起吗！今年的定制香水你完成了多少，你问问你的良心！

沉迷赚钱日渐消瘦：我这不是忙着新品吗？这是大事情，定制我也有在做啦。

不瘦十斤不改名：沫沫，你这状态不对啊。我前几天就想说了，你最近看朋友圈的时间都多了不少，你给我点了几个赞你自己数数，你平时不这样的！你该不会是背着我偷偷谈恋爱了吧？

沉迷赚钱日渐消瘦：什么啊，你不要胡说啊！

不瘦十斤不改名：黎沫同学，你反应这么激烈干什么？有情况啊！

沉迷赚钱日渐消瘦：再见，我忙。

不瘦十斤不改名：黎沫你这混蛋！说好的基友一生一起走，谁先脱团谁是狗啊！你给我回来！

黎沫不知道为什么自己就忽然心虚了一瞬，慕心雨明明只是和平常一样开玩笑，她为什么就当真了？

脑海中一闪即逝顾亦笙的脸，黎沫心跳漏了一拍，抓着扶手的动作不由得紧了紧。

她这是多久没见过长得好看的男人了啊？

没出息成这样……

脸烫得厉害，黎沫在公交车靠站那一瞬，差一点就没站稳。

“美女，你没事吧。”转身就看到一个长相猥琐的男人笑眯眯地要伸手扶她，黎沫心里那好不容易泛起的波澜一下子平静得跟死水一样。

摆了摆手，黎沫最害怕有人搭讪，她赶紧下车，谁知道刚才那人竟然跟着下车了！

往前走就是通往御龙庭小区的斜坡，黎沫之前就有心理阴影了，没想到现在又被人尾随，她无意识地抓紧包包，心里有些害怕。

[沫沫，有时间去谈个男朋友吧，妈妈不需要你挣这么多钱，至少如果有什么情况，男朋友可以保护你啊，还能替妈妈照顾你。]

黎沫从出生到现在一直单身，习惯了单身过后，她更是不想谈恋爱了。可是现在想起妈妈说的话，越发让她觉得凄凉。

单身狗真是到哪儿都虐啊……

下意识地加快了脚步，黎沫微微侧过头，就见那男人笑容依旧。看到黎沫略带恐慌的模样，他似乎更开心了。

鼻息间萦绕着Never let me go的香气，黎沫忽然紧张起来，她难道是碰到那个“香水杀人案”的犯人了？

手抖着从包包里摸出手机，黎沫想打电话报警，可是她又怕打通那一刻，就被这人袭击了。怎么办？

“美女，你手机号是多少啊？”男人突然出声叫黎沫，把她吓得手一抖，差点把手机扔在地上。

黎沫绝望地看着没有一个人经过的坡路，她发誓以后再也不这么晚回来了。男人加快脚步拉近了和黎沫的距离，伸手就要抓她。黎沫心急地往前小跑了两步，没想到却踩到路上不平处，脚一扭差点摔倒在地！

眼见着这男人越来越近，黎沫吓得就要失声尖叫。

就在这时，“簌簌”的声响从旁边的草堆里传来，一道矫健的身影从里面一跃而出。眼睛自动反射着光亮，急支糖浆急促地叫了两声，扑过来就用爪子狠狠地抓了这男人！

“啊！！什么东西！！”男人吃痛一声，往后连退了好几步。

“急支糖浆！”黎沫腿一软，跌坐在地上，就见急支糖浆弓着背，浑身的毛竖起，整只喵都挡在了她的面前！

急支糖浆压低了声音嘶吼着，超凶的样子和平日里蠢萌的模样完全不同。

“哪里来的狗东西！”男人一怒，走过来就要踹急支糖浆，谁知道却被这大猫轻易躲过了。

急支糖浆找准时机跳起来又在男人腿上咬了一口。

“滚开！！畜生！！”男人用力一甩，急支糖浆被甩到半空中，机敏地翻了个身，再次稳稳落在黎沫身前。

黎沫没想到自己平时就只是随手喂喂这肥猫，它竟然出来保护自己！

这还不够，急支糖浆低吼了几声，草堆里更是簌簌作响。

男人转过头一看，一双双绿油油的眼睛从缝隙中，一眨不眨地盯着他！

被这些猫眼瞪得头皮发麻，男人怒骂一声："什么邪门的鬼东西！"

"你难道没看前几天被野狗咬到不治身亡的新闻吗？"黎沫揉了揉脚腕儿，弱弱地威胁道："你最好赶紧去打狂犬疫苗。"

急支糖浆又是蓄势待发的攻击模样，草堆里的那些野猫也是蠢蠢欲动。此起彼伏的猫叫声让这男人毛骨悚然，他连忙转身，像是被鬼在后面追一样，头也不回地逃开了。

确认这男人消失在视野中时，黎沫这才松了一口气："吓死我了，太可怕了……"

虽然这不是第一次被人追着要电话，可是之前都是在商业街或者商场，现在这场景真心吓人啊！

慢条斯理地收了刚才那凶凶的模样，急支糖浆像只狗一样坐在地上，用后腿挠了挠脑袋。

因为急支糖浆这憨厚的模样，黎沫忍不住笑出声："还好今天有你在。"伸手想要摸摸急支糖浆的脑袋，谁知道黎沫竟然被它嫌弃了。

"怎么了？"黎沫见急支糖浆竟然皱着眉头，一脸苦大仇深地看着自己，她忽然笑道："哈哈哈你难道听懂我说的话吗？好啦，你才没有狂犬病呢！我瞎说的！"

舔了舔爪子，急支糖浆无比高冷，可是配着它那鼻子边的两团花纹，怎么看怎么蠢萌！急支糖浆站起来朝着黎沫甩了甩尾巴，示意她赶紧把吃的交出来！

"好啦，我今天带了猫粮的。"黎沫在包包里拿出一个随身杯，这是给猫奴们专程用来救助流浪猫用的公益猫粮，一小杯直接打开就可以给小流浪。

打开猫粮，一股喵星人喜欢的香味就溢了出来，草堆里的几只小家伙也迫不及待地把头凑了出来。黎沫刚才都没想到急支糖浆这么有号召力，喊两句就有小弟们跟着一起出来了。

“想不到你还是猫老大啊。”黎沫倒了一些猫粮在盖子里，凑到草丛边，剩下的留给急支糖浆。

急支糖浆也没有埋怨，低头就吃了起来。和家猫相比，流浪猫都是瘦骨嶙峋的，黎沫光是看着就不忍心。这才来得及拍一拍身上的尘土，黎沫无奈地动了动脚，多半是把脚给扭伤了。

“早说今天出门就多带一盒猫粮了。”黎沫跟急支糖浆打了打招呼，一瘸一拐地往上面继续走。

一辆黑色的宾利缓缓驶了上来，因为这突兀的车灯，把急支糖浆它们都吓得一下子缩回了草丛里。

黎沫好笑地看着这小家伙，之前不是挺勇猛的吗？

想到它为了保护自己，耳朵都变成“飞机耳”了还努力威慑那男人，她顿时觉得平时没白喂这些小家伙。

“站在边上就没问题啦。”黎沫费力地蹲下身，帮这几个主子把吃的递进去。

谁知道，那辆车竟然在她的身边停下了。

“Ariel 小姐，晚上好。”

低沉悦耳的男声猝不及防响起，让黎沫心跳快了好几拍。她转过头就发现降下的车窗内，是顾亦笙那张清雅英俊的脸。即使在这暗沉的天色中，也散发着一种让人没办法理解的光彩。

莫名觉得这光芒刺眼，黎沫在心里吐槽了一句，原来少女漫画里男主出场总是自带花瓣背景和光环并没有太夸张啊。有的人就是能靠颜值闪闪发光呢！

“晚上好，我是黎沫。”黎沫即使脚痛得要命，她面上还是没有太多的表情。

等等，她这句话怎么听着像是埋怨别人不记得她的名字，光记得她的名号吗？

许是因为慕心雨之前奇怪的话语，让黎沫现在面对着顾亦笙开始紧张了起来，生怕他看出自己的异样。

“抱歉，黎小姐，是我失言。”顾亦笙的笑容让黎沫联想到夏夜里清爽的风，给人一种干净无杂质的感觉，“只是路过，见你似乎有些不方便的样子。”

发现好像没有自己的事儿了，急支糖浆放下心开始哼哧哼哧地吃起了猫粮。

黎沫指了指前面，客气道：“没事，离我家已经很近了。”

“是吗？原来你也住在这里？”顾亦笙眉头微微一挑，像是头一次知道自己和黎沫是邻居一般，眼里带着丝丝意外，“那就顺路一起吧。”

男人唇角噙着的清浅笑意让黎沫有些失神，等她回过神来的时候，已经错过了拒绝的时机！

“请上车。”顾亦笙已经打开车门走了下来，微笑着看着愣愣的黎沫。

“哎？”黎沫瞪大了眼，难得露出惊讶的样子。

急支糖浆舔了舔嘴巴，这一次却并没有上前给黎沫“解围”。无奈地瞪了急支糖浆一眼，黎沫脚步踟蹰地跟着坐上车。

虽然知道人家是好意，而且她的脚确实有点痛，但是她真正坐在顾亦笙旁边的时候，却是满满的不自在。

察觉到顾亦笙正轻笑着看着自己，想要假装什么都没看到的黎沫没有办法，只能硬着头皮道："你也住御龙庭啊……"

这话一说出来，满满都是尴尬，黎沫的表情一时间没办法冷静了。

早就看出黎沫的紧张，顾亦笙故意忽略这一点，一边打开平板电脑，一边对她道："御龙庭的开发商正好是我朋友，出国前给我留了一套房子。"

万恶的有钱人呀。

黎沫在心里小小地吐槽了一把，见顾亦笙已经把注意力放到平板电脑上了，她也没有那么拘束了。

他应该是在看和工作相关的资料吧？真是一个工作狂。

顾亦笙不经意道："你身上的味道挺熟悉的。"

看到男人唇角那温柔的弧度，黎沫深吸了一口气控制着自己的心跳道："是风尚的新品，今天发布会我们有去看。"

上次Cold Ocean发布时，风尚的人都有来，她们回访只是礼尚往来。

"是吗？"顾亦笙唇角的笑意更深，他专注地看着屏幕，似乎在找什么资料。

话说这位顾先生总是带着笑容呢，黎沫用余光偷偷打量着顾亦笙。明明微笑会让人看起来很友善，可是她为什么就没办法完全放下心来呢？

这位顾先生笑得漫不经心，反倒是给人一种无法描述的距离感。

原本胡乱跳着的心脏也因为这认知平静了下来，黎沫安静地坐在座位上，鼻息间萦绕着一股清幽的香气。

微甜的气味中带着一股淡淡的清凉感，尤其是在这夜里，更是让闻到香气的人，生出一种暖伤的感觉。

她刚才居然都没发现这香味，到底是什么气味？

被香气勾走了全部注意力，黎沫神情专注地用嗅觉分析着这香味。如果是用在女性的身上，这种清雅的香气倒是别有一番韵味了。

现在出现在顾亦笙身上，倒也不会让人觉得违和，黎沫摸了摸下巴，发现这香气中有一股涩涩的芳香。

陌生又熟悉。

沉浸在这香气中，黎沫都没发现到了御龙庭了。

不知道顾亦笙是住在哪一栋，黎沫直接道："顾先生，我在这里下就可以了，谢谢你。"

顾亦笙从容地将视线从平板上移开，对黎沫道："如果不方便的话，我可以送你到家。"

忽然撞进他温柔的眼神中，黎沫那不争气的心脏又开始扑通扑通直跳，她尽量平静道："没事，我可以的，谢谢顾先生。"

视线不经意地落到顾亦笙的平板屏幕上，黎沫这才发现那上面是一个空白的文档。难道他刚才只是随便开了一个空白文档？

不，一定是她想太多了。做人不能脑补太多！

黎沫局促地收回了视线，像是在逃避什么一样，忍着痛转身走进了大门。她最近是不是患上了妄想症，竟然开始胡思乱想了起来。

顾亦笙把根本没有使用的平板收了起来，清冽的眼眸也染上了笑意。

这位黎小姐真是有意思，明明很在意他身上的香味，却非要装作一副不在意的样子。如果他刚才没有假装看资料，她或许会更加拘谨。就像是她喂的那几只小野猫一样，时刻保持安全的距离，小心翼翼地观察着。

她到底在警惕什么？

黎沫拖着疼痛的腿走了回去，电梯上升到三楼，随即往下运行。

总共就只有六层的低密大平层，黎沫就住在四楼，每层就两户，她到现在都没认清楚自己的邻居们。

对于自己这社交缺乏症，黎沫也不是第一天知道了，她摇了摇头正准备进去时，就听到身后有人道："等一下。"

黎沫一直按着电梯的开门键等候着对方，就见一位拿着手拿包的女人从入户大门刷脸小跑了进来。

见黎沫一直等着自己，女人不好意思地笑了笑，抬手理了理长发，手指间的红宝石惹人注目。

"抱歉，看到电梯就下意识跑过来了。"女人按下三楼的按钮，"总共就十二户人，等电梯也要不了多久，真是麻烦你了。"

对方一口气说这么多话，黎沫静静地听着，努力回以一个友善的笑容，"没事。"

"刚从我们社区新开的SPA馆回来，那里服务还不错。"女人说话间就到了自己的楼层，她笑着指了指电梯门，"我先下了。"

"好的。"

刚才那位应该是某位贵太太，穿着打扮和举手投足之间都给人一种"啊，果然是上流社会"的感觉。

那红宝石一看就很贵，黎沫想想自己能和这些土豪成为邻居也是不容易。当初一眼看中御龙庭的房子，黎沫把全部积蓄都砸了进来，差不多是卖肾买房了。

虽然在慕心雨看来，黎沫现在的工作和薪资已经是吓死人了，可是和这些分分钟就能买一套豪宅的人相比……她还是洗洗早点睡吧。

黎沫的客群就是这些富太太，每天看到她们在群里的谈吐，那优雅安逸的生活和为生计奔波的人自然是完全不一样的画风。

慕心雨总是打趣黎沫这种土豪不懂她们小市民的苦，可是黎沫从不觉得自己和这些富太太们是一个世界的人。

照例一回家就泡在调香室里，只有这些香气，才能让黎沫感受到真实感。

无论如何，香气是不会对她说谎的……

"所以，你让我穿成这样，是想要做什么……"

黎沫无奈地换好礼服裙，被慕心雨从试衣间里面拉了出来。

深灰色的吊带纱裙搭配独具一格的枯花腰带，原本服装搭配师觉得这颜色太过于沉重，不太适合黎沫这样甜美的长相。

可是当她穿好走出来那一瞬间，现场所有的人都只觉眼前一亮。颜值果然就是正义啊！

"卧槽黎沫沫，我看了你这张脸这么多年，居然还是被你仙到了，很漂亮啊！"慕心雨刚才还吐槽这裙子的颜色和设计一不小心就让人以为是伴娘裙呢。

可是黎沫穿出来效果却非常的好。黎沫扯了扯胳膊上耷拉着的肩带，搞不懂明明有了吊带，为什么还要多出两根这东西。只不过这灰色倒挺适合她一贯的低调风格。

"额……"黎沫低头拉着裙子看了看，总觉得裙摆太长不适合行动。

一眼就看出黎沫想拒绝这仙女裙，直接穿着她那身正式的A字裙就去参加时尚圈的宴会，慕心雨就恨铁不成钢。

“你是个二十多岁的女孩子啊！现在就不注意自己的穿着和打扮了，你是不是想一直当单身狗啊。”慕心雨作痛心疾首状，还不忘捶了捶自己的胸口。

黎沫挑了挑眉，耿直道：“别捶了，一会儿胸都没了。”

慕心雨顿时承受了一万点暴击。

叹了叹气，慕心雨见黎沫有被自己说动的迹象，她把她拉到镜子前坐着，示意化妆师可以动手了。

“听我的，咱俩一直都是单身狗，我怀疑是互相的恶劣影响，你先来打破这个单身诅咒吧！”慕心雨双手按在黎沫的肩上，见她彻底放弃随自己去了，顿时有种女儿终于醒悟的感觉。

黎沫闭上眼任由着化妆师给自己上妆，还不忘辩解道：“有一点你弄错了，只有你是单身狗。”

什么？

慕心雨的耳朵都要竖起来了，她之前就觉得黎沫这家伙有情况，没想到她真的背着自己谈恋爱了！

就在慕心雨要开始质问的时候，就听黎沫淡淡道：“而我，是单身贵族。”

“……”慕心雨有一句脏话不知道当讲不当讲，她就知道这家伙还是这么没出息。

当然，慕心雨再次承受来自黎沫的一万点伤害，毕竟和黎沫比起来，她确实穷成狗了。今天还是托黎沫的福，她才能跟着一起来这么高大上的地方。

听到化妆师和助理的轻笑声，黎沫的脸微微一红，之后无论慕心雨再怎么唠叨她都再也不回答了。

慕心雨还以为黎沫这认生的毛病好了，没想到还是这个德行。不过虽然黎沫一直不承认，但是最了解她的慕心雨还是觉得，她最近开朗了不少，是有什么好事吗？

捣鼓了半天，黎沫顶着精致的裸妆，穿着昂贵的礼服裙来到了宴会现场。

分开的时候，慕心雨还不忘让她积极一点。

“沫沫！把眼睛擦亮啊！如果有高富帅向你搭讪，你不要丧着一张脸啊！Smile，OK？”

黎沫心虚地看了看自己手里提着的袋子，一开始收到宴会邀请函，她其实是拒绝的。可是后面老板楚逸寒告诉她现场有邀请来宾试香的环节，黎沫很可耻地立刻答应了。没错，她手里提着的就是自己调制的新品香基。

所以慕心雨的叮嘱，从来就不在黎沫的考虑范围之中！

完全不关注红毯上的任何情况，黎沫自顾自地从普通入口走进了会场，无视所有投掷在她身上的视线，一心一意寻找着和试香环节相关的地点。

曜煜这次新品面向的客户是各个阶层的，准备逐渐脱离小众香水品牌的局限。

不远处，顾亦笙正结束了和几位老板的谈话，拿起一杯酒站在一边，周身自然覆盖生人勿近的气场。

从黎沫进场那一刻，顾亦笙就注意到她了。要想不注意到这女孩都难。就算是她刻意低调，都掩饰不住那清雅的气质。

或许是因为不习惯穿这样的礼服，她轻蹙着眉头，提着裙摆小心翼翼地走着。飘逸的礼服裙像是一朵淡雅的睡莲，在这宫廷风的整体装潢和现场奢华的氛围中，尤为突出。

不少人都注意到这位气质出尘的女孩了，可是她却像是没有察觉到一般，全副精神都集中在了自己的裙子上，时不时困扰地抬起头寻找着什么。

见自家 Boss 一直看着黎沫，洛安机智道："Boss，我们要不要过去跟黎小姐打个招呼？"

顾亦笙轻抿着唇角，微笑道："我们和黎小姐很熟吗？"

一听这语气，洛安立刻就闭嘴了。

他一定是有两个假耳朵，不然他怎么听出了一股默默地埋怨呢？仿佛他家 Boss 对和黎沫小姐现在还不熟的事实很不爽一般。

好吧，在这种场合，以 Boss 的身份，确实不适合主动去和黎沫搭话。不过，顾亦笙一开始接近黎沫，就是想要挖她到风尚来，到现在还没有动作，洛安都要被急死了。这还真的是皇上不急太监急。

洛安默默看了下周围对黎小姐感兴趣的潜在敌人，这人数还真可观啊！

知道洛安误会了，顾亦笙抿了一口红酒，但笑不语。

而就在所有人都还没有动作的时候，一位身着墨绿色西装礼服的男人朝着黎沫走了过去。气度不凡的男人行走间自带吸睛效果，爽朗的笑容也是时下女性最喜欢的暖男类型。

"沫沫，你在瞎找什么？"楚逸寒轻拍了毫无知觉的黎沫一把，在她惊讶的眼神中展颜一笑，"我可没说过我不会来参加。"

黎沫想说的话都被楚逸寒堵了回来，她忽然很想出手揍眼前这张俊脸是怎么回事？

明明他顺手帮个忙就好了，还非要让她过来！

“怎么，生气了？”楚逸寒笑着摸了摸黎沫的脑袋，顺带帮她把周围一干烂桃花全部掐死在摇篮中，“如果我说，齐未芷也来了呢？”

黎沫唇角抽了抽，把这男人作乱的手拍开，“你——”

就像是听到什么甜蜜的话语一样，楚逸寒笑得开心，看着黎沫的眼神一如既往的宠溺。

早就听说曜煜的老板和他家首席调香师关系不错，今天洛安看到，才知道这传闻简直不要太小儿科！

这哪里是关系不错！

这相处模式分明就像是情侣一样啊！

他忽然能理解，为什么风尚一直挖不走这位 Miss Ariel 了。明显察觉到自家 Boss 微冷的表情，洛安一个激灵，连忙解释道：“Boss，这位是曜煜的……”

“楚逸寒。”顾亦笙淡淡地打断了洛安的话，“我怎么可能不认识他。”

莫名觉得周围的温度都降低了几度，洛安看了看顾亦笙，又看了看远处站在一起的俊男靓女组合，忽然觉得这挖人大业任重道远啊。

要不，他建议他家 Boss 使使美男计？

第四卷

如果不是这里人多眼杂，黎沫早就一掌把楚逸寒拍开了。

“你不要跟我站在一起啦！”黎沫生怕又被齐未芷这类不安好心的人看到，一点都不想跟楚逸寒这么亲近。

黎沫亲近的人用手指头都能数得过来，而这之中，除了楚逸寒，她就没有任何男性朋友了。

尤其是，这一位严格意义上，并不算她朋友。

“为什么不能跟你一起？”楚逸寒见黎沫的额发有些微乱，伸手帮她拨开，“毕竟在公司的同事眼里，你可是我的女朋友呢。”

黎沫露出了明显很无语的表情，她真是不知道应该怎么来形容这位恶趣味的人了。

楚逸寒是黎沫父亲原配的儿子，是她同父异母的哥哥。从小到大因为黎沫腼腆的性格，楚逸寒没少照顾她。

“你为什么不直接澄清我们之间的关系？”黎沫跟楚逸寒一起总

是露出很无奈的表情，“公司的女同事记恨死我了，拜托了，你快去找个女朋友吧，不要老是拿我当挡箭牌啊……”

楚逸寒就喜欢看到黎沫在自己面前露出和平日里不一样的表情，这说明他这个哥哥，在她心里还是挺有分量的。

“我这是保护你，傻子。”楚逸寒语重心长，一副好哥哥的模样，“再说，我又没承认，是擅自想歪的员工不好。”

再次深刻体会到这位老板的任性，黎沫竖着手掌让他别再继续说下去，她心塞道：“好了，谢谢你把我带到试香的展示台，你可以走了。”

“齐未芷是怎么回事？她闹着在说风尚的新品是抄袭了她的香料配方，还说跟你有关系。”楚逸寒说起齐未芷就头疼，“她是真的傻还是在挑战我的下限，我暂时让她闭嘴了，不同组之间良好的竞争关系确实有利于工作的开展，可是太过了就得不偿失了。”

黎沫没想到楚逸寒会主动提这件事情，她想了想，认真道：“这次风尚的新品确实跟我们才发布的香调很相似，大概有 70% 左右吧，具体怎样还需要继续查查。”

“嗯，我会关注这件事情。”楚逸寒把这事儿放在了心上，心疼地摸了摸自家妹妹的脑袋，“我妹妹太优秀了，总是被这些傻子惦记。”

“别摸！我今天做了发型的！”

说着，担心发型毁掉的黎沫转过头一副拒绝的样子，简直就是在说“好走不送”了。

就连自家妹妹这样的表情，楚逸寒都觉得可爱得不行，从某种意义上来说，他真是个十足的妹控了。

事实上楚逸寒并没有主动澄清误会他们的关系，确实是为了黎沫考虑。

这样不光能除掉一些想要接近黎沫的害虫，同时公司很多人都不敢随便欺负她。

黎沫从小时候开始就展露出对香水独有的兴趣，楚逸寒当初以为她只是一时兴起，没想到随着时间的推移，这孩子越来越喜欢香水，最后甚至出国深造了。

父亲和母亲都很担心黎沫，楚逸寒对这个妹妹也是保护过度。

几乎没有任何的犹豫，楚逸寒开始准备创建香水品牌公司，在黎沫学成毕业回来的时候，曜煜也准备得差不多了。

黎沫当初知道自家哥哥开了香水公司还挺惊讶的，不过被邀请，她很快就同意了。事实证明，楚家的孩子确实很优秀，从曜煜很快步入正轨的运营机制和营业收入就能看出来。

楚逸寒确认自家妹妹已经迅速进去找了一个绝佳的好位置，这才笑着摇了摇头，转身走到了一边去。这丫头做什么事情都习惯性地躲在一边，就只有和香水相关的，她才会这么积极了。

好不容易盛装打扮一次的女孩自带聚光效果，甜美可人的精致长相也同样吸引眼球。再加上黎沫把试香当作今天的额外工作，表情和神态格外认真。

热爱自己工作并全心全意投入其中的人，总是会有一种不同的吸引力。楚逸寒远远地看了一眼，再次叹了叹气，他这妹妹这么优秀，以后也不知道会便宜了哪个混蛋。

每天都在担心自家的白菜被猪拱了。

顾亦笙忽然蹙了蹙眉头，差点打喷嚏。

洛安连忙道："Boss，怎么了？是不是室内太冷，有点感冒啊？"

顾亦笙摆了摆手表示没问题，然而他微冷的表情还是没有得到缓和。从黎沫和楚逸寒的互动来看，他们之间的关系确实很"亲密"。和黎沫相处的时间里，顾亦笙就能看出她是不善于表达自己情感的人。

可是在楚逸寒面前，这女孩却有多种表情。唯一能让顾亦笙宽慰的是，黎沫对楚逸寒最多的是嫌弃的表情。

等等，宽慰？他为什么会有这种莫名其妙的想法？

“没事，我只是在想，以黎沫和楚逸寒这样的关系，让她到风尚来，确实有点难度。”顾亦笙再想想乔修韦这人自大的性子，他能把黎沫邀请过来，母猪都能上树了。

洛安张了张口，一句话都说不出来。

他在心里疯狂地吐槽道：Boss 你嘴上把事情扯到工作上，但是你那表情却不是这回事儿啊！当然这话借给洛安一百个狗胆他也不敢说。

“就我来看，他们应该只是关系不错的朋友。”洛安一本正经地胡说八道，“两人完全没有情侣那种甜蜜的氛围啊！而且他俩看着也不太配，不适合！”

顾亦笙沉默地听完，似乎是在考虑洛安这话的可信程度。他告诉自己，这毕竟关系到风尚香水板块品质和业绩问题，必须谨慎考虑。

没想到自家 Boss 竟然听进去了，洛安又是一阵咋舌，他深刻怀疑顾亦笙以前从来都没有过女朋友。不然这恋爱细胞怎么跟死了一样？

“先过去看看。”顾亦笙说完，便往试香的展区走去。

喂喂喂不是吧……洛安一愣，慢半拍地追了上去。那试香的展区简直就是女人堆啊，顾亦笙居然愿意去？然而在看到他家 Boss 直接朝着黎沫走去的时候，洛安忍不住咋舌。

这……不愧是在国外待过的男人，做事就是这么简单直接啊。

黎沫挂着工作时的微笑面对着所有来试香的人，简单给她们介绍自己编好编号的香基。经常在原有香基的基础上进行二次调配，黎沫都有进行妥善的归档。就连香基的瓶子都是黎沫自己找厂家做的，各式各样的瓶子精致又充满少女心，她的每一款香基都是根据香调的类型来归类。

这次黎沫精心挑选了三款香基，想要看看大家对这三款的气味感觉怎么样。

只是黎沫万万没想到，竟然会有男人出现在自己的面前。她明明放了三个粉红色的瓶子……

尽量让自己的表情看起来不会太奇怪，黎沫微笑着抬起头，就对上顾亦笙清俊的笑容，“晚上好，黎小姐。”

黎沫一时愣怔，顾亦笙怎么会在这里？顿时以为顾亦笙只是来跟自己打招呼的，黎沫连忙道：“顾先生，晚上好，没想到会在这里遇见你。”

这句话说出来，黎沫就觉得欠妥了。风尚是时尚圈的大品牌了，人家不应该出现在这里，其他人哪里还有资格啊？

顾亦笙看出黎沫的紧张，他打趣道：“我倒是没想到，黎小姐会主动说这么多话。”

“哎？”黎沫微微瞪大眼，她仔细想了下这两次和顾亦笙相处的场景，她好像确实没说太多话。

“这是在试曜煜的新品吗？”顾亦笙有观察到，黎沫这边试香的人数明显比其他的展柜多。大多数的公司在这种时候，都会派营销人员过来，带的产品也比较多。

黎沫这边一开始人数很少，可是在她的香水气味蔓延出来的时候，明显就吸引了不少人。尤其是已经试过香的人，都在旁边感兴趣地问黎沫，知道她是 Ariel 系列的调香师过后，更是对她赞不绝口了。

黎沫对自己调的香最了解，她不厌其烦地听着客户的提问，耐心地给她们讲解。不善言辞的她甚至会主动问她们有什么感觉和建议。

好不容易才被放过的黎沫重新走到顾亦笙的旁边，抱歉道：“不是新品，都只是半成品罢了。”

顾亦笙点了点头，对黎沫伸出手腕儿道：“让我也试试吧。”

“哎？”黎沫因为惊讶，这一声儿差点就变调了。

表情一直都平平淡淡的女孩忽然瞪大了眼，那模样就像是惊讶的小猫一样，让顾亦笙忍不住低笑一声。

“不，那个……”黎沫紧张得用食指挠了挠脸颊，局促道：“这些香基都是甜腻的花果味，你真的要试吗？”

说到这里，黎沫还把瓶子拿在手里，指了指这少女粉的瓶子。

“没事。”顾亦笙被黎沫这模样逗笑，“香水本来就不分性别的，不是吗？”

黎沫之前在风尚新品发布会上，听过齐未芷他们八卦顾亦笙。这男人明明接触香水时间不长，对这些倒是挺了解的。

“嗯，其实没有分别，只是营销推广的时候，销售部会考虑受众呀。”黎沫不知道怎么的，一对上顾亦笙这温润如水的眸子，对陌生人的抵触和紧张感莫名消失了，“基本上男士都不太喜欢甜腻的味道，偏向简单的风格，而女性就不一样，喜好比较多样。”

“确实是这样的。”顾亦笙唇角始终噙着温柔的笑意，他总算知道，要跟黎沫聊什么了。

这女孩似乎是考虑到自己对香水了解还不深，无意识地开始照顾他的想法了。

“所以，麻烦了。”顾亦笙解开手腕处的衬衫扣子，冲着她温柔一笑，“你不会以为我想借鉴或者盗取你的香水配方吧？我没有你这样的天赋。”

慌忙摇了摇头，黎沫忽然就像是被电了一下似的。她连自己接下来想要说什么都忘记了。

身体自动开始反应，黎沫的手不听使唤地打开了瓶盖子！

手指甚至还有微微颤抖的迹象，黎沫被自己的没出息气哭，她这是得了帕金森综合征吗！

担心把香水喷到顾亦笙的衣服上，一直残留着甜腻的味道，黎沫小心翼翼地用左手捏着他的手腕儿，轻轻喷了下。

一股奇异的电流从两人相接的肌肤传了过来，黎沫像是被烫到一样，喷完就赶紧撤手。

似乎是察觉到自己反应太大了，黎沫微红了脸，尴尬地咳嗽了一声。

一看到黎沫这生涩的反应，光是接触到男性的手就这么紧张，之前残留在顾亦笙心中那仅剩的郁结之气都消失得无影无踪。他能看出来，这女孩子绝对没有恋爱经验，现在甚至没有男朋友。

顾亦笙眼神微微沉了下来，至于楚逸寒，就不是什么需要费神的角色了。

挥了挥手让酒精味先在空气中挥发一下，顾亦笙轻轻嗅了嗅手腕儿处的香味，又把右手伸出去让黎沫试试。

男人只是抬起手臂侧着头的动作，那认真的神态都让黎沫看得出神。怎么莫名联想到少女漫画里面男主角咬袖口的经典动作了啊，她一定是疯了！

有了上次的经验，这次黎沫反应更快，几乎没有怎么接触到他，就迅速搞定了。

站在一旁毫无用处，充当背景和电灯泡的洛安都没眼看了。说好的不喜欢这些女性化的味道呢？霸道总裁说的话都是骗人的！

正巧有两名女性过来想试试黎沫手中的香，黎沫连忙微笑着对她们解释三种不同的香味，并在她们试闻过后再决定喷哪一种味道。

“日常的话，我建议大家如果不是必要，最好将香水喷在袖口或者头发上面，避免接触皮肤，因为皮肤是会吸收这些香料的，闻了含有麝香的香水会流产这个自然是虚构的，香水中含有的麝香不足以导致这样的结果，但是还是建议大家避开。”

“大家刚刚喷了香水过后，不要急着就刚刚喷出来的前调决定喜好，过五分钟等前调散去后，再根据中调来决定这个香是否适合你，因为陪伴我们最多时间的就是中调，我们把它称作’体香’，能够在身上留存若干小时，香气基调明确。前调在我看来，更多是把客户领进门的作用，具体还要看中调。”

“那后调呢？”

“后调一般要隔天，凑近了才能闻到了，这个时候已经没有什么意义了，毕竟新的香水你已经补上了。”

试香和科普进行得非常顺利和愉快，工作狂黎沫的心情自然也跟着好了起来。她以前一直觉得这些宴会就是让人头疼的地方，没想到这次加入了新环节，还挺不错嘛。

“黎小姐，麻烦你过来一下。”顾亦笙站在一边冲着黎沫招了招手。

“嗯？”黎沫想都不想走了过去，没想到这位顾先生竟然把手腕儿凑到了她的面前！

这、这是什么操作？

被吓了一跳，黎沫正要后退，鼻息间传来的混合香气却让她的避退动作赫然停止。

“怎么会是这样的味道？”黎沫一改刚才的羞涩，一脸认真地抓着顾亦笙的手腕儿，很不顾形象的嗅了嗅。

一直和自己保持着距离的女孩忽然凑得这么近，就连顾亦笙都有些愣怔。

“如果我没记错的话，左手是用的樱花香基 1 号，右手是玫瑰香基 6 号。”黎沫愣愣地看着顾亦笙，“怎么有一股冷香的味道？”

黎沫刚才也问过两名试香的人，在她们身上也并没有这种特殊的味道。就算是每个人涂抹上香水，实际的味道和留香时间都因人而异，但是也不至于变成一个她都快不认识的香气了吧！

抓着顾亦笙的手，黎沫像小狗一样再嗅了嗅。这全新的香气在原本香甜的气味上，多出了一种干涩的青草味，最让黎沫惊讶的是，这气味该死的好闻啊！

一瞬间在脑海中形成了这种香气的概念，黎沫都能迅速给它命名了！

这总是淡漠的女孩子连续露出了好几种不同的表情，让顾亦笙看得心头一动。

“你身上是不是本来就带了什么味道？”直到黎沫再次问了顾亦笙一遍，他才反应过来。

他的衣服上确实带着不一样的香薰气味。

“我母亲喜欢香薰和佛香，平时自己也在做。”顾亦笙面上带着抱歉，“是不是因为这个，破坏了你的香水气味？”

顾亦笙原以为自己身上这熏香味很淡，不会有太大影响。

“不不不，不是这样的。”黎沫因为这两种气味碰撞出了超级棒的香味，一双眼都发亮了，“如果可以的话，能不能告诉我你身上是什么香薰？”

眼前的女孩子那淡然如水的眸子瞬间就像是点缀了星星一样，闪闪发光。仿佛承载了夜空中最明亮的星点。

心脏莫名就像是被谁捏住了一般，顾亦笙一时间忘记了应该如何回答她。

毫无自觉的女孩因为激动，两手在胸前交握着，激动道：“我很想知道你身上香薰是什么，它和我的香基碰撞出了非常好的香味，如果可以的话，我想改进一下，用作新品！”

顾亦笙在黎沫这样的眼神下，仔细思考，认真地回答道：“我父母家有一处很大的花园，是邀请国内著名的景观设计师和园林师一起打造的，四季花开不断，母亲可以选择做香薰的素材太多，我也不是太清楚。”

无意间就被土豪秀了一脸，黎沫对这顾家的花园更感兴趣了，如果能让她进去转转就好了，她能在那里待上一天一夜！

可是她现在跟顾亦笙关系还没那么到位，贸贸然提出这种要求，未免也太厚脸皮了。

“你对这花园很感兴趣吗？”顾亦笙眼里带着笑意，就这样直直地望进了黎沫的眼里。

心跳又开始不听使唤了起来，黎沫没想到顾亦笙直接就看穿了她的心情。她表现得有这么明显吗？

这女孩惊讶的表情实在是有些可爱，顾亦笙直接道：“黎小姐，我知道你很不擅长表达自己的想法，但是没关系，我能看懂你的表情，你不用太多顾虑。”

什么？黎沫听到这句话，更是惊讶了，她都不知道自己有什么表情。她难道不是一直都没什么表情，所以才会被公司的同事觉得她很高冷吗？

除了和自己认识了这么多年的慕心雨，黎沫是头一次遇到顾亦笙这样的角色，她一时间竟然生出了想退缩的想法。

他能看懂自己的想法，那难道……他也看出自己每次在他面前的慌乱和紧张吗？想到自己丢脸的样子都被眼前的男人知道了，黎沫顿时羞得想要钻进地洞里。

“我……我先过去看看……”黎沫都不知道自己在说什么了，她连香基都不要了，放在展柜上就跑到一边去找刚才试过香的人。

“……”顾亦笙完全没想到，他自以为刚才跟这女孩聊了那么多，已经很熟悉了，怎么他就往前了一步，她就拼命逃跑了？

这还真的像是一只警惕的小野猫，就算是知道你无害了，它都还要试探好久，拒绝你的靠近。

洛安明显看出自家Boss受打击的表情，他走过来就听到顾亦笙道：“还没养熟啊。”

满头都是问号，洛安看了看已经走远的黎沫，再看看顾亦笙，完全没搞懂为什么会这么说。他果然还是太单纯。

黎沫虽然躲着顾亦笙，但是她该做的还是在认真做。

仔细地听取试香者对于中调的意见，就连好几个不知道她是谁，擅自过来指手画脚的同行，黎沫也认真地听她们挑刺。

能够被挑出来的，那自然也存在着问题，她会根据这些不同的意见来进行调整。

“谢谢你的意见。”黎沫对待那些不知名的小品牌同行也是客客气气的，一点也不恼。

这些人完全是见黎沫这边人气太高过来找麻烦的，没想到自讨没趣，最后丢脸的反倒是她们自己了。

顾亦笙一开始还担心黎沫不擅长应付这些人，看到这里总算是放心了。等等，他为什么要这么替她操心？

正想着，顾亦笙就听到有人在跟自己打招呼。

“顾总，如果方便的话，能聊聊吗？”

一听到这个声音，洛安就后背一凉，转头看到是楚逸寒，他整个人都不好了。

楚逸寒是属于知道自己长得帅，同时还很会展现自己魅力的男人，他面上挂着清爽的笑意，爽朗中带着一丝坏坏的味道。

顾亦笙和楚逸寒握了握手，笑容优雅得体："楚总，你好。"

风尚和曜煜的老板竟然在一起聊天，这让香水圈子里知道这两位的人，都有些不可思议。

两个身姿颀长的男人站在一起，那画面就像是一幅画报一般，自带一股吸引眼球的魅力。

"那是顾亦笙和楚逸寒吧？一眼望去全是腿，真的太养眼了！"

"楚逸寒还是单身吧？他身上这身墨绿色的西装实在是太迷人了！他去当模特都绰绰有余！"

"我还是更喜欢顾亦笙唉，楚逸寒看着像花花公子，顾亦笙一看就很专情，满满绅士腔调，也挺低调的。"

"先不提这两位老板，风尚和曜煜的香水我都挺喜欢的，不过风尚的调香师今天好像没来？虽然出了那样的传闻，我还是挺期待他们新品的。"

"风尚的我还好，比较喜欢曜煜的，尤其是 Ariel 系列。"

"你别说，曜煜这次新品好像一般般啊，我刚才试了，没什么感觉。"

"你搞错没有啊？ Ariel 小姐在这边啊，你刚才那边哪里有？"

"什么？ Ariel 的调香师来了？在哪儿啊我看看！"

黎沫安安静静地听着周围女性对顾亦笙和楚逸寒的八卦，还在暗地里跟着她们一起津津乐道呢。

话题忽然扯到自己的身上，黎沫一下子就傻了。

"Ariel 小姐吗？"一位穿着晚礼服的女人走了过来，欣喜地看着黎沫，“没想到你会来这里，早说我刚才就不乱喷了，一点都不喜欢这个味道！”

走近之后，黎沫顿时就闻到了 Cold Ocean 中调的气味，她当即就尴尬了。

“刚才我在那边看到曜煜的调香师，还以为是 Ariel 的新品，没想到是其他系列的！”女人撩了撩长发，拜托道：“能不能麻烦你在我头发上喷一点香水，我试试你的。”

黎沫见眼前的女人打扮成熟，有些不好意思道：“我今天带的香水都是偏甜的，可能不太适合你这身装扮的风格。”

没想到黎沫这么耿直，女人笑道：“没事，我的心情一直都很少女，其实我私底下很喜欢偏甜的香水。”

一看到黎沫手中三个精致的香水瓶子，女人就心动了，“这是新品的香水瓶吗？”

“噗，不是的。”黎沫脸一红，“这是我平时用来装半成品的瓶子，新品的瓶子会比这精致得多。”

“哇，那还真是期待啊！”女人毫不保留地称赞着黎沫，把她夸得又是一阵脸红，“我选择困难，你帮我挑选一款吧！不过一会儿三瓶我都想闻一闻，这是 Ariel 小姐调出来的香啊，我回去得给没来的朋友们炫耀一下！”

黎沫一张脸红扑扑的，在三瓶中选择了甜度最低的 8 号香基，隔着适合的距离，在女人头发上喷了两下。

双手把这大波浪卷的长发拨弄了两下，女人漂亮的脖颈弧线让黎沫忍不住多看了一眼。

真是个美人。

“不错啊，这是什么味道，我觉得不是太甜哎，刚刚好。是不是很适合我？”女人或许是因为心情大好的关系，还冲着黎沫眨了眨眼。

同为女性的黎沫都被撩了一把，她红着脸道：“这是我在玫瑰香基的基础上进行了修改，把它改成了天然蔷薇的香味。”

说着，黎沫把6号拿给女人闻了闻，后者顿时点了点头，表示还是更喜欢黎沫给她挑选的这个气味。

“我叫常情，一直都很喜欢Ariel系列的香水，期待你的新品哦。”常情拍了拍黎沫的肩头以示鼓励，忽然想到什么，她问道：“对了，我也在你的定制香水群里，估计你不记得我了。”

“啊？”黎沫还沉浸在这个名字很熟悉的思考中，就听到常情这样说，她连忙抱歉道：“不好意思，群里大家没改群名片，我一般都只记得一些头像和昵称。”

“没事啦，你只要别忘记我的定制香水就好了。蜜恋中的少女风格！”常情再次冲着黎沫一眨眼，便走到一边去和朋友聊天了。

听到香水的主题，黎沫这才想起常情是谁。这是她今年必须交作业的订单之一啊……

“常情真漂亮，难怪一直都是《Fashion》杂志的封面模特。”

“她的气质很迷人，我觉得真人比照片还要好看！很耐看！”

猛地听到有几个人在说，黎沫就说为什么觉得这美女眼熟，感情人家是这么厉害的模特！

黎沫这边的试香基本上都结束了，她也收到了不同程度的建议，收益颇多。她还在感叹今天果然没有白来，准备把香水瓶子收起来的时候，就见一只手把她的玫瑰6号拿了过去！

“什么嘛！我见你这边一直好评如潮的样子，特意过来看看，谁知道就是这种水准啊？”齐未芷满脸不屑地盖好香水瓶盖，那表情就像是不想多闻一次，“好恶心的玫瑰味道。”

全公司的都知道齐未芷不喜欢玫瑰味，她还偏偏要过来试闻。

黎沫懒得跟齐未芷一般见识，她无奈道："不同的人喜好不同，你可以选择你喜欢的。"

"我随便挑了一个都是这种味道，其他的可想而知。"齐未芷随手把玫瑰 6 号放在展柜上，忽然就放了手。

眼睁睁地看着香水瓶子从边缘掉到了地上，黎沫心都紧了。

"哎呀，真是抱歉……"齐未芷低头一看，发现香水瓶正好掉到地毯上根本就没有砸碎，她脸上自然是很遗憾。

黎沫简直不想跟这个幼稚的人说话了，她自己走出去，心疼地把她家玫瑰 6 号捡起来，妥善放回了袋子里。

"黎沫你不要太得意，现在很多客户慕名而来，都是习惯性地被 Ariel 系列的名字洗脑了，她们追求的是这个牌子，而不是你的香水。"齐未芷明明自己水平不如黎沫，还要做出一副说教的样子，"如果不是你在这里爆出自己的名号，你这种劣质玫瑰香水，会有人来试吗？"

"不会！"

黎沫还没有回答，齐未芷就自问自答了，那样子比说单口相声还搞笑。

"齐未芷，我们好歹是一个公司的，在这种公众场合最好还是不要闹得太难看，对公司和我们的影响都很糟糕。"忍无可忍说了齐未芷一句，黎沫提着自己的袋子就往外走，她一刻也不想看到齐未芷这嘴脸了。

"什么时候轮到她来教训我了？"齐未芷气笑了，她和黎沫是平级，这一向好欺负的女人竟然学会怼回来了，真是膨胀了。试香区域旁边正好有一扇大玻璃门，黎沫推开门走出去，就是空中花园和泳池。不少人站在花园边聊天，谈着和工作相关的事情。

黎沫发现自己走错了，想离开，后面赫然就是追上来的齐未芷。

“你的新品已经准备好了吗？”齐未芷快步走上前要拉住黎沫，“你不会就在今天这几个里面选吧？好了，我收回之前的话，你把另外几瓶也拿给我闻闻。”

黎沫就算是脾气再好，也忍不住脸上的薄怒：“齐未芷，你懂规矩吗？现在我还没有确定最终的香调，那我就不能随便拿给除了普通客户以外的调香师。”

尤其是你这种居心不良的！这句话黎沫憋在心里没说出来，她平时不争不抢的，也不希望跟谁故意结下梁子。

“谁知道刚才那里面的人有没有其他公司的调香师，为什么我就不行，你说清楚！”齐未芷见黎沫想要走到游泳池旁边的小门去，一下子就抓住了她，“你这是宁愿便宜了其他公司的，都不愿意扶持自己的同事是吗？”

黎沫快被齐未芷这神逻辑给气笑了，她这个时候真的恨不得自己带上慕心雨的嘴炮技能，真想跟齐未芷好好的理论理论。

“我懒得跟你多说，我的香水，我不愿意不行吗？”黎沫想到 Cold Ocean 的香水瓶就生气，“上次香水瓶设计我不想再提，你能不能收敛一点？”

光是一想到自己原定好的香水瓶设计不光是被齐未芷抄袭了，甚至还换了个颜色，强行挂上 Cold Ocean 的名字，她就心塞。

“你这人怎么说话的？张口就抄袭！鱼尾设计的香水瓶到处都是，又不是你独创的，构思相同就骂我抄袭啊？”齐未芷厚着脸皮诡辩。

距离黎沫原定的新品发布时间已经不长了，齐未芷之前见她一筹莫展的，还以为自己有救了。只要 Ariel 新品扑街，同时打破曜煜客户对 Ariel 这名字的迷之推崇，其他系列就有出头的日子。齐未芷觉得自己这想法绝对没毛病。

最近齐未芷手下的几个新人调香师中，有一个小姑娘感冒，影响到嗅觉，都已经请假在家休息了。不管黎沫怎样，能够耽误她一周时间，都已经是很不错了。齐未芷眼神一暗，转头就看到湛蓝的游泳池。

这个天气下水虽然不至于把人给冻死，但是着凉是绝对没问题的。

“不好意思了。”齐未芷忽然说出这样的话，双手就直接对着黎沫用力一推。

什么？？

黎沫完全没想到这样突然的展开，她背对着游泳池往后倒了下去。都这样了，齐未芷还不忘伸手去抢夺黎沫手中的袋子！趁着黎沫摔进泳池里，她就可以把这三瓶香基拿走了，真是个机智的决定！

谁知道黎沫下意识死死地握着自己手中的袋子，齐未芷在抓住袋子的瞬间发现自己也在被带着往前扑去！

“你这个疯女人！”齐未芷恶狠狠地骂了黎沫一声，无可奈何之下只能放弃了抢夺计划。

下一秒，黎沫就抓着自己的袋子掉进了游泳池里。超长的礼服裙摆吸了水，瞬间就变成了黎沫最大的阻碍。

她本来就不太会游泳，现在在惊吓之中，又被这刺骨的水温给冻到，整个人僵硬着只能无望地往下坠落。一遇到水，黎沫的三瓶香基也从袋子里飘了出来，一摇一晃地浮在水中。

黎沫无力地伸手抓了抓，根本就没办法够到这分散在水中的瓶子。又气又绝望，黎沫只能看着自己飘散着的裙摆和黑发，还有不断往上冒的气泡。

都这个时候了，黎沫竟然想着，她今天选择的香水是“去见你的日子（Fly to u on that day）”。明明是一款甜蜜而幸福的香水，她怎么这么悲剧。

意识渐渐模糊的时候，黎沫隐约间听到岸上的嘈杂声，以及在眼前一闪即逝的，顾亦笙的脸。

这款充满少女心的香水，是当初她在喷泉广场看到一位女孩子见到恋人露出的甜美笑容受到的启发。精心打扮的少女娇美可爱，不断看手机的小动作都充满着甜蜜。和恋人约会的日子，确实是个不错的好日子。

她今天见到顾亦笙了……

都不知道自己为什么会莫名其妙地想到这个男人，黎沫闭上眼那一瞬，就被人一手托着下巴，一手环着腰身，整个人被他带着漂了上去。

“Boss……”完全不知道为什么自己也会被跟着踹下来的洛安可怜兮兮地贴在游泳池边，看着顾亦笙迅速把黎沫带起来，平放在岸边。

听到嘈杂声赶过来的人不在少数，洛安连忙从工作人员手中接过浴巾，还没递给他家Boss，就见他已经给黎沫做起了人工呼吸。

洛安的表情顿时很复杂。酒店的专业救生员过来显然是要帮忙按压和做人工呼吸的，但是都直接被顾亦笙这专业的姿势和动作给折服了。

虽然洛安知道他家Boss这是救人心切，但是他忍不住一肚子坏水地想了想。如果是其他人落水了，顾亦笙会这样迅速跑过来，跳下去救人吗？

尤其是救上来还附赠嘴对嘴的人工呼吸？猛地想到楚逸寒，洛安警惕地在四周看了看，发现他根本就没在这附近，顿时就放下心来。如果现在给黎沫做人工呼吸的人是楚逸寒，他简直不敢想象那画面了。

黎沫咳出来不少水，在顾亦笙的帮助下呼吸也重新顺畅了起来。

“把浴巾给我。”顾亦笙眉头紧蹙，伸手命令洛安。还是头一次看到顾亦笙这样严肃的表情，洛安迅速递了过去。

把一身冰冷的黎沫抱了起来，顾亦笙用浴巾把她裹得严严实实，不让其他凑热闹的人看到。

“把黎沫掉在水里的东西一起捞上来，赶紧的。”说完，顾亦笙就抱着黎沫往酒店的电梯走去。

他今晚正好要在这里住下，现在倒是方便黎沫了。

“好的！”洛安一个激灵，迅速叫上酒店的人一起来帮忙。顾亦笙和黎沫都走了，看热闹的人还在议论纷纷。

“刚才那个男人是风尚的顾亦笙，顾总吧？”

“对啊！就是他！我的天，落水的女孩子是他认识的人吗？他们看起来关系不一般啊，好羡慕被这么帅的男人抱着！”

“是顾亦笙的助理先跳下去救人的，可能是见助理不行，他才不得已下去帮忙的，不要多想。”

“哦，助理不行啊，那他人还是挺好的。”

什么不行！他哪里不行了？

洛安简直要气得吐血了，总算知道自己为什么挨了一脚被踹下来了，他家 Boss 切开就是黑心的吧！

被顾亦笙抱着的黎沫无意识地紧紧依偎在他的怀里，身子不知道是冷到还是吓到了，微微颤抖着。

心里最冷硬的那片都瞬间软化了，顾亦笙让黎沫的脑袋靠在自己的肩头，低声安慰道：“没事了，不要怕。”

紧闭着眼的黎沫自然不会回应他，她脸色苍白，看起来可怜极了。进入房间迅速打开空调制热，顾亦笙都没察觉到自己把黎沫放在床上的动作有多小心翼翼。

抬手把黎沫贴在脸颊上的乱发拨开，顾亦笙想到之前和楚逸寒聊天的内容，脸色蓦地一沉。

[顾总是想挖走我的人，还是有其他的目的？]

第四卷

Spring rain 春雨

No.24 Mysteries

坠落水中的时候，黎沫分明看到蓝色的泡泡随着她的下落逐渐变多。

瞬间想到 Ariel 之前推出的气泡香氛，深海气泡那冷艳的味道，实在是让她好感不起来。

迷迷糊糊中，这种让人浑身发冷的气泡渐渐染上了温暖的色彩。

暖橙色和浅粉色的泡泡萦绕在她的身边。

分不清这是梦境还是现实，黎沫很认真的猜测着，这到底是哪两种气泡香氛混合在一起的。

竟然有这样好闻的气味。莫名觉得这气味熟悉又陌生，黎沫舒服得不想醒来。

“你还好吗？”直到一道带着笑意的嗓音温柔地在耳边漾开，黎沫才倏地睁开眼。

转头就看到眼里含着笑意的顾亦笙，黎沫一下子从床上坐了起来。

短暂当机的大脑中闪现出刚才她晕过去时的画面，黎沫的脸刷的红了。如果不是她出现幻觉了，她刚才应该跟眼前这男人有过唇部的接触……

之所以说唇部接触，因为那完全不算亲吻啊！只是人工呼吸而已！

黎沫心里乱成了一团，尽管她面上是一如既往的淡定。低头看到自己身上的礼服裙不见了，取而代之的是一条休闲的短袖裙，好看又舒服的设计并不像刚才那条吊带裙一样，让她尴尬。全身没有丝毫的湿润感，连发丝也是快干了的状态。

黎沫震惊地看着顾亦笙，那表情似乎是在回复他刚才的话——

完全不会好了！

把黎沫眼里的惊讶和羞赧尽收眼底，顾亦笙这才不急不缓道：“你的礼服吸水性太强，为了让你舒服一些，我擅自拜托酒店的女服务生给你换了身衣服。”

没想到顾亦笙一下子就看出自己在想什么，黎沫更是手脚都不知道往哪里放了。她、她才没有误会是顾亦笙亲自帮忙的！

“谢谢顾先生，给你添麻烦了。”黎沫抬眼就对上男人深邃的眸子，视线不受控制地往下移动。

男人的薄唇线条完美，唇角微微上扬，勾勒出一个让人怦然心跳的弧度。用少女一点的方式来形容，这大概是女人都想亲吻的唇形吧。然而她刚刚才和这薄唇进行了亲密的接触，虽然双方都没有任何多余的想法。

在意识到一个人工呼吸都被自己放大了无数倍时，黎沫越发觉得不能继续跟顾亦笙独处了，这位顾先生有毒啊。

一向习惯于被异性注视，顾亦笙知道这女孩在看哪里。还是头一次接受如此可爱的视线。

“不麻烦。”对于黎沫，顾亦笙毫不吝啬自己的温柔和笑容，“关于我们之前讨论的事情，现在能继续吗？”

黎沫心里咯噔一声，那种被人全部看穿的恐惧感再次涌上心头。

“你是说，和你们家花园有关的事情吗？”黎沫逃避似的选择了这个轻松的话题。

然而她自以为轻松的话题，却正中顾亦笙下怀。

“这处花园是我母亲精心维护的心血。”顾亦笙刻意将顾家花园的逼格提高，“目前看来，只有自己人才被允许踏入。”

自己人？？黎沫懵逼了。

知道这女孩没有理解自己的意思，顾亦笙言简意赅道：“也就是说，工作上或者私人意义上，我的自己人。”

“你……”黎沫闻言，直接站起身来，脸涨得通红。她还是头一次看到用如此理直气壮语气说出这种调戏话语的男人。

虽然他这话里同时带着挖角的意思，可是他这样长相的人，对着她这样空白如纸的少女说出这话，就是犯罪。

“当然，如果你不愿意成为我的人，也可以考虑下风尚首席调香师的位置。”顾亦笙丝毫没有被拒绝的低落，仿佛他刚才只是随口开的一句玩笑，“我很抱歉风尚的人不懂礼仪，三番两次给你带来不愉快，只是，我真的希望你慎重考虑一下。”

不等黎沫有任何的回应，顾亦笙补充道：“我会尽我所能，给你最好的平台和资源。”

黎沫还是头一次见到这样简单粗暴的挖人方式。黎沫二话不说站起身来，冷着脸拿起装着礼服的袋子就要往门口走。当然，忽略她提起袋子时，那笨拙的动作。

毕竟这身礼服重工制作，不管酒店服务员怎么给她临时处理，现在提起来都有些重量。

颇具气势地走到门口，关上门那一瞬，黎沫的表情就撑不住了。

“这礼服十多万啊啊啊……”她现在回去告诉顾亦笙自己愿意跳槽，前提是薪酬丰厚，他会让她赶紧滚吗？

黎沫自暴自弃地想着。眼神无焦距地看着电梯楼层逐渐递增，黎沫随手按了下键。

如果按照偶像剧的发展，男主角现在已经带着华丽的特效和背景音乐，朝着女主角追过来了吧？

然而现实是她一个人提着沉重的袋子，背负着即将赔偿的糟糕心情，感受生活的恶意。

电梯门打开那一瞬，沉浸在悲伤世界的黎沫等里面的人走出来后，看也不看就走了进去。

“哎？ Ariel 小姐？”

忽然被点名，黎沫一脸呆愣地抬起头，就看到一张熟悉的脸。

这是……上次在小区电梯里碰到的 SPA 小姐？原谅黎沫只能记起来这些关键片段。

女人丝毫没有尴尬的意思，亲昵地挽着身旁的男人，对黎沫笑道：“我叫关忆雪，这是我先生张思远，我们就住在你楼下。”

“啊……”黎沫连忙从电梯里走出来，生怕自己显得不礼貌。

“刚才我一直和我先生在一起，还没来得及去曜煜的展柜你就已经离开了。”关忆雪温柔地看着黎沫，“我有在定制群里排队哦。”

“啊，张太太您好！”黎沫尽量让自己看起来客气一点。

虽然知道御龙庭里面富太太有很多，但是她完全没想到，自己的客户有这么多邻居啊！

“你不用太拘谨啦，跟 Ariel 小姐是邻居，我很高兴呢。”关忆雪笑着对张思远道：“老公，你应该知道她吧，我一直很喜欢她调的香水！”

“嗯，我当然知道。”张思远笑着拍了拍关忆雪的手背，开玩笑似的对黎沫道：“我和风尚集团是合作关系，如果Ariel小姐能成为风尚的人，那我就可以借着顾总这层关系，给我太太的定制香水加个塞了。”

“啊，你们太客气了，叫我黎沫就好了。”黎沫谦虚道，“我这边把新品敲定过后，就会着手完成大家的定制款，抱歉让您久等了。”

“我可没有催你的意思啊，千万别介意。”关忆雪生怕自己给黎沫增加负担，“Ariel的新品要紧，现在的环境因素确实比较苛刻，但是我相信你没问题的！新品我很期待！”

“谢谢张太太。”黎沫习惯性地小弧度鞠躬感谢。她何德何能，遇到的客户都是这么温暖治愈的。

“我还是觉得你能去风尚集团就好了。”张思远就像是顾亦笙的说客一样，三句话不离这个主题。

黎沫尴尬地笑笑，觉得这位张先生就是顾先生的真爱啊！看来刚才在发布会上他们的一举一动，都被其他人看在眼里。现在估计不少人都知道，顾亦笙有邀请她去风尚的意思了。

也就只有她这样迟钝的人，才会沉浸在香味和那毫无用处的少女心中不可自拔，完全忽略了这个问题。

想到两人一开始见面时掉落的工作牌，黎沫了然。这位顾先生对她的态度，多半是因为她的身份关系。

“那我就先走一步了。”黎沫在电梯再次到来时，结束了这简单的交谈。

在电梯门没有合拢之前，黎沫清楚地看到关忆雪没好气地拍了张思远，似乎是在怪他不应该老是提风尚的事情。

黎沫被迎面砸了满满一盆狗粮，直接吃撑了。单身狗真是走哪儿都受歧视。看张先生和张太太的年纪，结婚应该不是一两年了。步入婚姻后依旧这么甜，黎沫可以说是相当羡慕了。

不过她今晚似乎完成了亲妈的期待任务——和邻居保持良好的关系。

黎妈妈非常担心独居女儿，生怕她有什么事情都没人照应，早就叮嘱她一定要跟邻居搞好关系了。

一阵清凉的夜风吹过，走出酒店大门的黎沫立刻就迎风打了个响亮的喷嚏。

“阿嚏！！”

缩了缩脖子，黎沫这才发现，刚才在房间里，顾亦笙为了给她保暖，一直都开着暖气。

就连床都是温暖的。

[工作上或者私人意义上，我的自己人。]

猛地想起顾亦笙唇角噙着笑意说出的这句话，黎沫刚刚升起的一丝感动就破灭了。她果然还是太年轻，根本就比不过顾亦笙这种老江湖。不管他的声音多温柔，目光多温暖，他说出的事实都是现实而势利的。

毕竟他作为风尚的负责人，不可能为竞争对手提供任何的便利，除非黎沫的新品冠上风尚的名字。

直到回家倒在床上那一刻，黎沫才发现自己浑身软得不像话。一直沉浸在要赔钱的打击中，她都忽略了这隐隐的头痛。

“睡一觉明天应该就好了。”

然而当黎沫鼻塞头疼着睁开眼时，她感受到了生活深深的恶意。现在正是她着手准备新品的重要时期，竟然在这个时候重感冒了。

“啊……要死了……”黎沫瓮声瓮气地抱怨了一句，像是丧尸一样从床上爬了起来。

比重感冒更过分的是今天是工作日这个事实。齐未芷要是知道她感冒鼻塞，不知道有多高兴。

黎沫戴着口罩晕乎乎地出门挤公交，光是想到齐未芷那嘴脸，就莫名的不舒服。

“感冒了啊？多喝热水！”

曜煜公司门口的物业人员见黎沫戴着口罩脸色难看，忍不住关心了一句。

“谢谢。”黎沫费力地勾了勾唇角，后知后觉对方根本就看不到，真是尴尬。这种尴尬一直延续到她走进办公室。时不时有人转过头来看她几眼，仿佛她做错了什么事情，被某人揭露出来了一样。

本来就呼吸费劲，戴着口罩过后，空气都变得湿热了起来。黎沫掐了掐太阳穴，她现在确实没办法正常工作了。她原本还想趁着昨天得到的灵感，调配出和顾亦笙身上类似的香基。

嗅觉受到影响，真是要逼死调香师了。还不等黎沫找齐未芷，她就送上门来了。

“我们的首席调香师怎么了？为什么看起来病恹恹的？”齐未芷昨天干了缺德事就迅速退场了。

在她看来，黎沫这么沮丧的原因除了鼻塞，应该还有香基掉进水里找不到的关系。齐未芷完全没想到顾亦笙早就拜托酒店的工作人员，把黎沫的三瓶香基全都给她找了回来。

处于对立面的两位调香师聚在一起，其他同事也难免将注意力悄悄地放在黎沫和齐未芷的身上。事实上，今天在黎沫还没有到公司之前，就已经各种风言风语了。

“这次风尚新品发布小获成功，完全不受大环境影响啊！听说都是因为黎沫将 Cold Ocean 的成分卖给了风尚！”

“不是吧，如果真的是这样，风尚跟我们发一样的香水，那不是一样的效果吗？”

“你以为风尚傻啊？我听未芷说，对方就把后调稍微改了改。”

“额，这不是说明我们的后调太小众了吗？不然怎么人家一改就大卖了？”

“现在不是这个问题！你们没看出来啊，黎沫多半是要跳槽去风尚了！”

“啊……”

“她到底是跳槽还是排挤其他调香师啊？我感觉这次 The cold 系列彻底没落的话，以后就只剩下 Ariel 系列了。”

“我也这么觉得，现在出去说我们曜煜的香水，大家都只知道 Ariel 系列，资源全被她一个人占了。”

“曜煜做的是产品，如果不注重品质，沉迷于这种名利斗争，接下来还会更差。”

“没错，就算是我们营销部门做得再多，产品不好，照样卖不出去。”

黎沫显然不知道自己在很多人心里都变成了工于心计的女人，她看都不看齐未芷一眼，开始整理工位上的资料。

“你这是要向老板请辞吗？”齐未芷惊讶地看着黎沫，“是不是昨天你跟风尚的顾总在一起的时候，说了什么？”

“啥？”黎沫被齐未芷这冷不丁的发问，直接问蒙了。

在办公室大喇喇地说出这种让人误会的话，说她不是存心的都是捏着鼻子哄眼睛。

“黎沫，你昨天展示的三款香基不是反响不错吗？”齐未芷眼神中带着羡慕，“我看顾总还亲自试用了，那肯定是他很满意啊！怎么，你离开曜煜过后，是不是有什么打算？”

“你误会了。”黎沫冷冷地看了齐未芷一眼，“我没有想离开曜煜去风尚的打算，也请你不要说这种容易让人误会的话。”

“哦，那可能是我误会了？”齐未芷捂着嘴做出一副惊讶的模样，“顾总只是欣赏你，才一直询问你新品香基的事情？我听说你不小心掉进泳池里，人家顾总想都没想就跟着跳了进去！”

不小心掉进泳池里？

黎沫深吸了一口气，看周围的人，果然眼神中都充满着浓厚的兴趣。这是对八卦的渴望和期待。

因着齐未芷夸张的话，好多人都开始想，顾亦笙和黎沫到底是什么关系。

“你不用害羞嘛！”齐未芷笑嘻嘻地拍了黎沫一下，仗着她少言自己单方面道，“我们公司又没有禁止办公室恋情，更何况你和顾总又不是一个公司的。”

齐未芷这句话更是别有深意。毕竟曜煜公司上下不少人都知道，黎沫和楚逸寒的关系“不一般”。

黎沫差点被气笑了，这齐未芷是中央戏精学院毕业的吧，有这演技都可以去出道当演员了，哪里还有那些花瓶女演员的事情？她确实沉默寡言，但是她又不是哑巴。

“我没有失足落水，是被一个心思恶毒的女人推下去的，因为她想抢走我的香基。”黎沫的声音沙哑中不缺乏力量，“你说我现在去报警，应该还来得及吧？毕竟酒店有监控。”

“……”齐未芷没想到黎沫忽然这么说，她刚想骂回去，说谁心思恶毒呢！

然而听到后面半句，齐未芷屁都不敢放了。

一直以为平时低调沉默的黎沫除了楚逸寒的那层关系以外，就是个脾气好的软柿子，齐未芷没想到她这么不好拿捏。

“我没想跳槽也没有做见不得光的事情，谁做的自己清楚。”黎沫把需要的资料全都塞进加大号的挎包里，无视所有被她震惊的人，站了起来。

毕竟他们平时除了工作的时候，很少见黎沫说这么多话，这还是头一遭看到她主动怼回来。

就在大家以为这已经是结束的时候，就听黎沫眼神漠然道：“我没有谈恋爱，没有男朋友，单身狗一只，再问自杀。”

众人：……

或许是因为生病的关系，黎沫的战斗力难得的比平时增强了许多。头一次被黎沫怼得哑口无言，齐未芷露出了见鬼一样的表情。

这黎沫今天吃什么炸药了？？火气这么大？？

黎沫沉着脸直接杀进楚逸寒的办公室。

“沫沫，你怎么戴起口罩了？”楚逸寒昨天中途有事，和顾亦笙聊完过后就离开了会场，根本不知道后面发生的事情。

“我感冒了，鼻塞。”黎沫闷声瞪了楚逸寒一眼，“如果不是你昨天非让我去，我会感冒？”

“这怎么就是我的锅了……”楚逸寒一脸懵逼，作为哥哥，他还是敏锐地察觉到了妹妹情绪不太对劲，“你跟谁生气了？”

黎沫走上前一拍桌子，忍了忍才没有像小时候一样，受了委屈就找哥哥告状。

“我要请假一周！你帮我解决！”黎沫冷哼一声，“都觉得我是你女朋友，那我随意一点也无所谓吧？”

楚逸寒眼见着他这一向斯文可爱的妹妹风风火火地来，又一阵风似地离开，心里一阵好笑。

他倒是没想到自己这妹妹什么时候变得这么活泼了。再无奈，楚逸寒还是拿出手机，贴心地编辑短信发给黎沫。

［哥哥：感冒了就好好休息，一个人不行的话，给我打电话，我过来照顾你。］

收到这条消息的黎沫翻了个白眼，懒得回复，把手机往包里一塞就招了一辆出租车。

而黎沫在的时候，还一脸温柔俨然一副好哥哥样子的楚逸寒在她走之后，直接把秘书叫了进来。

“监控视频拿到了吗？”

“已经把齐未芷推人的那一段截好了。”

楚逸寒点头，直接用自己的邮箱，把这段视频发给了齐未芷。

“楚总，为什么不直接把齐未芷开除？”秘书忍不住多嘴一句。

“这件小事构不成失职，她可以说是和黎沫发生口角，一时冲动。”楚逸寒脸色沉了下来，双手支在桌面上，想到风尚新品的事情，他勾了勾唇角，留着齐未芷，还有用。

突然收到老板的邮件，齐未芷还以为是工作上的事情，她拿电脑点开，没想到是一段视频文件，没有多想点开，眼前却出现了昨晚游泳池旁边的画面，再糊的画质都遮掩不住她当时故意推人行径。

坐在齐未芷对面的同事看到她一下子脸色难看，连忙道：“怎么了？”

“不不不没什么！”齐未芷迅速关掉视频，佯装镇定，其实她心里已经慌了，这是在警告她吗？

齐未芷吓得不行，她虽然早就知道黎沫和楚逸寒关系非同一般，可是这样直接被警告，给她带来的震惊又是不一样的，没想到就连这种事楚逸寒都要替黎沫出头！

齐未芷忐忑地等了老半天，没见楚逸寒找她谈话，也没有说要开除她的迹象，她总算是松了一口气。

她现在留在曜煜还有用，在跳槽去风尚之前，她必须要完成和乔修韦约定的事情才行。

算了算日子，礼服可以后天再还回去，黎沫可怜兮兮地看了一眼自己的钱包。又要瘦了。

在小区里面的药店买了些感冒药，还被店员硬塞了一些乱七八糟的常备药，黎沫伸手摸了摸额头。

“被她说中了，好像是有点低烧……”黎沫在心里默默地吐槽店员乌鸦嘴，摇摇晃晃地往自己家的方向走去。

“喵呜！喵呜！”

隐约听到熟悉的叫声中气十足且理直气壮地响起，黎沫无奈地停下脚步，就看到果然是自己平时喂的那只橘猫。

“你又不是小流浪，你找我要吃的干什么？”黎沫低头就看到这肥肥的橘猫绕着她的脚转了一圈儿，已经开始讨好地蹭她了。

前不久黎沫亲眼看到这胖橘猫戴着项圈被一对老夫妻牵着，多半是主人随意散养，没把这孩子当家猫养。

又是无奈又是心疼，黎沫都能看到胖橘耳朵里面的耳螨了，身上肯定也有不少虫子。

“哎。”黎沫叹息一声，从包里拿出两个随身杯，打开一杯给它，另一杯被她拿着放在平时投食的草丛里。

忍着头晕目眩找了一圈儿，黎沫没看到猫妈妈在哪里，那一窝小猫也被她给藏了起来。

等她转身往回走的时候，就看到那胖橘已经叼着空了的杯子朝着她喜滋滋地跑了回来。

“没有了。”黎沫把空杯子扔进垃圾桶，提着胖橘往它主人所在的楼栋走去，免得它去和人家刚刚当妈妈的小母猫抢吃的。

十个橘猫九个胖，还有一个压塌炕。黎沫哼哧哼哧地放下胖橘时，忍不住给这句话点赞，说得实在是太对了！

“小橘，你吃饱了就快回你家吧，别抢别人的，你这样下去要得肥胖症。”黎沫也不知道胖橘能不能听懂，自己擦着额头上的细汗就往家里走。

出了阵汗，那痛苦的鼻塞似乎好了一点，黎沫直叹气。她这是水逆还没结束吗？人倒霉到一定的程度，不把希望寄托在星座运势上，都过不下去了！

一番折腾，黎沫都不知道自己是怎么回到家门口的，浑身像是散了架一样。开门那一瞬，大作的狂风把阳台的窗户猛地推了过来，“啪”的一声把黎沫吓得一激灵。

“这是要下雨了吗？”黎沫担心晾在阳台上的衣服被雨水打湿，放下挎包就跑去阳台。

拿着晾衣竿抬头去叉衣架的时候，眼前涌上一阵晕眩，黎沫忍不住叹气。今天这都是些什么破事儿啊……

[沫沫啊，别老是一个人，女孩子都是需要人心疼的，妈妈不希望你太辛苦。]

每次只有在生病或者一个人晚归的时候，才会压制不住心里那满满的孤独和羡慕。最近定制群里有好几个都是老公背着太太进群预订，想给自己的爱人一个惊喜。黎沫觉得自己一定是狗粮吃太多了，才会这样羡慕。

手上抱着一大堆衣服，黎沫手里的晾衣竿落到最后一件衣物的时候，她的唇角忽然一抽。

自带小猫尾巴的网状羞耻内裤，黎沫一看到这没下限的衣物，就忍不住想打死慕心雨。她到底是哪里来的逻辑觉得她喜欢猫，就一定会喜欢这种乱七八糟的贴身衣物啊？！

黎沫踮着脚一叉，想着这下子完事儿可以先不急着叠衣服，等她吃了药睡醒了再说。然而今天的水逆注定让她没办法轻松。

“我的天！”

一阵风刮过，黎沫像是被雷劈了一样，瞠目结舌地看着她的晾衣竿上，只剩下一个光秃秃的衣架！那条没羞没臊的内裤不见了！

连身体的不适都忘了，黎沫迅速趴在阳台上往下看，就见那小猫尾巴招摇地往下飘落，然后挂在了楼下邻居家的防护栏上。

黎沫这下真是想死的心都有了。如果她没记错的话，张先生和张太太就住在她楼下，别正好就是这家啊？

二分之一在熟人面前丢脸的概率，黎沫脱力地靠着墙，很想装作什么都不知道。可是那条招摇的猫咪内裤实在是太过火了，虽然她没有穿过，但是也完全忍不了啊！如果人家邻居没发现，这条内裤就一直挂在人家防护栏上？

“我这是做的什么孽……”黎沫欲哭无泪地把收好的衣服全部扔在沙发上，垂头丧气地往楼下走。

她是朝北的户型，她站在楼下朝南户型的门口，踟蹰了很久不敢敲门。尴尬地咳嗽一声，黎沫这才发现自己戴着口罩，也就是说对方看不到她整张脸！

哎呀，她只要说自己是楼上的住户就好了，别人不一定知道她是谁啊。被自己机智到的黎沫按了按门铃，准备把自己的声音压到最低。

看不到她的整张脸，再加上感冒了声音本来就很粗，黎沫觉得没有比这更完美的伪装了。

对讲机里传来声响，黎沫站在摄像头后，礼貌道："您好，我是楼上的住户，我有东西掉下来了，麻烦您开个门……"

黎沫自认为完美的伪装和开场白还没说完，门就打开了。

"黎沫？"

简单的两个字，彻底粉碎了黎沫心里的所有小幻想。

一身白T恤加米色长裤的顾亦笙在这阴雨天里自带一股阳光的味道，舒适的姿态和柔和的气场和昨晚那腹黑精明的商人完全不一样。

刚才是谁说的二分之一碰到熟人的机率？黎沫自己打脸打得生疼，她根本没想到楼下住的竟然是他！

"唔，你认错人了……"黎沫掩耳盗铃似的捂着脸转过身，想要立刻从安全通道逃离。

顾亦笙被黎沫这模样逗笑，他长臂一伸就把她给拉了回来，忍着笑意道："跑什么？难道你不是黎沫？你刚才说有什么东西掉在我这里了？"

"……"黎沫面如土色地转过头，欲哭无泪道："没什么东西，我刚才说错了，你放我走吧。"

一眼就看出黎沫在害羞，顾亦笙勾着唇角道："没事，我帮你拿出来，掉在哪里了？"

黎沫死也不愿意说，就见这男人已经回到屋子里去找了。不知道是羞耻还是身体难受，黎沫头晕眼花地靠在门口，真希望这不是现实。

太丢人了！

然而不到五分钟，顾亦笙就拿着黎沫那不敢见人的衣物走了出来。

"是……这个吗？"饶是顾亦笙，都没想到黎沫会有这样的趣味。这女孩子平时看起来斯斯文文的，难道是内心非常奔放吗？

黎沫抬眼就对上顾亦笙复杂的眼神，她也不知道是气的还是怎么的。抬头想把慕心雨送的烫手山芋抢过来时，黎沫眼前一黑，忽然就倒了下去。

这下……丢脸丢大了……被同一个男人多次看到狼狈的模样，是怎样的体验？尤其是像她这样，两次被顾亦笙看到睡颜，该多蠢啊。

黎沫不知道自己睡相如何，如果打呼、磨牙、说梦话，那她真的不用做人了。就连在昏睡中，她都不忘担心这些有的没的。

一股清凉的感觉覆盖在额头上，彻底缓解了她那快要蔓延的灼烧感。她像是脱水的绿萝一样，喉咙干涩而难受，极度需要水分。

冰凉湿润的触感在唇瓣上游走，黎沫迷迷糊糊睁开眼，就看到坐在床边的男人一手拿着医用棉签，另一只手端着水杯。

“醒了吗？”顾亦笙怕惊扰到黎沫，尽量压低了声音，“要不要喝点水？”

看了看电子体温计上的温度，顾亦笙自顾自道：“温度倒是下降了。”连续两天在不是自己的床上醒来，黎沫的心理阴影面积都无法计算了。

“谢谢……”黎沫开口的第一句话因为嘶哑的喉咙，听起来像是白雪公主里面后妈变成的巫婆一样，把她自己都给囧死了。

她都以为顾亦笙要笑话他了，这男人却没有丝毫的反应，只是把棉花签和水杯放在床头，单手扶着她坐了起来。

“先吃药。”顾亦笙早就准备好退烧药放在手边，就等黎沫恢复意识。

“啊，我……”黎沫还没有来得及客套和拒绝，男人就把药凑到了她的嘴边。

猝不及防被塞了一嘴药，黎沫呆愣的间隙，水杯也送到了嘴边。愣愣地和着水吞了下去，黎沫直到被顾亦笙重新按回被窝里都还没反应过来。

“吃了退烧药睡一觉，应该就没事了。”顾亦笙轻笑一声，似乎是觉得这样呆愣的女孩有点可爱，他甚至难得温柔地给她拉好了被子。

两只手不安地抓着被子，黎沫缩了缩脖子，只露出两只眼睛在被子外面。

“实在是太麻烦你了……”

黎沫嘴上这样说着，但是如果现在让她自己走回去，似乎有点使不上力。顾亦笙的被子有毒，他的温柔对待也有毒。

她前不久明明还能收衣服跑下楼，为什么一下子就没了力道，连坐电梯上楼这点距离都觉得很困难呢？

“没事。”顾亦笙现在才想起来之前看过黎沫的资料。

很多人都忽略了，这个在时尚界已经独当一面的女孩其实才毕业回国不到两年。拍了拍黎沫的脑袋，顾亦笙想着这个小自己四岁的女孩，果然还是个小丫头。

很久没有被亲人以外的人这样悉心照顾，黎沫感动之余，不知道是眼花了还是怎么。否则为什么她总觉得顾亦笙周围的背景都点缀着充满少女心的卡通小心心？那每一颗不断放大缩小的心形，就像是她不受控制的心跳一样。

下一秒，黎沫就见顾亦笙唇角勾起一抹迷死人不偿命的笑容，那低沉悦耳的低音炮在这安静的室内响起。

“你又欠我一次，我会给你足够的时间想清楚，应该怎么偿还。”

黎沫：……

她收回说顾亦笙是少女漫画中男主角的话！他这样的就是玛丽苏文里面的霸道总裁啊！

怎么总是想着让别人偿还？！

“肉偿”两个字挂在黎沫嘴边忍了半天，为了不破坏她的形象，她才憋了回去。她就不信，这两个字怼过去，顾亦笙还能拿她怎样！

“我当然希望是我想要的结果。”顾亦笙颇具深意地看了黎沫一眼，随即起身离开了卧室，“好梦，黎沫小姐。”

如果这腹黑霸道总裁不说刚才的话，她就能做个玛丽苏七彩公主梦了，现在可好……

总觉得多睡在这里一秒钟，都要加大偿还力度。这年头的老板为了挖人，真是无所不用其极啊。心里这样想着，因为退烧药的关系，黎沫的眼皮越来越重，再次陷入沉睡之中。

空气中弥漫着淡淡的熏香气味，黎沫皱了皱鼻子，鼻塞让她完全辨别不出来是什么气味。

职业病又发作，黎沫想着想着，竟然就这样睡着了……

“沫沫！你昨天干什么去了啊？我给你打电话你都不接！”

黎沫睡了一天，都不知道自己是怎么腆着脸从顾亦笙家里拿着那条内裤出来的，没想到这罪魁祸首还不怕死地送上门来。

“你好意思说？如果不是你给我买那个……”黎沫话到了嘴边没好意思说出来，实在是太丢人了。

“你说话的声音怎么这么粗？你一定不是我认识的黎沫！”

“我没心思跟你开玩笑，前天被齐未芷推进游泳池，现在鼻子塞住就算了，礼服我肯定要赔钱了！”

“额，十一万还是十二万？我相信你是有钱的……”

“慕心雨！”

“好吧，都怪我瞎建议，我去帮你跟服装店讨价还价！不过那齐未芷真是忒不要脸了！撕了她！”

“撕什么啊，我现在光是忙新品就头疼死了。”

“心疼你，不过你感冒还好吧？一个人照顾得过来吗？”

听到“一个人”这个关键词，黎沫心跳不自觉地漏了一拍。也就是她这一瞬的迟疑，被慕心雨听出来了。

“我说，你难道昨晚不是一个人？谁去照顾你了？”慕心雨羡慕嫉妒恨，“我就说你最近很反常，一定有状况！”

黎沫像是做了亏心事一样，瞎编了一句：“我和我哥哥在一起啦！”

“哦，好吧。”慕心雨语气中满是遗憾，“你这没出息的，我还以为有男人照顾你呢！”

吐了吐舌头，黎沫对着玄关的镜子照了照，发现今天气色确实比昨天好了不少。顾亦笙这三个字躺在她的手机通讯录和微信好友里面，这种感觉实在是太奇妙了。

忽然又想喷上“怦然心动”的香味，不管她嗅觉能不能感受到那甜蜜的气息，她都想。

不经意地一抬眼，黎沫就对上镜子里那双带着春情的眸子。她就从未在自己脸上见到过这样的表情，一时间愣住了。

她这是怎么了？“怎么有一种恋爱中的错觉？”黎沫随口这么一说，反倒是被自己这话给吓到了。

恋爱？？不不不，不可能的。

黎沫焦虑似的冲进客厅，坐在沙发上作思考状，她怎么可能谈恋爱？连个对象都没有！

眼前一闪即逝顾亦笙那时而腹黑，时而温柔的俊脸，黎沫低着头把十指插在发间。她这是单方面地喜欢上一个男人吗？

从来没有谈过恋爱的黎沫头一次有这样的感觉，可是还没有开始就觉得要结束是怎么回事？顾亦笙从一开始就奔着挖墙脚的目的来的，黎沫知道风尚集团的迫切。所以，她知道自己这个角色，对顾亦笙来说是如何的重要。

想清楚过后，更是悲从中来是怎么回事？黎沫瘫倒在沙发上，陷入了二十多年从未有过的少女烦恼。

第四卷

迷幻花园 The Enchanted Garden

No.24 Mysteries

不知道黎沫已经擅自在这里脑补了一出“他爱我的才、不爱我的人”大戏，顾亦笙在她走后，打开书房的电脑，接入了云会议。

洛安都不知道自家Boss为什么推迟了今天的会议，抓心挠肝地等待了好久。第一会议室里，魏浩言拿着准备好的资料，准备和乔修韦一同汇报。乔修韦的加入，是在顾亦笙的预料之中。

此人既想讨好他，又不想放弃魏浩言这块肥肉。想借着魏浩言升职的机会，跳出香水板块。顾亦笙就是知道这点，才懒得去公司和他们浪费时间。

魏浩言这次的汇报相比上次更加详尽，对时装板块进行了三年战略发展规划。报告自然是没有毛病，可是明眼人都能看出来，魏浩言有些心急了。时装版块现在正处于稳健发展的有利状态，继续加大投入并不是不可以。

只是因此要削减香水板块，顾亦笙并不是很赞同。既然是集团总部交给自己的任务，顾亦笙自然要完美解决。等魏浩言口干舌燥地把自己的长篇大论全部说完，他简单粗暴地直接给出了结论。

驳回。

再次被阻止，魏浩言的表情臭得在场所有人都看懂了。

“我也同意顾总的说法。”推门而入的女人环顾会议室所有人，“香水市场目前存在很多机遇，只不过风尚一直没有抓住而已，把一个历史疑难问题变成创收板块，你们一直没有做到，所以我和顾总来了。”

陆尔岚一身干练的工装，尽管她已经将黑色的长直发披散在肩头缓解凌厉的气势，可是她那一贯的女强人风格根本就掩藏不住。

和顾亦笙一起空降亚洲区域的总裁助理，陆尔岚。又是一个压在自己头上的人来指手画脚，魏浩言的脸色很是精彩。

洛安在一旁不着痕迹地弯了弯唇角。

“请大家相信我和顾总，我们会努力让香水版块，今年年底给大家一个好看的答卷。”陆尔岚鞭子与糖果并用，成熟的气质美人动人一笑，倒是鼓动人心。

顾亦笙见陆尔岚在现场坐镇，也就没有多说一句话。对于总部批准陆尔岚跟自己一起回国，他在获得一个有利帮手的同时，也招揽了不少麻烦。

董事长对陆尔岚特别满意，无论是她的品行还是能力，都是他眼中最完美的儿媳妇。无奈顾亦笙一直不开窍，董事长只能在旁边帮点小忙了。

生怕陆尔岚私下找自己，顾亦笙给洛安打了一声招呼便退出了云会议。难得休息两天，他可不想被任何因素干扰。

除开黎沫那搞笑的小插曲，顾亦笙想到她羞愤欲死的表情就忍不住唇角上扬。如果非得要尽快找女朋友，他都一定会选自己喜欢的。顾亦笙对待工作、生活品质、还有个人情感都是一样的高标准。

绝对不会将就。

“黎沫还不错。”顾亦笙闭上眼就能想起黎沫睡梦中不安又可怜的模样，能轻易地激起他的保护欲。

“阿嚏！”黎沫忽然打了个喷嚏，都不知道谁在背后说她。只要不是齐未芷都好。

虽然请假在家一周，但是她根本就闲不下来。

跑到工作室里面坐着，黎沫对着自己的三瓶备选香基发愁，按照安排的计划时间，她下周就必须把第一版的新品提交上去。

试香架上插着三张试香纸，上面的编号分别对应她这三瓶香基，黎沫费劲地凑近了才能嗅到一丝味道，早知道会重感冒，她就晚几天再进行留香时长测评了。

留香时间记录本上，黎沫根据时长划分了五个等级，六小时以内的留香时长评为一星，十二小时内、二十四小时内、四十八小时内分别定为二星、三星和四星，超过一周的才能拿到五颗星，这样的香料一般很少。

不光是留香时间，香气强度和香品值也必须包括在测评之中。黎沫不夸张地说，她大多数的作品，香品值都在四星以及以上，偶尔碰到三星级别那种比较平淡的气味，她都会丧好长时间，怀疑人生。五星级别的诞生则是她欢喜雀跃的时刻。

她至今还难忘被评为二星级香品值的香料，当时她不信邪非要闻闻，当场被呛得恨不得给自己一巴掌，刺鼻难闻的味道让她迅速溜了，一刻都停留不下来。

“好烦，我是不是要用这种狗屎味道让我自己的嗅觉清醒一下？”黎沫叹了叹气，决定摸出铃兰香料治愈自己一下。

将铃兰香料滴在试香纸上，黎沫甩了两下都还没干，香料和香水不同，彻底变干需要一点时间，她闻了闻，现在暂时还没有明显的气味，然而铃兰的魅力就在于，等它干了过后，味道会越来越强烈，正适合她现在这种鼻子不灵的人找安慰。

黑醋栗和苹果脂这两个果香里面，黎沫最爱使用的香料也被她单独拎了出来，试试和她的香基能够混合出什么新的气味。黑醋栗不同于黑加仑和葡萄，包含了这两者甚至带有一股黎沫最爱的小清新香气，苹果脂也是如此。不经意地看到被自己放在最里面的“春雨”，黎沫忍不住把这个小瓶子拿了出来。隐隐的香气清幽而独特，若有似无的感觉更像是抓不住的春雨，黎沫知道，这是出自她手中的又一个幻想型香气，不存在于大自然之中，却能让人瞬间联想到春雨的意境。

就像是那个让人捉摸不透的男人。忽然就不想把这款香水公开了，黎沫决定把它留着自己用。

拎着瓶子看了一会儿这金色的液体，黎沫纠结了：“要不要试试现在流行的轻型香水？染色成绿色系是必须的，金色不符合主题。”

黎沫平时走老派三调风格，有时候还是会突发奇想尝试两调，她偏爱淡化后调的轻型香水，春雨的前调和中调都是她的最爱，将后调淡化了反倒是能够让消散最快的前调得以留下更深的印象。

像是一场说来就来的温柔细雨，浸湿了干涸的大地，留下的全是沁人心脾的清爽香气，清凉中不失温柔。打定了主意过后，黎沫更是泄气，毕竟她现在想得再好，也没办法立刻实践啊，齐未芷真的太讨厌了。

楚逸寒还发短信来问要不要让阿姨煲汤给她送过来，黎沫撇了撇嘴，她自己会做。

在冰箱里倒腾了半天拿出自己之前买来的鸡，黎沫还特意把鸡肝放在一边，留着拌在冻干里晚上喂流浪猫。

简单粗暴地迅速解冻过后，黎沫就开始准备自己今晚大补的竹荪鸡汤了。冷不丁地想起早上在顾亦笙家里尝到的海鲜粥，黎沫盯着正在冒热气的汤锅发呆。

她是不是可以分一点鸡汤给顾先生，感谢他昨晚收留自己？黎沫对自己的手艺自然是很清楚的，只要是她吃过一次的菜，都能做出外面饭店的水平。

楚逸寒已经说过好多次想来她这里蹭饭了。可是她这样的行为，会不会被顾亦笙误会成想借机跟他亲近，还做饭给他吃？

黎沫浑身一个激灵，连忙将注意力重新专注在自己这滚烫的汤锅里。也不知道海鲜粥是顾亦笙自己做的，还是在外面买的。

黎沫觉得顾亦笙这样的男人应该是十指不沾阳春水，家里的厨房估计从来都没有用处。

不知不觉中，她满脑子都在想着顾亦笙的事情，等她反应过来的时候，她已经把竹荪鸡汤装在上次买的砂锅里面，甚至还点缀好枸杞和芦笋，摆盘技术堪比五星级酒店。

“我这是在干什么啊……”黎沫拍了拍自己这不清醒的脑袋，她是发烧把自己烧昏头了吗？

满脑子只知道想男人，实在是太可怕了。

拿出一个大陶瓷碗，黎沫正准备吃多少盛多少，就看到被她放在一旁的手机屏幕上躺着一条微信消息。

顾亦笙：早上做的海鲜粥有点多，你要一起吃吗？

拿着汤勺的手都快拿不稳了，黎沫呆呆地瞪大眼看着这行黑色的小字。等她回过神来时，她已经给了对方肯定的答复，戴着厨房手套，端着她的砂锅走出了家门。

“天呐……”黎沫觉得自己今天多半是没吃药，否则怎么会做出这种荒唐的事情。

重新站在顾亦笙家门口时，黎沫内心是崩溃的。她这是单方面恋爱了吧？否则怎么可能会做出这种不像平时的她会做出的事情！

“黎沫？我刚才发信息的时候，你在做饭吗？”顾亦笙打开门很自然地就要伸手接过黎沫手中的砂锅。

“啊，这个太烫了，我来就好。”黎沫都没发现顾亦笙对她的称呼直接从“黎沫小姐”变成了“黎沫”，否则她不知道又要怎么胡思乱想了。

不大的餐桌上已经摆好了两双碗筷，还有两碟爽口小菜。

黎沫昨天就想说了，顾亦笙家里的东西，无论是杯子还是碗筷，都透露着一种优雅精致的感觉。这男人真是从头到尾都让人觉得很舒服。

怕黎沫拿着太重，顾亦笙连忙把桌上的碗碟挪开给她的砂锅留位置。

放下砂锅直起身那一瞬，黎沫才发现自己和顾亦笙的距离很近，她的脸蛋不自觉地微微泛红。

“我随便炖了点鸡汤，应该还能将就喝。”黎沫嘴上谦虚着，其实内心还是紧张不已的。

把砂锅盖子打开那一瞬，黎沫都要生出一种自己是在参加厨艺比赛的错觉了。

眼前的顾亦笙就是评审。

鸡汤浓郁的香味和着竹荪的清香扑鼻而来，尤其是黎沫还用上了高压锅，这鸡肉已经是骨肉分离、入口即化的状态了。

“好香。”顾亦笙转身去厨房拿汤勺，笑道：“你不说是你做的，我以为你去小区的饭店里端回来的。”

一向觉得自己怕生的黎沫，就这样在自己脑子清醒的情况下，和一个男人一起单独坐下吃饭了。

拿起筷子那一瞬，黎沫突然开始担心，她会不会因为跟顾亦笙没有共同语言，一直沉默尴尬地吃饭啊？她是不是需要找些什么话题？

除了和香水有关，黎沫悲哀地发现自己根本不知道这男人喜欢什么。

“你现在嗅觉受到影响，新品还顺利吗？”顾亦笙给黎沫舀了满满一碗粥递给她，还拿了一个空碗，给她把鸡汤盛出来冷着。

“啊……太多了！”黎沫小声地抱怨了一句，还是乖乖地把这碗粥接了过来，“马上就要交初版了，我现在只能暂时先在那三款香基里面选一瓶。”

说话间，黎沫还不忘仔细地观察着顾亦笙拿筷子的动作。男人的手指修长好看，说是适合弹钢琴的手都不为过。就连他拿着筷子夹肉的动作都带着一股优雅的味道。

顾亦笙夹住一块鸡肉，吃了一口，完全融入到肉里的竹荪和芦笋清香四溢。

炖软的鸡肉香软细腻，让一向只喝汤、不爱吃鸡肉的顾亦笙都忍不住点头称赞：“真的很好吃。”

“是吗？”黎沫等顾亦笙尝了过后，才秀秀气气地夹了一筷子，果然不错。就连黎沫自己都没有察觉到她那微微上翘的唇角和明媚动人的眼神。被他称赞，她真的好开心。

顾亦笙握着筷子的手指一紧，差一点就忍不住摸摸她的脑袋。褪去了平日里的疏离和淡漠，黎沫骨子里就是个可爱又羞涩的小女孩。

“你现在请病假在家吗？”顾亦笙随口一问。

“对啊！”黎沫皱了皱鼻子，“完全派不上用场，去了也没用。”

与其去被齐未芷逮着撕逼，还不如自己在家里清静清静。

“如果你愿意……”顾亦笙顺着话头准备接下去的时候，就被黎沫打断了。

“哎，你别说！我知道你要说什么。”黎沫喝了一口鸡汤，没好气道：“如果我愿意跳槽到风尚，你就让我去你家花园实地参观是吧？”

回应黎沫的，是顾亦笙清浅的笑容。如果不知道他目的的，估计又要被这个笑容闪到眼花了，现在黎沫只会觉得此人腹黑到了极点。

“哼，我感冒好了就去花舞人间逛逛，说不定会碰到相似的气味。”黎沫哼唧一声，都不知道自己此时的表情有多傲娇。

顾亦笙将黎沫的变化看在眼里，不说破，只是唇角的笑意更深。快被这男人的笑容闪花眼了，黎沫闷头吃饭，才反应过来自己竟然跟他一直在聊天。

“上次我看你在喂流浪猫，我们小区的流浪猫很多吗？”顾亦笙试着打开黎沫的话匣子。

不知道为什么，他就是想看看这女孩子不一样的一面。

“不到十只吧。”黎沫都没发现顾亦笙又一下子戳中她感兴趣的话题，“跟我走得近的那只花猫以前不是我们小区的，逮住我碰瓷成功了一次，就赖着不走了。”

顾亦笙想到那画面，莫名觉得好笑。黎沫看起来那么高冷，这些小动物怎么察觉到她冷漠外表下的善良？

“楼下有一只狸花猫之前生了一窝小猫……”

或许是顾亦笙的笑容太温柔，也或许是因为今晚的海鲜粥和竹荪鸡汤太美味，黎沫像是一个话唠一样，拉着顾亦笙说了好久和小区里流浪猫之间的点点滴滴。

她甚至像是对待自己的香基一样，给这些小可爱命名，每次投食都执拗地喊着它们的名字。

吃饱喝足了，黎沫想要帮忙洗碗，都被顾亦笙以她是病号的理由拒绝了。不好意思在顾亦笙的家里待太久，黎沫借口要回家吃药提前离开了。

愣愣地站在电梯门口，黎沫忍不住想着，现在像顾亦笙这样的好男人确实不多了。

又会做菜，还主动洗碗，甚至他的优秀能力也是有目共睹的。最关键的是长得还这么帅……外貌协会的黎沫得到了深深的治愈。

就算是跟顾亦笙只是朋友，她都觉得这世界是美好的。然而她周身满溢的粉红泡泡还没有来得及飘起来，就见上行的电梯门在眼前打开，一位干练又成熟的御姐从里面走了出来。

在看到黎沫的那一刻，这位美人很明显地皱了皱眉头。

她难道是来找顾先生的？

黎沫将眼里的惊讶掩饰得很好，谁说在这层楼下来的美女就是找顾亦笙的，是吧？

下一秒，踩着黑色高跟鞋的陆尔岚就当着黎沫的面按响了顾亦笙家的门铃，狠狠地打了她的脸。

抱着砂锅的手一紧，黎沫说不清自己现在是什么样的心情。在这个时间点，直接找到顾亦笙家里的人，无论如何都跟工作无关吧？

好像没有人规定，优秀的男人都必须是单身。黎沫焦躁得连电梯都懒得等了，她不想给顾亦笙带来困扰。

黎沫才刚刚出门，门铃就再次响起，顾亦笙直接从厨房里走出来，手都没来得及擦便打开门道："黎沫？你有什么东西落下了吗？"

"……"正抱着砂锅往楼梯口走去的黎沫动作一僵，没想到自己竟然在这个时候被点名。

“黎沫是谁？”陆尔岚丝毫没有被认错的尴尬感，她甚至从容地顺着顾亦笙的视线往后看，“是这位小姐吗？”

谈话间，陆尔岚就把黎沫从头到尾打量了个遍。这个第一眼就让她不舒服的女孩子，竟然以这样居家的姿态从顾亦笙的家里走出来。这让陆尔岚不得不防备。

“阿笙，不给我介绍一下吗？”陆尔岚唇角一勾，露出一个工作时惯有的笑容，“你好，我是陆尔岚，阿笙的朋友。”

黎沫上一次接收到这样咄咄逼人的视线，还是来自楚逸寒的追求者。

当时那位误会了她和楚逸寒关系的小姐气势汹汹地站在她面前，就差没把她给撕了。

眼前的陆尔岚不一样。

成熟优雅，干练精明，她不会把自己最难堪的一面让自己喜欢的人看到，两句话就把话语的主动权揽到了自己的身上。

顾亦笙头疼地掐了掐眉心，陆尔岚为什么会有他这里的地址，甚至出入如此畅通，他觉得他可以问问那位固执的董事长。

现在已经是下班时间，甚至是他个人休假的时间。在这样需要放松和休闲的时候见到陆尔岚，着实有一种在暑假碰到班主任的既视感。

视线一转落到黎沫身上，顾亦笙刚才还糟糕的心情瞬间好转了不少。似乎是被强势的陆尔岚给吓到，抱着砂锅的女孩子就像是抱着瓜子的小松鼠一样。

受到了惊吓，手里的瓜子都要被吓掉了，她还要死死地抱着不放手。

“黎沫，楼上的邻居。”顾亦笙言简意赅。

邻居黎沫小姐有些意外地看了顾亦笙一眼，他还以为他会以工作的身份介绍她。毕竟如果他是想要挖她这位调香师的话，走得近一点，也好跟女朋友解释。

见顾亦笙没有继续说下去的意思，陆尔岚也没有追问。她的聪明之处在于点到为止，从来不会摆出一副急切的模样。

从陆尔岚进入风尚过后，顾亦笙身边形形色色的女人层出不穷，只有她是留到现在，并站在距离他最近的位置。耐心守候了这么久才得到了董事长的青睐，陆尔岚不会因为一点小事就乱了阵脚。

“你们慢慢聊，我先上去了。”黎沫礼貌又疏离地对顾亦笙点了点头，直接走楼梯上去了。

女孩仓皇离开的背影让顾亦笙想到了小心翼翼准备亲近人类的流浪猫，好不容易提起了勇气，却被忽然冲出来的熊孩子吓到，迅速钻进草丛中。

分明不久前，就在他家的饭厅里，黎沫眼神动人地跟他分享那些让人心里软得一塌糊涂的小故事。

温润的眸子微微眯了起来，顾亦笙气场一收，刚才还闲散慵懒的居家氛围顷刻间消失不见。

“尔岚，这么晚了，什么事情？”

陆尔岚没想到自己只是想过来看看顾亦笙回国来的独居状况怎么样，竟然被他用这样公事公办的态度对待。

才回来就接到一些烂摊子，住处也是新居，陆尔岚理所当然地认为顾亦笙会因为忙不过来，需要一个女人帮忙他打理。

“董事长担心你一个人不好好照顾自己，让我过来看看。”陆尔岚怕顾亦笙以为自己是董事长派来监视他的，在他眼神还没变之前，笑道：“我找这样的理由来见你，可以吗？”

陆尔岚这女人情商确实高。顾亦笙感慨，也难怪一向挑剔的老爷子会认可她了。当然很可惜的是，她确实不是他喜欢的类型。

“顺便跟你聊聊今天汇报会的后续。”陆尔岚见顾亦笙表情松动，知道他不会这样让自己吃闭门羹。

这么多年一起工作的情谊，再加上他骨子里的绅士和优雅，不会允许女性这样尴尬。

“嗯。”顾亦笙知道陆尔岚要说和乔修韦相关的事情，也就没有拒绝，“家里只有绿茶，凑合一下。”

“没事的，我喝白开水就好。”陆尔岚笑笑，欣然走进顾亦笙的家里。

一窝蜂地回到家里，黎沫差点连喂猫都给忘了，把鸡肝切碎和冻干拌了拌，便黑着脸往楼下走去。顾亦笙的女朋友这么美，腿还比她长！看样子还很会挣钱。

黎沫气鼓鼓地走到日常投食的地方，就看到急支糖浆已经蹲坐在地上等着她了。

在黎沫的建议下，物业的人员最近在小区里面新增了不少给流浪动物遮风挡雨的小窝，这处花丛外面的小房子，大概被急支糖浆这胖子给霸占了吧。

似乎察觉到黎沫糟糕的心情，急支糖浆舔了舔爪子，歪着脑袋对她卖了个萌，“喵呜！”

黎沫的玻璃心顿时就被治愈了，她拿出自己准备的小碗，蹲在地上给急支糖浆倒上冻干。

一嗅到冻干和鸡肝的味道，急支糖浆像是一条狗一样撒丫子扑了过来，急不可耐地把脑袋摁进了碗里。

“那个……你能不能优雅一点，慢慢吃？”黎沫听说和小动物聊天能增进和它们的感情，每次都像个神经病一样蹲在地上说单口相声。

单方面用所有自己能想到的词汇赞美了急支糖浆，黎沫实在找不到说的，只能无奈道：“我抱怨一下，你愿意听吗？”

急支糖浆抬头看了黎沫一眼，低头继续沉迷于冻干的美味中不可自拔。就当他默认了，黎沫郁闷道：“为什么完美的男人都有女朋友了？我觉得我还是不错啊！就不能等等吗！”

在外人面前，打死黎沫都说不出这些画风清奇的话。

被黎沫急切的语气吓到，旁边有一只新来的小玳瑁前进的脚步一顿，迟疑着该不该来蹭饭。

“你别怕，我不是什么坏人。”黎沫费力地嗅了嗅自己身上，应该没有沾上香水的气息啊。

慕心雨老是嘲笑她是“猫痴”，但是因为工作的性质，黎沫身上的香水味老是被喵主子们嫌弃。

当然她本人还是依旧乐此不疲，被嫌弃无所谓，倒贴就好了。急支糖浆自己吃饱喝足后，舔舔嘴巴，大度地给小玳瑁让了个位置。

黎沫仔细观察了一下，发现这小家伙是小母猫，难怪急支糖浆这么宽容大量。

“你们说我怎么办啊？新品弄不好，好不容易有好感的异性只想挖我过去给他做香水。”黎沫惆怅地把下巴支在膝盖上，在地上画圈圈，“你们倒好，发情期到了看谁都是对象。”

想到流浪猫这繁育能力，黎沫在心里大逆不道地默念着：希望你们好吃好喝，不孕不育。

看急支糖浆这情况，估计能抓去绝育了，她摸出手机给它拍了几张好看的照片，准备回头给他找家长。

虽然她这样自作主张不对，但是黎沫还是希望这些小生命能够吃饱喝足，多活几年。而不是在外随时面临各种危险因素。

尤其是小母猫，小小年纪就当妈妈，生下一窝宝宝又不能全养活，下次发情期到了又是恶性循环。

黎沫正碎碎念着，草丛中忽然传来的脚步声把急支糖浆和小玳瑁吓了一跳。

“这些流浪猫都是你在喂吗？”

和黎沫年纪相仿的女孩子脸上带着两个小酒窝，她自来熟地蹲在黎沫的身旁，笑眯眯地看着她。

“嗯，我每天都在喂它们。”黎沫往旁边挪了挪，给这女孩子留出位置。

“我叫张萌，我哥就住在这后面的那一栋！”张萌随手指了指，话题又回到了缩在草丛里暗中观察的小猫身上，“这只小玳瑁好可爱！”

“是个女孩子。”黎沫想了想刚才观察到的特征，“我估计有四个月了。”

张萌咋舌，担心道：“那这孩子得赶紧抓来送养了，玳瑁好能生啊！上次我救的那只怀孕玳瑁，一口气生了七个！葫芦娃的节奏！”说到这里，张萌做了一个震惊的表情，把黎沫都逗笑了。

“你也给小猫找家吗？”黎沫觉得自己找到了志同道合的盟友，“确实如果光是喂流浪猫，不给它们绝育的话还是挺头疼的。”

“是啊，生出那么多小生命出来也是遭罪。”张萌吐了吐舌头，“我经常被猫碰瓷，在路上叫一声就跑过来蹭我，给它们找家都找习惯了！我家三只猫了，老二和老三都是自己赖上门的。”

黎沫羡慕得要死，人家这是猫主子主动找上门，她是倒贴都还没猫理的节奏！而张萌也切实向黎沫展示了她厉害的亲猫体质。

黎沫带着她去找花丛里那一窝小猫时，那几个小家伙看到她根本不躲。

“这几个小没良心的！当初母猫怀孕，还是我担心受怕的又给猫粮又给小窝的，现在还嫌弃我。”黎沫长叹两声，“嫉妒使我丑陋！”

张萌一下子被黎沫给逗笑了，“哈哈哈你好有趣啊！可能是你身上的香味让它们有些敏感吧？”

“香味？我今天没有喷香水啊。”黎沫抬起手臂嗅了嗅，“难道是之前喷在衣服上的没洗干净？”

张萌也凑过来跟着黎沫闻了闻，疑惑道：“感觉不像是香水的味道哎，我嫂子喜欢喷香水，跟你不太像，你这难道是自己身上自带的？”

“噗，哪有这么夸张。”黎沫笑眼弯弯，“可能是我经常接触香料和香水，被腌出味道了。”

张萌又是一阵笑，猫奴和猫奴之间总是有不断的话题。刚刚看黎沫安静的侧脸，她还以为她不太好接近呢，没想到这么好相处。

和黎沫一起把周围的猫找了个遍，准时来吃饭的全都满足地舔嘴巴了，张萌后知后觉道：“我还不知道你的名字，光是聊猫去了！”

“叫我黎沫就好了。”黎沫被张萌那甜美的酒窝感染，唇边一直挂着笑容，之前和猫咪们抱怨的烦恼，似乎也随着这愉快的心情冲淡了不少。

“你住在哪一栋啊？好羡慕你们这些住在御龙庭的土豪。”张萌撇撇嘴，“这里小区绿化景观好漂亮，肺都被净化了。我每次都只有趁着给哥哥和嫂子送好吃的，才能过来玩一玩，我就是个跑腿的。”

说着，她还真的猛吸了两口，自顾自道：“难怪这里流浪猫这么多，真是会选地方！”

“我在中间的这栋。”黎沫指了指身前的低密小洋房，“下面就是阳光车库景观，有两个车位正对着瀑布外，你应该很喜欢。”

“你也住这里啊？”张萌没想到她跟黎沫这么有缘，“我哥哥和嫂子也住这一栋，我嫂子不是喜欢香水吗？听说你们这栋住了一位很厉害的调香师啊！她上次还给我说，想跟那位调香师搞好关系，给她黑箱几瓶新品哈哈哈！”

“……”黎沫张了张嘴，一句话都说不出来。怎么越听越觉得张萌的嫂子是她认识的人。

“你不知道我嫂子多喜欢香水，我一开始还以为她们是赶时尚和潮流。”张萌双手伸开，比划出一个距离，“嫂子有这么大一个柜子，里面全是香水！那些瓶子都是按照系列分好的，不知道的还以为是艺术品！”

黎沫默默地心虚，她能说她家里更可怕吗？

“我哥说嫂子就喜欢这些有香气的，以前沉迷各式的手工皂，现在改迷香水。”张萌压低声音悄悄吐槽，“嫂子买的香皂这辈子都用不完了。”

黎沫干笑两声，她也是张萌嫂子这一类人。

“女孩子一般都喜欢香的物品吧，毕竟一个人的气味总是会给人不一样的感觉。”黎沫想了想，“不同的香气，会给人不同的印象，甜美、成熟、清新、冷艳……我只是举个例子。”

一提到香气就忍不住认真了起来，黎沫在看到张萌微微愣怔的表情时，及时打住。

张萌在黎沫看不到的角度，吐了吐舌头。总觉得聊到这个话题的黎沫和刚才蹲在地上逗猫的女孩很不一样。

她的眼神闪闪发光，原本就好看的五官更是带着一股知性的美丽，让她都忍不住看呆了。

两人一起走进入户大厅，黎沫刷脸把张萌带了进去。在看到她按下三楼的按钮时，黎沫不知道应该如何形容自己复杂的心情。

以前果然还是她太不注意人际交往了，现在稍微有些交集，就发现处处都是熟人。这位张萌小姐多半是张思远先生的妹妹，而她那位喜欢香水的嫂子，正好也能对得上号。定制群里面的关忆雪小姐。

“我到啦，黎沫！”张萌笑容明媚地走下电梯，对黎沫挥了挥手，“你的微信我存啦，下次我过来跟你一起喂猫啊。还可以帮你一起给小流浪找家！”

“嗯，好。”黎沫唇角是忍不住的笑意。

视线不经意地落到顾亦笙紧闭的大门上，黎沫咋舌，不知道那位陆小姐回去没有。当然，人家留不留宿，跟她没有半毛钱关系。迅速按下关闭电梯的按钮，黎沫莫名傲娇地哼了一声，回家吃药去。

“靠！顾亦笙和陆尔岚这两个混账！什么都不懂就对老子指手画脚！”魏浩言酒气冲天地回到家里，把茶几上的果盘掀翻了还没办法抒发自己的怒意。

家里的保姆才把魏浩言的儿子哄睡着，下楼看到男主人这副可怕的模样，被吓得缩在楼梯间不敢说话。

魏浩言冲到花园里，就看到许攸还在拿着喷壶浇花。幸好他家的花没有事，不然他都不知道怎么说他家这园丁了。

“我问你，你觉得时装更有前途，还是香水？”魏浩言坐在石阶上，摸出一根烟抽了起来。

许攸喉头随着这烟味滚动了两下，似乎是嗓子有些痒。她不知道魏浩言怎么了，只知道这位是认识很多厉害角色的大人物。大人物的烦恼，怎么能是他们这种小人物能置喙的？

沉默地低头看手中的喷壶，许攸似乎觉得这是个值得研究的东西。

魏浩言也并不需要许攸这种小角色的回答，他吸了一口烟，自顾自道：“当然是时装板块好啊，为什么他们就是不明白？”

顾亦笙他都算了，这好歹是空降的领导，不管他以后怎么升职，都比不过这“自己人”。

但是陆尔岚就让魏浩言忍不了了。

“叽叽歪歪的女人真是让人太受不了了。”魏浩言忍不住想到已经跟自己离婚的老婆，这个烦人的女人都比陆尔岚好一百倍，“摆出高高在上的姿态，将我的努力和心血批得一文不值，最后还显得我特别没有水准，明明是她不懂这个行业！这女人气得我真想……”

许攸像是想到了什么一样，她抬眼看了看魏浩言，语出惊人：“想杀了她吗？”

“……你是不是在逗我。”魏浩言的酒意下去了一大半，就听这嗓音低哑的园丁小姐笑了起来。

“看不惯她，又干不掉她，那你现在上班还挺辛苦。”许攸说出了大实话。

魏浩言却对刚才那句话耿耿于怀，他严肃道：“我说真的，你不要有偏激的想法，你们这些年轻人想法太危险了。”

“魏先生，你喝醉了，我只是开个玩笑。”许攸把喷壶放下，作势走进屋里，“要不要我让阿姨给你煮一碗醒酒汤？”

“不用。”魏浩言的眼神清明，已经没有之前的醉态，他想了想道：“你最近应该没有出门吧？”

许攸脚步一顿，平静道：“没有，一次都没有。”

“嗯，外面现在治安不太好，我们小区位置又比较偏，你们出门都注意安全。”魏浩言嘴里说着这样的话，却没有丝毫关心的意思，就只是字面上的意思。

“好的。”许攸听话地点点头，恭敬地对魏浩言道晚安，“魏先生，我先睡了。”

魏浩言看了看手腕儿上的表，还不到十点钟，他是不会这么早睡的。独自一人坐在花园里，魏浩言不知道在想什么，一开始愤怒的表情现在变成了沉静。

清冷的晚风让他的脑袋彻底冷静了下来，他现在正在做什么事情，以及想要达到什么目的。身边放着好几个定时炸弹，逼得他必须清醒。

“真是太可怕了……”魏浩言懊恼地感叹了一声，拍拍屁股上的灰尘，离开了花园。

被歪倒着放在花园边的花洒喷壶不断有水流了出来，将边缘的土壤慢慢浸湿。

已经吸收了足够水分的栀子花在风中摇了摇，却阻挡不了继续落下的水滴。

第六卷

No.24 Mysteries

黎沫提着装着礼服的袋子站在礼服店门口，看了看手机显示的时间。

看到黎沫的冷漠脸，慕心雨笑着用手肘戳了戳她，嬉皮笑脸道：“哎呀，我错了！人家就是在出门前选了下香水，不知道哪一款适合今天的我嘛！你不是说精致的女人都要用香水装点自己吗？”

回应慕心雨的，是黎沫响亮的喷嚏声。

“哈哈哈感冒还没好啊！”慕心雨搂住黎沫的胳膊，“来，我帮你提袋子，怎么也不能委屈我们病号啊。”

“少来这一套。”黎沫白了慕心雨一眼，“迟到了你还理直气壮的。”

“我这不是被今天的你惊艳到了嘛，你什么时候这么少女过？”慕心雨指的是黎沫今天这一身鹅黄色的连衣裙，她很少选择这样明亮的颜色。

像是狗鼻子一样在黎沫身上嗅了嗅，慕心雨不等黎沫回应，就抢答道："就连香水也是甜美款的，我们黎沫女神什么时候这么少女心了？"

"……"黎沫张了张口，竟然一句话都说不出来。

"你不会真的谈恋爱了吧？真的假的？"慕心雨像是一个苍蝇一样，围着黎沫不停地闹腾。

被慕心雨烦得不行，黎沫无奈道："只是有好感，但是对方有女朋友了，而且还特别美那种！"

"哇哦！到底是什么人，能让你都心动了！"慕心雨眼睛里就差写着"八卦"两个字了，"什么特别美啊，我就不信比你还美的！我家黎沫沫最美了！"

被慕心雨这夸张的语气恶心到，黎沫推了推她的脑袋道："一边去，别拍我马屁，马上要赔钱，烦着呢！"

慕心雨一看就知道黎沫有烦心事，她连忙狗腿道："怕什么，有我呢，给你争取减半！"

十万赔偿金忽然变成了五万，黎沫感觉自己快要流干的血回来了一半。

虽然还是肉疼，但是总算有了一点慰藉。

半个小时后，一身轻松的黎沫重新站在礼服店门口，感觉自己的感冒都要好一大半了。

她居然只是象征性的赔了几千块！老板娘在她和慕心雨眼里宛如天使！

"没想到我就刚刚把你的名字搬出来，说下次还租她家礼服，给她打广告，老板娘立马就屈服了！"慕心雨看着黎沫的眼神肃然起敬，"感谢上天让我跟你这样的大大成为好基友，我感觉我以后可以挂上'黎沫的朋友'这个标签出去招摇撞骗了！"

"闭嘴吧你。"黎沫掐了掐太阳穴，"赶紧吃个午饭，我要回去了，刚才站在那里吹了一会儿风，我的头又疼了。"

"对不起娘娘，都是奴婢的不是！"慕心雨诚恳地道歉，心里有点小遗憾。

她本来还说从黎沫嘴里打听下她喜欢的人是谁，现在看来是没戏了。

不过连黎沫这种一心扑在香水上，打死不恋爱的人都有喜欢的对象了，她自己连个有好感的对象都没有！慕心雨仿佛看到自己形单影只的老年生活。

慕心雨推荐的这家私房菜馆在一处高端小区里面，像是一位秀气的小姑娘，安安静静地站在闹市的角落，等待着知音人的到来。

"好神奇，居然还要等人来接。"黎沫和慕心雨一起站在小区门口，感觉非常新奇。

透过这别致的中式铁艺大门，可以看到这处临河高端小区里面色泽搭配精巧的绿化景观，让人想坐在其中的编制长椅上，铺好白色的画布，用画笔和水彩晕染出幽静祥和的色彩。

红色的枫叶在轻风中摇曳，簌簌的响声中，黎沫的文艺范儿刚刚生起一半，就被慕心雨无情地打断了。

"拜托，我们的Ariel小姐不要这么没见识好吗。"慕心雨挤眉弄眼，还用手肘戳了戳黎沫道："你住的御龙庭，房价比这里高多了，别傻了你！"

黎沫：……

有这种闺蜜，她还能说什么？

一身素色旗袍的优雅女性走到门口朝着她们招手的时候，在这唯美的环境衬托下，生生闪花了门口两位和风雅八竿子打不着的少女的眼。

没想到老板娘亲自来接，慕心雨一路上叽叽喳喳地主动跟她聊着天，充分发挥她一线房企营销主管的交际能力。

老板娘的声音和她给人的感觉一样，温婉动人，谈话间并没有夸张的渲染和过度的热情，一切都是刚刚好。

“我喜欢一切美丽的事物，美食，美景，美事，美音。我家私厨的所有环境布置、插花组合搭配、食材采购都是由我亲自完成，包括一会儿的烹饪，还请不要嫌弃才是。”

黎沫在电梯里安静地听着老板娘给她们说起开这家定制私厨的初衷，忽然就有些期待。

这样风雅的人，会有一家怎样的店。

黎沫以前也想过自己开店，开一家小小的调香店，让客人选择心怡香水的同时，展示调香的方法，让更多的人喜欢这个行业。

“吃是一种享受，我想从环境和厨艺上，让每一个来的人享受这件事情。顺带一提，我这里很多老客户都是夫妻。”

老板娘说的是夫妻，而不是情侣，黎沫听到之类，会心一笑。长久相处的夫妻不比热恋中的情侣，曾经的热情随着时间流逝很容易被消损，多半是喜欢这里细腻的情调吧。

“好香的味道，是檀香吗？”老板娘靠近黎沫的时候，忽然问了她一句。

慕心雨鼻子皱了皱，她就觉得今天黎沫身上的气味很独特，但是又说不出是什么感觉。

“嗯，是的。”黎沫眼里难免惊讶，“我今天喷了点檀香主题的香水，这跟檀香的熏香有点差异。”

在香料中，檀香算是昂贵的一种，也只有黎沫这样的大手笔才敢这样乱来。

慕心雨记得当时推出的香水价格比平时贵了一大截，曜煜调香部门的都说这香水要滞销，但是架不住客户依旧买Ariel的账。

事实证明，这款“Forest after the rain（雨后森林）”再次成为Ariel系列独具代表性的香水产品。跳脱了檀香给人的庄严和神圣感，清新活泼的香气反倒是给人一种清爽的感觉。

正好在这个时候，电梯门缓缓打开，一股清雅的熏香味传了过来。

兰韵私厨订制，六个字以娟秀的书法体出现在眼前。

长长的走廊由白色的石子和青石板铺设而成，整个墙壁是深色油墨画质感，最引人注目的是倒吊在空中的油纸伞。层次分明的油纸伞在灯光下绽放出中国风独特的美感，伞面上的墨色被晕染成古色古香的水墨画。黎沫忽然觉得自己今天的打扮配不上这如诗如画的环境了。

走廊就已经够让人惊艳了，等黎沫来到慕心雨定下的包间时，更是要爱上这里了。

实木的餐桌上搭配着刺绣棉布桌旗，精巧的茶具陈列在桌旗上，质感中彰显着搭配者的品位。

透过纱帘可以看到落地窗外视野敞亮的大阳台，那充满绿意的阳台能看到临河的大好景色。

“我实在是太喜欢这里了。”黎沫由衷地赞叹了一声，每一个细节都是如此精妙，让她一时间忘记了这段时间的烦恼。

“根据客人的需求，我们会把包间布置成不同的风格。”老板娘冲着黎沫微微一笑，“有很多适合情侣的风格哦。”

背景的古筝音乐轻弹奏响，也不知是扣动了谁的心弦。

脑海中一闪即逝顾亦笙的笑脸，黎沫微微瞪大眼，脸刷的就红了。

“喂喂喂，你想到谁了？老实交代！”慕心雨凑到黎沫身边，一眼就看出她心虚了。

老板娘已经笑着去准备菜肴了，黎沫没好气地推开慕心雨道：“别胡说。”

慕心雨顺势跌坐在座位上，像是古代的弱女子一样，扯了一张纸巾假装擦眼泪道：“嘤嘤嘤你好凶，明明是人家费心挑选了这个地方，你却想着跟其他人来这里！”

“那啥，难道今天这顿饭不是我请，是你请吗？”黎沫快对慕心雨这戏精无语了。

“噢，不是。”慕心雨一秒收起刚才期期艾艾的恶心表情，端坐在座位上，拿出职业假笑，“黎老板，请就座。”

等待上菜的时间，慕心雨已经拉着黎沫从包间拍到阳台，再从阳台拍回包间，连桌上的插花都不放过，誓要把装逼进行到底。

在慕心雨对自己的照片进行美图秀秀十八道工序加工的时候，黎沫抽空看了下菜谱，每一道菜的菜名都像是一句诗一样。

等菜肴陆陆续续上桌过后，那独具特色的摆盘让黎沫这种造型控彻底沦陷了。

每一道菜都精致好看得完全符合它那诗意的菜名，黎沫打掉慕心雨的筷子，一定要把这些菜肴都拍下来才准她动筷子。

“你一定不是真正的吃货，美食都送嘴边了，你居然还有心思拍照？”慕心雨一边吐槽黎沫，一边咽口水。

迅速拍完过后，黎沫一句话都没说，下筷子的速度比慕心雨还快！

一时间，两人连说话聊天的心思都没有了，被美食冲昏了头脑。

“好吃哭了！”慕心雨被辣菜辣得嘴唇都红了，喝了口清茶还不忘竖着大拇指点赞。

黎沫平时看着斯文，吃起饭来优雅不减，但是那速度和食量完全颠覆了她的形象。

“你不是不吃辣吗？”黎沫咽下嘴里的香辣鱼片，大有慕心雨吃不了，她可以全部吃掉的气势。

慕心雨没好气道：“辣死了我也要吃！”

吃得浑然忘我的两人都不知道时间过了多久，唯一的对话交流就只有花式夸美食，连一向捏在手里，一分钟看无数次的手机都不看了。

“先给你打个预防针，这里的人均很贵，你不要被吓到。”慕心雨吃饱喝足后，总算理智回归，还不忘提醒一下黎沫。

撇了撇嘴，黎沫就知道慕心雨这坑货不会跟她客气。每次对她，都像是对冤大头一样，黎沫有一种自己是暴发户的错觉。

摇着头推开包间的门，鉴于今天这不错的体验，黎沫决定不跟慕心雨一般见识。当然，如果把之后发生的事情全都剪辑掉，在这里戛然而止，黎沫的心情都是美好的。

然而当她发现隔壁包间那位和自己一起推门走出的人是乔修韦时，她的心情一下子就不美丽了。

“没想到在这里都能碰到你。”不给黎沫装作看不到的机会，乔修韦抢先叫住了她。

黎沫无奈地转过头，礼貌地点头道：“乔先生好。”

“这里消费不低，你不是一个人来的吧？”乔修韦话中有话地对黎沫道。

黎沫满脸写着“莫名其妙”四个字，难道她像是没朋友到连吃饭都这么孤独的人吗？

“我和朋友一起来的。”黎沫淡淡说完，随手一指，“我先去付账了。”

乔修韦像是没看出黎沫想就此别过的意思一样，他眯着眼道：“我还以为黎小姐是聪明人，没想到竟然因为一个男人，放弃大好的前程。”

啥？

黎沫满头问号地转头看着乔修韦，脸上习惯性的淡定看在对方眼里，就是默认的表现。

“曜煜现在很多人都对你不满，也知道你负责的系列是因为什么原因才受到大力扶持。”乔修韦语重心长，“为什么不在一个全新的平台，证明自己呢？”

“……”黎沫觉得乔修韦和她一定不是一个次元的，不然为什么她一句话都听不懂呢？

“据我所知，楚总之所以到现在还单身，是因为楚家准备给他安排未婚妻。”乔修韦摇了摇头，“你要是继续看不穿放不下，你会陷入一种很尴尬的局面。”

家里给楚逸寒安排了未婚妻？她这个妹妹都不知道，乔修韦到哪儿得知的？？

还有她为什么会尴尬？如果黎沫的内心能用弹幕来反应的话，那估计是满屏的问号了。

定了定神，黎沫尽量客气道：“乔先生，谢谢你对我们老板的关注，我负责的香水系列，和他没有任何关系，我不知道你到底是哪里误会了……”

黎沫跟乔修韦客客气气，她却没想到对方竟然不耐烦地打断了她的话！

“你还在装什么？你难道以为光是你们公司知道，风尚内部的人就听不到这些风声吗？”乔修韦拉着黎沫不准她走。他从未见过如此不识抬举的女人，风尚现有的平台和资源，很多人挤破头都进不来。他这个风尚香水部门的负责人亲自请了她这么多次，竟然每次都一副不屑的清冷模样。

私厨的古筝乐声忽而转急，让黎沫的情绪都跟着紧绷了起来。

“有什么事情，我们可以出去说，不要在这里……”黎沫下意识地不想破坏这私厨安静又私密的氛围。

“怎么，你跟自己老板搞在一起的事情，你也会觉得不好意思吗？”乔修韦话里带着讽刺的意味，“你们两个香水系列之间怎么争夺销售资源的我不懂，我只是觉得，在一个小山头称霸，那充其量只是山贼土匪，为什么不直面真正的高峰？”

“……”黎沫愣愣地眨了眨眼，还没有从她和楚逸寒“搞”在一起的震惊消息中回过神来，就被乔修韦这毒鸡汤给吓到了。

以为黎沫动摇了，乔修韦直言不讳：“只要你来风尚，我绝对为你争取最好的资源，你只需要调出满意的香水便可，其他的都交给我们，国际化的平台绝对拥有你想象不到的影响力和前景。”

看着乔修韦光芒四射的眼神，黎沫第一时间想到了传销组织……这饼画得太大，她根本就咽不下去。能把高大上的风尚集团说得跟传销组织一样，黎沫倒是挺佩服乔修韦的能力。

“恕我直言，风尚集团确实很厉害，但是风尚的香水品牌还不如曜煜一个小公司，这之间存在的问题，你们的影响力和前景，我确实想象不到。”黎沫满脸冷漠，说实在的，如果领导是乔修韦这样的人，她是绝对不会对风尚香水品牌有任何期待的。

想到顾亦笙的邀请，黎沫原本就没太多的期待，被乔修韦顿时一盆冷水泼得一丝不剩。

乔修韦被黎沫一噎，还想说什么的时候，就见兰韵的店员正端着一个大盘子走过来，正是他催的那道主菜，这才作罢。

恨恨地看了黎沫一眼，乔修韦真是拿这个调香师没有办法了。如果不是她确实调香能力出色，乔修韦根本就不会多看她一眼！这种不懂变通的人，放在公司里，就是得罪人！

迅速结完账，黎沫跟老板娘简单聊了两句，重新回到包间的时候，总算是将和乔修韦的不愉快暂时放在了一边。

没有察觉到黎沫的异样，慕心雨打开落地窗的门走上大阳台，靠在栏杆上俯瞰江景。

临江的风，沿着大阳台上的山茶花吹了过来，让黎沫都忍不住深深地吸了一口气。

就连呼吸都是愉快的。

“真漂亮，我家要是有这么大的阳台就好了。”慕心雨张开双臂，舒服地背靠着栏杆，“黎沫沫，这里是不是很棒？我们下次再来吧。”

抛开遇到乔修韦的事情，黎沫对这家私厨的好感度很高，她点了点头，微笑道：“好啊，下次 AA。”

“啧，谈钱真是伤感情。”慕心雨痛心疾首。

视线中忽然出现一道身影，大惊小怪的慕心雨连忙调整了自己这豪放的姿势，缩到黎沫身边，夸张地掐了她一把：“快看！有帅哥！”

被掐得倒吸一口冷气，黎沫正要送慕心雨一个白眼，就听到有人叫了她的名字。

“黎沫？”

独具辨别性的低沉声音，冷静中带着些许让人心动的细腻，黎沫转过头就看到了顾亦笙。

黑色的衬衣随便解开了两颗纽扣，弧度优雅的脖颈让男人看起来和平日里西装革履时完全不一样。

修长的大长腿往这风景大好的观赏阳台上一站，整个人就是时尚画报的既视感。

不光是慕心雨，在这里吹风赏景的好几对情侣都忍不住侧目看了过来。

如果不是怕没有形象，慕心雨都要把黎沫的手给掐红了，她简直要仰天长啸！为什么这种像是漫画里走出来的男人会认识黎沫啊！她明明没有一点男人缘！好奇的心理快要爆炸，慕心雨一肚子的问题等待着黎沫回答。

“顾先生。”黎沫眼里初始的惊讶，都在看到跟在顾亦笙身边的陆尔岚时，变成了波澜不惊。

慢半拍看到顾亦笙身边的陆尔岚，慕心雨眼里的花痴意味迅速破灭。啧，为什么帅哥身旁总是会有破坏少女幻想的成熟美人呢？

难得穿着明媚动人的女孩站在山茶花墙的前面，角度和位置的关系，让她看起来像是在耳侧戴着一朵粉色的山茶花一般。

当然，如果她的表情不这样疏离淡漠，看在顾亦笙的眼里，这就是一副赏心悦目的美人图了。

“好巧，你们也在这里吃饭。”黎沫用非常官方的态度对顾亦笙和陆尔岚点点头，随即拉着慕心雨的手道：“我们正好吃完准备走了，你们慢用。”

说着，黎沫友好地冲着顾亦笙微微一笑，不容置喙地拉着慕心雨走了。收回前言，她绝对不要再来这家私厨了，绝对！

八辈子没见过男神的慕心雨巴巴地回过头想多看顾亦笙几眼，心里别提多埋怨了。

“黎沫沫你干啥啊！都不把我介绍给顾先生一下！”慕心雨都不知道黎沫这丫头哪里来的力气，竟然拉得动她这个“女壮士”，“不给介绍，多看一眼总行吧？你看人家那个尴尬的样子！”

黎沫像是对待熊孩子一样，恨铁不成钢地把慕心雨拉到电梯里:“你别想了，人家女朋友就跟在旁边，你想被打是不是？”

“谁说一起来吃饭就是情侣的！”慕心雨不死心，“万一是来谈公事的呢？我刚才就想说了,你肯定是在工作场合认识这位顾先生的吧？”

黎沫眼里带着意外，“你怎么知道？”

“你这种除了香水什么都不关心的家伙，怎么可能有其他场合认识的男人？”慕心雨一脸嫌弃状，忽然想到什么，她敏锐道：“你是不是最近才认识他的？行啊黎沫沫，被我发现了！”

“发现什么？”黎沫莫名其妙。

“别装了！你肯定喜欢这位顾先生！快点老实交代！”慕心雨死咬着黎沫不放，大有她不说，就不准回家的架势。

被慕心雨搞得快疯了，黎沫只能简单地给她说了一些。慕心雨的眼神从迷之兴奋八卦，到后面的凝重。

拍了拍黎沫的肩头，慕心雨语重心长道：“刚才粗略一看，那位身材相当好啊，当然，我这不是说你不好，咱还是有胸的。而且虽然你没有那位大姐姐的成熟知性，但是你平时装一装，还是比较沉稳的嘛！”

把慕心雨的爪子拍开，黎沫没好气道：“什么装，会不会说话！”

就那功夫，慕心雨连人家身材好不好都看出来了，黎沫觉得她不去当个抠脚大汉都是浪费人才了。

“哎，别生气，我看刚才那位顾先生看你的眼神特别温柔，也不是没戏嘛！”慕心雨忽然做出猥琐的表情道：“你们住楼上楼下的，近水楼台先得月啊！”

“你是女流氓吗！一天到晚就想着去别人家里！”黎沫把慕心雨的大脸推开。

“如果真的喜欢一个人，那自然是要主动出击。”慕心雨摇摇头，“谁说女孩子就不能主动点了。”

黎沫烦闷地摆了摆手，不想继续这个话题。她转念一想，乔修韦也在这里，说不定真的是风尚在这里聚餐呢？

不过她很快就打消了这个想法，人均这么贵还这么有格调的聚餐，风尚就算是再有钱，也不至于这样壕无人性吧。当然黎沫没想到的是，风尚事实上真的是有钱任性了。

和慕心雨浪了一圈儿才往回走，黎沫看着暗下来的天色，心里难免有些忐忑。御龙庭算是附近开发得最好的小区了，相对来说，周边还没有完全跟上。

黎沫现在怕死了这条路，明明从地铁和公交站走过来要不了多久，这条上坡的路怎么一下子就荒凉了起来。

这阵子的烦心事让黎沫都要把之前“香水杀人案”的事情忘在脑后了，偏偏慕心雨今天又提醒了她。

“所以我说，你就不能考驾照吗？上下班开车多好？”慕心雨已经舒舒服服地坐在家里，给黎沫打电话壮胆。

黎沫脚下步子走得飞快，无语道：“现在驾照很难考啊，而且我没时间。”

“那你怪得了谁？你连自行车都不会！骑个小黄车嗖嗖嗖的就回家了！”慕心雨第 101 次鄙视黎沫连自行车都不会。黎沫一噎，不会骑自行车这事儿，她从初中开始被鄙视到现在。

不管是谁知道，都忍不住嘲笑她两声。

她真是说不出话，就仿佛全世界的人都会骑自行车，就她一个人是非主流一样。

有一搭没一搭地跟慕心雨聊着，黎沫听着听筒那边的沉默，实在有些无奈。她今天跟慕心雨聊了一天，都找不到话题了，现在纯粹是在尬聊了。

“你别怕，我在呢，你就当我在陪你回家吧。”慕心雨说到这里，忍不住叹息，“你说我们这些单身狗怎么这么可怜。”

慕心雨不说还好，黎沫想到今天的顾亦笙，再想到那些虐狗的小段子，就觉得好虐。

她这是怎么了？这么多年一个人明明过得很好，现在忽然觉得孤独了起来，就像是——

很想谈恋爱一样。

[如果你遇到一个人，让你很想谈恋爱，恭喜你，你终于遇见了爱情。]

不知道是在哪里看到过这样的话，黎沫大脑短暂地放空。她好像确实是在遇见顾亦笙过后，才开始想这些问题，以前说起“虐单身狗”都是一笑而过，现在她甚至有些不是滋味了起来。

“哎。”黎沫小声地嘟囔了一句，“我好像真的喜欢上他了。”

不知道为什么，在这里说起顾亦笙，就算是走在这寂静的路上，她也不会觉得寂寞了。

然而慕心雨在那头老半天都没有回应，黎沫奇怪地“喂”了一声，她才慢半拍道：“嗯？黎沫沫你刚刚说什么？我去拿零食了，没听到哎！再说一遍吧！”

“再见。”黎沫瞬间什么心情都没有了。

“哎呀我错了黎沫大人！我是不是错过了什么重要的瞬间？你再说一次吧！别勾起我的好奇心就不管了啊……”

听筒里的慕心雨还在哀嚎，黎沫扯了扯唇角，还未开口，就听到身后传来一阵急促的脚步声。

杂乱的脚步声由远及近，黎沫如果是一只猫的话，她现在就是竖着毛、弓着身警惕的状态了！

冷风微微掀起裙摆，将道路两边的树丛吹得簌簌作响。这些刚才完全黯淡的背景，在此时成为了刺激神经的恐怖因素。告诉自己不能在这个时候腿软，黎沫仿佛回到上次被尾随的时候。想要迅速逃跑，却因为恐惧根本无能为力。

啊啊啊为什么今天急支糖浆不在啊！！

黎沫没出息地加速往前走，可怜兮兮地喊了一声：“急支糖浆！你在哪儿！”

“怎么了，黎沫？出什么事情了吗？”慕心雨听着黎沫快要变调的呼唤，心都跟着一紧。

也就是在这个时候，身后的人也跟着快步跑了起来。

黎沫心脏都紧缩了起来，就在她以为自己要被抓住的时候，就听到身后的人像她刚才一样，胡乱喊了一声：“小红！”

啥？

黎沫所有的危机感都随着这一声“小红”打飞了。小红不是和小明一起霸占数学题文案的那位大佬吗？

如果不是现在的氛围不合适，黎沫都要笑出声了。

“哎？黎小姐？”关忆雪跑得上气不接下气的，总算是看清楚黎沫的模样，难免有些错愕。

黎沫也没想到跟在她身后的竟然是楼下的张太太，她诧异道：“张太太，你怎么……”

关忆雪一把挽着黎沫的手继续快步走着，松了一口气道：“我刚才回来，总觉得身后有人在跟着我，看到你走在前面，我想叫住你一起嘛！”

见黎沫有回头的趋势，关忆雪连忙道：“别看！我们就开心一点，聊聊天，我们人多，他不会继续跟了。”

上次有过被猥琐男跟踪的经历，黎沫表示能够理解，当时如果不是顾亦笙带她回去，她都不知道怎么才好了。

低头就看到关忆雪脚上的细跟高跟，黎沫由衷地佩服，毕竟她完全驾驭不了“恨天高”这种鞋子。

总算是能看到保安亭的影子了，黎沫这才大着胆子往后看了一眼。昏暗的一排排路灯孤零零地矗立在身后，让人无端地就有些毛骨悚然。

黎沫浑身都凉飕飕的，偏偏关忆雪压低了声音在她耳边道：“他还跟着我吗？”

被这声音吓了一跳，黎沫整个人都抖了抖，她连忙转过头来道：“没有了，我没看到有任何人影。”

“那就好。”关忆雪跟着转头确认了一下，这才拍拍胸口道：“我就走到小区下面卖烧烤的店里去看了看，没买到烧烤就算了，居然还碰到这种事情。”

黎沫刚才还奇怪呢，关忆雪这种富太太怎么会走路回家，没想到她还没问，她就主动说了起来。

张太太真是一位好相处的人。黎沫这种和陌生人没办法顺利聊天的慢热性子，跟她都不会觉得太尴尬。

“张先生没在家吗？”黎沫说到这里，就感觉到挽着自己的关忆雪忽然像是没站稳一样，往旁边崴了过去。

“小心！”

黎沫也不知道自己哪里来的力气，一下子就把关忆雪拉了过来。

“谢谢。”关忆雪脸上有些尴尬，“如果不是你扶着我，我现在就跟鸭子一样咋咋呼呼摔倒了。”

女人穿高跟鞋最尴尬的瞬间莫过于如此了，不小心踩到地面凹凸不平的地方，总是会有这种失衡的时候。

“噗……”黎沫被关忆雪这生动的形容给逗笑，她想起自己以前穿高跟鞋的时候也是，就差没在路上张开双臂来维持平衡了。

隐约嗅到关忆雪身上存在感强烈的香水味，黎沫有些惊讶道：“这是Ariel系列的Miss Ariel NO.1啊！”

“对啊，Miss Ariel的几款香水我都买了，最喜欢一号。”关忆雪不好意思道：“这是我回家才喷上的。”

一号香水成熟而魅惑，带着夜晚邀请的意味。单身狗黎沫又被猝不及防地晒了一脸。

“我刚才就在想，是不是我身上香水的缘故，吸引到某些危险人物了。”关忆雪说到这里，用手摩挲着自己的手臂，还是有些后怕，“现在那个案子还没有结，搞得人心惶惶的，凶手还在逃吧？”

两人已经走到小区门口那敞亮灯光的照射区域，连说话的声音都比刚才大声了不少。

在这种环境下提到“香水杀人案”，黎沫刚刚放松下来的神经再次紧绷了起来。她今晚绝对要做噩梦。

“是的，不过应该不会吧？我们小区附近的治安，应该还算是挺好的……吧？”黎沫自己都说不下去了，毕竟上次才被一个猥琐大叔尾随过。

“我还好，你多注意照顾好自己。”关忆雪和黎沫一起走进小区大门，还不忘关心她这个单身狗。

她这单身狗名号已经流传出去了吗？黎沫满头黑线。

在经过楼下的花丛时，黎沫隐约看到一道身影极速从花丛之间穿过。轻盈的步伐一点声音都听不到，只看到一道黑影掠过，眨眼间就看不到影子了。

关忆雪脚步乱了一瞬，她缩了缩脖子躲在黎沫的身后，小声道：“我们小区怎么这么多流浪猫啊？好可怕，它们的眼睛在夜里会发光！”

“额。”黎沫刚想说凑过去看看是哪只小猫呢，毕竟她跟小区里的小流浪都很熟悉，关忆雪这样的反应明显不喜欢猫，她也就打消这个念头了。

“物业怎么都不管一管这些野猫，我每次看着都觉得很渗人。有时候不声不响地跟在你身后，一点声音都没有，被它们盯着，我浑身都发毛了。”关忆雪今晚真是被吓得不轻了。

黎沫淡淡道：“张太太，猫的眼睛只要你不用光去照，不会自主发光的，我倒是觉得流浪猫没什么，毕竟它们不会主动接近人，看到陌生人就跑开了。”

“哦，这样啊。”关忆雪察觉到黎沫似乎对猫很了解，她换了个话头道：“我丈夫的妹妹也很喜欢猫，平时还喜欢救助这些流浪猫。”

“挺好的。”黎沫知道关忆雪说的是谁，她淡淡地应着，电梯很快就到了关忆雪所在的楼层。

电梯门打开那一瞬，黎沫下意识地看了看顾亦笙的房门。那紧闭的房门，自然是纹丝不动，就像是给她纠结心理的答复一样。

按下关闭键，黎沫在达到自己楼层的时候，迅速打开门钻了进去，就像是有谁在后面追她一样。

安静的楼道间响起了突兀的关门声，黎沫站在明亮的玄关，胸口微微起伏着。她怎么胆小成这样？没有丝毫人气的房间在这寂静的夜里显得尤为宽敞，黎沫都不知道自己的房子有这么大。

盯着窗外住家的灯光好几秒，黎沫心里那莫名的害怕情绪才平复了下去。杀人案什么的，好可怕啊。

把抱枕抱在胸前，黎沫双手双脚缩在沙发上，打开电视调到了综艺节目。节目中嘉宾和观众的笑声，和沉默的黎沫成为鲜明的对比。电视屏幕的光线在她的眼眸中闪烁，勾勒出晦暗不明的色彩。

No.24 Mysteries

七星级酒店最大的会场门口挤满了记者和现场工作人员，风尚秋冬高级成衣时装发布会即将在这里举行。

作为邀请嘉宾携带的女伴，感冒还没有完全痊愈的黎沫强行被楚逸寒拉了出来。

“感冒了就是要多透透气，天天憋在家里，空气不好。”楚逸寒为这个妹妹操碎了心。

黎沫面无表情地和楚逸寒坐在这环形会场的第一排。一会儿模特们会穿着风尚的新品从这边走出来，绕着座位之间隔出来的U型通道走一圈，全方位地展示高级成衣。

会场外面忽然嘈杂了起来，镁光灯闪烁的声音“咔擦”直响，黎沫费力地抬着脖子往外看，却被人群挡着，什么都看不到。

“今天发布会邀请了一些明星，会热闹是正常的。”楚逸寒一脸宠溺地看着自家妹妹，“刚才让你跟我一起走红毯，你不愿意。”

在他看来，他的妹妹完全有不输女明星的颜值和气质。

黎沫无奈道："楚总，你是不是忘了我还是个病人了？非要拉着我穿这种凉快的礼服，病情加重了我会找你的。"

"会场暖和，不会感冒的。"楚逸寒一直都是笑眯眯的斯文败类模样，"其他女孩子碰到这种场合，都是恨不得把自己打扮成全场的焦点，你怎么完全不一样。"

如果不是他坚持，黎沫估计连这身黑色礼服裙都不愿意换上，都是考虑到他的面子问题，她才不至于太随意。

周围的座位已经陆陆续续有人落座，楚逸寒正盯着门口看，身侧就多出了一道身影。

"晚上好。"顾亦笙唇角噙着温润的笑意，向楚逸寒和黎沫打招呼。

男人修长挺拔的身姿包裹在深灰色的手工定制西装里，并不会显得太随意，同时还带着和现场氛围相呼应的时尚感。

黎沫觉得一定是自己的眼睛出问题了，才会觉得这周围的灯光都集中在了顾亦笙一个人的身上。

"晚上好，顾总。"楚逸寒笑着和顾亦笙寒暄，仿佛上次说出那种话的人，不是他一般，"看今天氛围不错，风尚的新品又要引领时尚潮流了。"

"哪里，还不到这种程度。"顾亦笙淡淡一笑，发现黎沫只是对他礼貌地点了点头，便将视线移到了一边。

似乎是察觉到顾亦笙的心思，楚逸寒往前坐了坐，刻意将黎沫遮挡得严严实实。

顾亦笙唇角勾了起来，清冽的眼眸里却没有了丝毫的笑意。刚才远远的走过来，他就看到了安静坐在楚逸寒身边的女孩。

第一排的位置坐了不少身着华贵礼服的女人，唯独一身黑的黎沫像是一道亮眼的聚光点。

黑色的礼服裙更显她那一身细腻又白皙的皮肤，和旁边脸与脖子不是一个色号的女人们形成了鲜明的对比。

在这一瞬，顾亦笙忽然生出了一种想把她藏在自己身后，不让其他人看到的念头。

丝毫没察觉到顾亦笙的视线，黎沫只要一处在这样嘈杂的环境中，心里就有些焦躁。密密麻麻全是人，稍微突出一点就会被摆出来评头论足，这也是黎沫无论如何想要刻意低调的原因。

“你看，那是风尚的调香师，她身上的珠宝和礼服你知道多少价位吗？”楚逸寒微微朝着黎沫的方向倾身，肆无忌惮当着风尚执行总裁的面吐槽他的员工。

黎沫粗略看了一眼那衣着华美的气质美人，无奈道：“我只要我的香水受到关注，这跟我本人没有关系。”

“你错了。”楚逸寒抬了抬下巴，示意黎沫学着，“她在交际的过程中，本来就是在为自己下一季的产品积累资源。”

当然楚逸寒也只是嘴上这么说说缓解黎沫的焦躁情绪，她如果真的走出去喝酒应酬，他这个当哥哥的是绝对不会同意的。

“阿笙，我已经和杜总确认了走秀环节的准备工作，之后的安排由肖颖继续跟进。”陆尔岚一边说，一边自然地坐在了顾亦笙的身旁。

似乎是才察觉到黎沫和楚逸寒的存在一般，陆尔岚意外道：“黎小姐，你也来了，欢迎给我们的新品提出宝贵的意见。”

顾亦笙淡淡地补充了一句：“这是我的助理，陆尔岚。尔岚，这位是曜煜的楚总。”

陆尔岚刚才还以为楚逸寒是黎沫的男朋友，毕竟两人之间自然地营造出了一种让人插足不了的氛围。

和楚逸寒客套了两句，陆尔岚也并没有伸着脖子找人攀谈的兴趣，便优雅地在位置上坐好。

会场的所有灯光全都暗了下来，鼓点强劲的音乐带着共鸣极强的低音炮，让周围的讨论声，瞬间小了下去。

蓝色的灯光在袅袅烟雾的衬托下，营造出了迷雾般的氛围，拥有着完美身材比例的模特们穿着新品，踩着节奏走了出来。

性冷淡风格的深色系衣服，配合着同品牌从头到脚的配饰，就连黎沫这种对时装不大感兴趣的女孩子都忍不住看直了眼。

“不是说对这个不感兴趣吗？”楚逸寒低笑一声，见一位外国模特穿着一条藏蓝色的毛呢裙走过来，他讨人厌地凑到黎沫身边道：“你是不是喜欢这条裙子？放弃吧，这模特粗略估计有 176CM，你的身高穿这种长裙，只会显得身子长腿短。”

“还会不会说话了！”黎沫愤愤地瞪着楚逸寒。

谁让他帮忙拔草了！这个时候，当哥哥的难道不是主动提出给妹妹买买买吗？

一位又一位的模特连着走出来，黎沫不停地赞叹着，差点就要加入周围举着手机拍照的队伍中了。

就这几分钟的功夫，她起码看上了五套衣服。最要命的是，不光是帽子，还有那小挎包和长筒靴，都好看得让人想一起剁手了。

期待地等着模特们走到自己面前，黎沫正在摸手机准备把自己最喜欢的拍下来，就嗅到一阵香气。

“Never let me go？”黎沫瞪大了眼，没想到模特们竟然还带着风尚的香水系列。

一到了自己最感兴趣的香水范围，黎沫立刻开始全副精神集中在了这上面，连楚逸寒吐槽模特腿型的老不正经都被她忽略了。

“哇，风尚去年和今年大红的香水都出现了，大概是按照受欢迎程度来排行的，和这些服装也很相配。”黎沫不自觉地搓了搓手，微微弯着的双眼像是点缀着宝石一样，亮晶晶的。

用余光注意到了这一幕，顾亦笙勾了勾唇角，觉得黎沫这搓手的小模样像极了趁主人不注意，偷偷发现小鱼干的小猫。

模特“穿”着香水还不够，眼尖的黎沫一眼就发现现在走出来的那位金发美人手里正拿着睡莲造型的香水瓶子。

艺术品一般精心雕琢的香水瓶，像是一株在指间盛开的铃兰花，丝毫不输给模特身上的高定礼服裙。

“她们手上拿的是香水瓶吗？好漂亮。”

“我喜欢这个模特手中的金色香水瓶，很漂亮，应该是风尚自己的香水吧？”

“哇塞，我喜欢后面那个，拿在手里像是一颗大大的钻石！”

黎沫都不知道自己的眼睛应该看什么了，不愿意放过每一位模特的搭配。头一次看时装发布会看得如此津津有味，黎沫唇角带着掩饰不住的笑意，真心想给顾亦笙 32 个赞。

视线顺着模特的走动看了过去，黎沫猝不及防对上顾亦笙的眼眸，一时激动，就笑着冲着他竖起了大拇指。

棒棒哒！

被黎沫这难得灿烂的笑意感染，顾亦笙也微微一笑，清冽的眼底泛起温润的笑意。

黎沫看得一愣，察觉到自己的脸有些微微发烫，她连忙转过头继续将视线集中在时装秀上。

只是她的注意力，却怎么也没办法像之前一样集中了。

“啧。”楚逸寒都没想到顾亦笙他们竟然搞了这么一出，不得不承认，风尚在香水瓶上的创意和用心，确实比曜煜做得好很多。

之前成本部就多次驳回过黎沫想要提高香水瓶子预算的要求，更不要说齐未芷负责的Cold系列了。

Ariel系列是黎沫在把关，从香水的香调到香水瓶设计，几乎不会有太大问题，其他的就……

顾亦笙虽然早就知道今天发布会的反响，但是亲眼看到一开始还兴趣缺缺的黎沫被吸引了，心中难免生出一种说不出的成就感。

“阿笙，直播组反馈线上热度很高，服装新品和香水的关注度都很不错。”陆尔岚抽空看了下群里的数据汇报，一直在跟顾亦笙说话。

陆尔岚观察到顾亦笙唇角始终上扬着，只有在和黎沫对视那一瞬，眼底才染上了笑意。

握着手机的手指不自觉地一紧，陆尔岚不想承认，自己在发现这两人之间的默契时，心头酸涩不已。

高起点进入风尚集团，陆尔岚在自己的专业领域，从来都是骄傲自信的。董事长也正是看上了她的工作能力和个人魅力，才会认可她站在顾亦笙最近的地方。这样的她，不承认自己对其他人有羡慕和嫉妒的情绪。

“有什么好看的，这个模特腿都是弯的，她如果穿后面那套，搭配长靴，就不会这么尴尬。”楚逸寒鸡蛋里面挑骨头。

黎沫正好嗅到风尚两款香水的香味碰撞在一起，融合出了不错的香气，偏偏楚逸寒在这里破坏她的心情。

“楚总，你是曜煜的老板，请注意你的形象。”黎沫嫌弃地看了楚逸寒一眼，“要是被那些崇拜你的女孩子知道，你是个吐槽系的聒噪男人，她们会怎么想？”

楚逸寒还想辩驳，就被黎沫一句话打了回来：“你是总裁，不是宅男。”

好吧，闭嘴就闭嘴。

“风尚本身旗下就有多样化的产品，我们曜煜也没办法像他们这样联动宣传。”黎沫知道楚逸寒在想什么，摊手道：“你死了这条心吧，风尚的成功案例对我们没有任何帮助。”

楚逸寒被这丫头气笑了，“还没嫁出去就开始胳膊肘往外拐，你还是不是我亲生的了？”

“不是。”黎沫翻白眼，“我又不是你生的。”

楚逸寒差点吐血，这丫头什么时候这么伶牙俐齿了！肯定是被她那个不正经的闺蜜带坏的！

正瘫在沙发上追电视剧的慕心雨忽然打了个喷嚏，完全不知道自己在楚逸寒男神面前躺枪了。

“不过说真的，香水瓶的设计很重要。”黎沫拍了拍楚逸寒的肩头，“楚总，请你不要再任由着成本部的人作妖了。”

察觉到周围不少看过来的视线，还都是女人。锐利的视线让黎沫悻悻地收回手，摸了摸鼻子。她搞不懂为什么这么多女人对楚逸寒感兴趣。

“这个不用你说，我都知道。”楚逸寒头疼，有种被坐在自己身边的男人完胜的错觉，真是糟糕透了。

研究完风尚今天展示的香水，等时装秀结束的时候，黎沫发现自己手机里已经拍下了好几套衣服。

想想风尚高级成衣的价位，黎沫感觉自己现在去卖肾都来不及了。

“想要什么？我给你买？”楚逸寒看着黎沫的手机屏幕，一脸“没办法我就是这么宠你”的模样，把她膈应得不行。

正和陆尔岚一起准备往宴会厅走，顾亦笙无意间听到了楚逸寒对黎沫宠溺的话语，脚步微顿。

“谁要你给我买啦！”

黎沫的回复带着明显的嫌弃，顾亦笙唇角一勾，对陆尔岚道：“接下来的嘉宾采访准备得怎么样了？”

“那几家主流媒体的记者已经到星河厅了，给他们的信封也准备好了。”陆尔岚说到这里，稍微隐晦地提示了下。

一般来说都要给邀请到场的记者包红包，只不过都是比较低调的形式。

“嗯，好。”顾亦笙点了点头，随即走了出去。

时装秀结束过后，黎沫就想离开了。

一眼就看穿黎沫的意图，楚逸寒拉着她不准她走，“你很少参加这样的场合，还是多熟悉一下吧。”

“我又不属于站在台前的部门，熟悉也没用。”黎沫想到宴会那觥筹交错的氛围，就头疼。

楚逸寒却不同意，强行把黎沫带了过去，教育道：“这是社交的一部分，你真是要把自己搞成社交恐惧症吗？”

难得被楚逸寒以哥哥的身份教训，黎沫也就没有再拒绝了。

半个小时后。

手里端着盘子，正拿着叉子把彩虹慕斯蛋糕往嘴里送的黎沫鄙视地看着远处被包围的楚逸寒。

“说要陪我，还不是自己去商业交流了。”黎沫一开始就没有把楚逸寒的话放在心上，也是有意避开这些应酬的。

她又不是楚逸寒的秘书，也不管销售和后续，这些对她来说完全没用。

黎沫专心致志地绕着这长得夸张的餐桌走了一圈儿，盘子里已经堆起了一个小山。喝酒应酬她不擅长，吃倒是挺在行。

“真无聊。”黎沫吃掉第三块彩虹蛋糕，丝毫没注意到周围不少女人羡慕的视线。

甜点对于女孩子来说，都是拒绝不了的诱惑，但是一般人在这种场合都会顾及到形象和体重，不会吃太多。

光吃不胖的黎沫才不管现在是不是晚上，她肚子能装得下，就一直不停地吃。毕竟她除了吃，也没有其他的事情可以干了。

宴会厅基本上会出现不少“扎堆”的现象，黎沫面上不动声色，却在心里毫不客气地吐槽着，多半谁的圈儿围得更大，权利就更大。

正这样想着，她的眼角余光就出现了一道存在感绝对的身影。

顾亦笙的唇角噙着如沐春风的笑容，几乎没有不被这温润笑容击溃防线的女性。

“切。”黎沫不意外地又看到陆尔岚紧跟在顾亦笙的身边，就像是她对他来说，是个很重要的角色一样。

她真是一点都没有嫉妒。

顾亦笙只是微笑着站在那里，就照例被不少人围住攀谈。和那嘈杂的谈笑氛围不同，顾亦笙从始至终都淡然处之，并没有总裁文里面男主霸气的气场。

但是却像是一株松竹，沉淀了所有的气韵，沉稳而清雅，使得周围人都像是以他为中心一般。

黎沫趁着顾亦笙正被人“困住”，用眼神肆意地打量着他。反正这里有这么多女人都在看着顾亦笙，她跟着看两眼，也不过分吧？

这样想着，黎沫顶着一张平静如水的脸，直接就着顾亦笙的脸，开始大吃特吃。

她这是用男神的脸下饭吗？黎沫在心里都要笑抽了，偶尔翘一翘的唇角昭示着她的好心情，殊不知一向对视线敏感的顾亦笙将她的小动作全都看在了眼里。

楚逸寒中途不知道被谁拉走去叙旧了，等黎沫发现这个坑爹哥哥不见了的时候，已经吃得走不动路了。

后知后觉地低头看了看自己的腰围，黎沫庆幸自己今天没选贴身的礼服，不然现在就惨了。

手机上显示现在已经22点了，黎沫不用猜都知道楚逸寒今天喝了酒，她不好意思开口让他司机先送自己回家，两人的住处方向一东一西，距离太远了。

都已经准备在酒店门口打车回家了，黎沫在寒风中缩着脖子，冷不丁地听到有人在后面叫她。

“黎小姐！”洛安气喘吁吁地跑了过来，差一点就把她给跟丢了。

只觉得洛安有点眼熟，黎沫一时间还没想起来这位是谁，只能礼貌道：“你好。”

不用猜都知道黎沫对自己这种路人甲没有印象，洛安收拾起自己的玻璃心，做出一副干练的精英样：“黎小姐，你好，我是顾先生的秘书，洛安。”

作为一名贴心的秘书，洛安刻意没有将顾亦笙称呼为“顾总”，而是改称“顾先生”。

即使顾亦笙没有明说，洛安都看出来，他不想用“顾总”这样的身份和黎沫相处。

“啊，你好。”黎沫不好意思地用食指挠了挠脸颊，她这个记不住别人长相的坏习惯得改一改了。

“我听说黎小姐和顾先生住在同一个小区？这么晚了，正好我们也结束行程准备离开了，不如一起走吧。”洛安诚恳地看着黎沫，他这是必须完成的任务，可不能被拒绝。

至于他家Boss明明在这附近就有住处，还非要大晚上的跨区回御龙庭的原因，洛安觉得自己就是最清楚的那个人。反倒是这两个当事人还不说破，真是皇上不急太监急。

黎沫表情一顿，显然是没想到顾亦笙竟然会让她搭他的车。

“洛先生太客气了，不用啦。”黎沫礼貌地拒绝了。

她和顾亦笙虽然认识，但是她还不至于这么不识相。陆尔岚在呢，如果她要跟顾亦笙一起回家的话，她这个电灯泡加入，岂不是很尴尬？

脑海中一闪即逝“成年人的交往”这六个大字，黎沫将心里涌出的酸水强行压了下去。

哼，她一点都没有嫉妒！

洛安没想到黎沫竟然这么柴米不进，这实在不是正常女孩子应该有的反应啊！

不是洛安夸张，这会场里随便拉个女人，告诉她顾亦笙要送她回家，谁不是少女心爆炸啊！

眼前这位黎小姐眼神始终客客气气的，那双眼说好听点是清澈干净，说得不好听一点，这完全就是看破红尘，无欲无求啊。

一张嘴一向厉害的洛安碰到黎沫，莫名有种碰了一鼻子灰的感觉。

眼见着黎沫要转身去拦出租车了，洛安心思一转，迅速道：“这么晚了一个人打车回家，黎小姐你真的要注意安全啊。先不说被出租车司机占便宜的女孩子有多少，最近‘香水杀人案’还在搜查中，黎小姐怎么也不应该掉以轻心才是啊！”

这番话说完，洛安都在心里骂了自己一声不要脸。他这就是明摆着在吓黎沫啊！

黎沫其实自己回家本来就有点害怕，洛安还这么吓自己，她的语气也不好了起来："顾先生作为主办方，怎么也不可能现在离场吧？"

"时装板块的Boss在现场呢，黎小姐不用担心。"洛安在心里为顾亦笙想了无数种理由，都没有合适的。他总不可能说是他家Boss不放心这位黎小姐，所以跟着出来了吧。

这种戳爆少女少男心的举动他竟然还不能告诉黎沫，洛安这话唠快被憋死了。

正头疼着，洛安转头就看到顾亦笙在营销部老大的搀扶下，走了出来，一副喝醉了的模样。

啥？？洛安觉得自己一定是出现了幻觉，他担任顾亦笙秘书这么多年，就从未见过他家Boss喝醉过。更何况今晚他就只喝了那么一点儿，怎么可能会喝醉！

黎沫根本没见过顾亦笙喝醉的模样，猝不及防看到这男人垂着眼帘，温润的眸子都被耷拉下来的额发遮挡住，一时间愣住了。

"Boss？"洛安傻愣愣地叫了顾亦笙一声。

"嗯？"顾亦笙懒懒地应着，沙哑低沉的单音撩人至极。

没出息的黎沫一下子就脸红了。在黎沫看不到的角度，顾亦笙淡淡地瞥了洛安一眼。

只是这一眼，洛安顿时就一个激灵，连忙上前接过顾亦笙道："黎小姐，我家Boss喝醉了，现在估计要先回去了，你就顺路一起。"

看了两眼，都没看到陆尔岚的影子，黎沫正狐疑着，就被洛安礼貌地推到了打开的车门前。

"黎小姐，你先上去吧。"洛安费力地说着，做出一副扶不稳顾亦笙的样子。

再拒绝就太矫情了，黎沫只能无奈地应着，倾身坐进了车内。

“Boss，上去吧。”洛安低声说着，把顾亦笙塞了进去。

从头到尾顾亦笙都是一副醉态，甚至都没有再看洛安一眼，这自然的状态让后者目瞪口呆。

“顾先生，你还好吗？”黎沫刚刚说完这句话，就见顾亦笙似乎是被洛安推得狠了，一下子往她的这个方向歪了过来。

男人的身体带着浅浅的酒气和檀香的气味传了过来，很少跟异性有肢体接触的黎沫顿时心跳如雷。

“顾先生！”

黎沫手忙脚乱地扶着顾亦笙的肩头，脸上还未散尽的热度再次涌了上来，让她慌张急了。

刚刚洛安说了一起回去，黎沫以为他也要上车，谁知道这人一把关上门过后，车就启动了！

还未来得及看清楚洛安的表情，黎沫就一脸懵逼地跟着这辆宾利一起绝尘而去。

送走了自家 Boss 的座驾，洛安实在是没眼看了，迎风感叹：“还真是人生如戏，全靠演技。”

他怀疑他家 Boss 是中央戏精学院毕业的，浑身是戏啊。

一路上，沉稳的司机全程专注于开车，黎沫和顾亦笙一起坐在后排，尴尬症都要犯了。

费了好大力气将顾亦笙推着坐直了，黎沫还没有松口气，这车子一转弯，这让她心神不宁的男人又朝着她倒了过来！

“顾先生……”黎沫察觉到男人倒在她肩头的时候，连呼吸都不顺畅了。

不属于自己的温热气息喷洒在脖颈之间，黎沫又痒又害羞。这到底是什么神展开啊！

似乎是听到她这声可怜的呼唤，顾亦笙低低地回应：“嗯？”

听说固体传声比空气传声更快。等黎沫回过神来的时候，她已经被这发自胸腔的低沉嗓音电得骨头都酥麻了。

当一个长相、气质、声线都完全符合她所有幻想的男人，以这样慵懒的姿态靠在她身边，黎沫想，或许所有少女都拒绝不了吧。

见顾亦笙没有睁眼的打算，黎沫泄了气一样，也没有再叫他了。

知道黎沫放弃了，顾亦笙保持靠在她肩头的姿势不变，只是稍微一抬眼，就能看到她染上绯红的肌肤。

怎么就这么害羞？连耳根都红了。

贴得近了，就能嗅到黎沫身上好闻的香水气息。

月初的时候，风尚香水部门才对曜煜旗下的Ariel系列进行了重点分析，顾亦笙还以为自己对黎沫调制的香水已经有了一定的印象。

可是从这女孩身上传来的淡淡果香，竟然让他一时嗅不出是什么味道。只是觉得甜而不腻，清甜中带着一点青涩的气息，挺适合她干净的气质。倒是印证了那句话，同一款的香水在不同的人身上，会有不一样的味道。

从第一次见面那时，顾亦笙就记得黎沫身上总是带着好闻的香味。

只要她站在那里，喜欢香水的人，估计都会忍不住打听她身上的香水名字吧。

不光是顾亦笙有这样的意识，黎沫也想到了这一点。她今天出门的时候打开香水柜，随手挑了一瓶香水，没想到略过白花系的香水，挑到了蜜糖小姐（Petite Cutie）。

西柚的主香调酸甜可口，再搭配着水灵的荔枝和清甜的蜜桃，像是一位陷入恋爱的粉嫩少女。

完全不是适合她的风格……

黎沫忽然头疼了起来，她这是感冒还没完全好，脑子不清楚了吧？

车内一路上安安静静的，黎沫一开始还在脑海中不断地纠结着，后面像是被顾亦笙均匀的呼吸声感染了一般，她的眼皮也跟着沉重了起来。

“黎沫，到家了。”

不知道过了多久，低沉悦耳的温柔嗓音在耳边响起，就像是小时候赖床，妈妈叫她起床一样。让黎沫丝毫没有被吵醒的不适感。

还以为是楚逸寒在叫自己，黎沫无奈道：“别闹，我再眯一会儿。”

一般这种时候，楚逸寒就要使坏捏住她的鼻子，或者是一把把窗帘拉开亮瞎她了。

然而回应她的，却是男人的低笑声。

直觉哪里不对，黎沫迅速睁开眼，就对上顾亦笙那双漆黑如墨的眸子。

顾亦笙的车正好就停在阳光瀑布停车场景致最好的位置，在这夜里，循环的瀑布已经停止了流动。

这一方观景车位正好能从高处看到下面的凉亭和池塘，树丛景观和着这晴朗的夜空一起倒映在水面上，自成一副动人心魄的画卷。

在这背景的衬托下，黎沫只觉得眼前的顾亦笙又帅气了不少。

莫名在这双眼里看出了温柔宠溺的意味，黎沫心头一跳，再仔细看去，这才发现男人唇角的笑意像是不要钱似的，那迷人的笑容快把她的眼睛都要闪瞎了。

这哪里是平时的顾亦笙？

见黎沫清醒了，顾亦笙也没多说话，打开车门，一言不发地走了下去。

黎沫一看就知道顾亦笙酒意还没完全散去，她连忙跟着走了出去。

“顾先生！”黎沫见顾亦笙单手撑在电梯门上，一副快要站不稳的样子，心都提到了嗓子眼，“不能靠着电梯门，不安全。”

说话间，电梯门就要开了，黎沫连忙把人给拉了过来。顾亦笙没有任何的回答，只是任由着黎沫拉扯。

男人高大修长的身体直接压在了黎沫的肩头，让她差一点就没站稳。

“啊……”黎沫低呼了一声，跌跌撞撞带着顾亦笙走进了电梯。

电梯门关上那一瞬，她还没来得及松一口气，抬眸就对上了顾亦笙幽深的眸子。

一瞬间有一种快被吸进去的错觉，黎沫僵在原地，一时不知道做何反应。

“黎沫。”顾亦笙唇角一直带着笑意，那含情的黑眸一眨不眨地看着眼前反应生涩的女孩，“你还没有考虑好答应我吗，嗯？”

上扬的尾音带着沙哑音，在这电梯安静的空间里，更显沉稳清润。

好听到让人耳朵怀孕的声音也不过如此吧？

黎沫不在状态地想着，天知道她根本没反应过来自己是有什么事情要答应顾亦笙的。不知道的人，还以为顾亦笙向她告白了。

黎沫对顾亦笙的印象一直停留在温润如玉的绅士，现在这翩翩佳公子忽然用这样迷惑人的姿态撩拨着她，不管对方有意还是无意，她都容易误会啊。

单恋的女人果然太可怕了。

“黎沫……”顾亦笙等了一会儿，还得不到黎沫的回答，于是便低下头在她耳边叫了她一声。

“呀！”

少女般的轻呼声响起，黎沫都不敢相信这声儿是自己发出的。

“怎么了？”顾亦笙忍着笑意，继续询问着黎沫。

他刚才只是忽然生出想要逗弄她的意思，没想到她的反应这么可爱，倒是让人忍不住想多欺负她几下了。

“没什么。”黎沫的脸红透了，就连呼吸都觉得被这灼热的温度给感染了。

怎么还没有到啊？她和顾亦笙的楼层都不高，电梯应该早就到了才是。黎沫真是一刻都不能跟这个醉鬼再待下去了。

天呐，谁来让这个浑身散发荷尔蒙的男人停下来？抬头去看电梯的显示屏，黎沫却惊讶地发现她和顾亦笙被困在这里了！

“顾、顾先生……”黎沫露出一个比哭还难看的笑容，可怜兮兮道：“电梯坏了，我们被困在这里了！”

顾亦笙闻言抬起头，电梯停留在一楼，就再也没有动过了。

连那上下的方向图标都没有。

“这么晚了，物业还有人吗？”黎沫就算是没有幽闭恐惧症，可是光是想想各种电梯事故就心惊肉跳的。

他们现在是被悬在空中的状态吗？黎沫很没出息地腿软了。顾亦笙却像是睡着了一样，说完方才那句话就闭上眼了。

瞬间就有种自己一个人被困在电梯里的错觉，黎沫快哭了。她艰难的摸出手机一看，一点信号都没有，差点摔手机了！

“顾先生……顾先生，你睡着了吗？”黎沫靠在角落里撑着顾亦笙的身体，现在她主动伸手抓住了男人的手臂，“顾先生？”

顾亦笙听惯了各种人称呼自己的名字，还是头一次觉得“顾先生”这三个字如此动听。

黎沫的声音和她本人一样，干净柔美。听在此时的顾亦笙耳里，只觉得有人拿着羽毛在自己心上撩拨，痒痒的。

原本在发布会上喝的那一点酒，他根本就不放在眼里，现在看来，他或许是醉了吧。

酒不醉人人自醉。

如果黎沫知道自己快急死的时候，这男人在心里风花雪月，估计要揍人了。

抱着男人的手臂不自觉地收紧，黎沫可怜地缩着身子，脑海中已经开始脑补她和顾亦笙一起在这令人窒息的空间，到最后两人的呼吸都渐渐变浅。

不要问她为什么会这么想，电视剧上就是这么演的。

顾亦笙享受着黎沫的亲近，知道她被吓得狠了，这才叹了叹气，装作不小心碰到似的，用胳膊肘戳到了电梯楼层的按钮。

不知道是谁说曜煜的首席调香师冷艳高贵、不近人情的？分明就是个进电梯忘了按楼层，还担心自己被困住的蠢丫头。

黎沫目瞪口呆地看着亮起来的楼层按钮，随即，电梯得到了指令，终于开始往上行。

她只觉“轰”的一声，脑袋一下子就炸开了！天！她到底干了什么蠢事！快被自己蠢哭了！黎沫被吓白的小脸顿时红透了，她认真地低头看着地面，想找个地洞钻进去算了！

顾亦笙忍笑忍得难受，却不能表现出来。嗯，他现在是醉酒状态。

幸好顾亦笙闭上眼没看到！天真的黎沫悄悄地呼出一口气，离家出走的自信和面子又重新回来了。

电梯率先到了顾亦笙所在的楼层，黎沫也不能指望他能自己走回去了，只能硬着头皮先送他回家。

“顾先生，醒醒，到家啦。”黎沫拍了拍顾亦笙，试图把他叫醒。

男人慵懒地抬了抬眼帘，迷离的眸子好看得一塌糊涂。

“970701，密码。”顾亦笙毫不设防地告诉了黎沫他家的解锁密码。

学霸黎沫一时无语凝噎，有哪个正常人会用香港回归的日子作为自家家门的密码锁啊。

将女孩很想吐槽又无力吐槽的小表情看在眼里，顾亦笙唇角微扬。

满头黑线地解锁完毕，黎沫扶着顾亦笙走进玄关就想脱手了，孤男寡女的，大半夜她进他家门本来就不妥了。

“顾先生，我也要回家了，虽然很抱歉，但是接下来就麻烦你自己……”

黎沫这话还没有说完，她忽然就一脚踩在了顾亦笙的脚背上，整个人重心不稳，不受控制地往前栽了下去。

她正是将顾亦笙的手臂扛在肩头的姿势，现在这么一动作，将他也连带着拖了下去。

“啊……”黎沫被吓得尖叫了一声。

眼见着就要脸朝地摔下去，她的腰间忽然就环上了一道有力的手臂。

下一秒，黎沫就看到不知道什么时候醒来的顾亦笙瞬间出现在了她的身下。

“小心。”

男人眼神清明，声音冷静沉稳，哪里有一点喝醉的样子？

黎沫正惊讶着，就见当了肉垫的顾亦笙紧蹙着眉头，随之而来的，是唇部撞击的疼痛感。

不知道是谁的唇瓣被咬破了，腥甜的血气在两人的唇齿之间绽放。

黎沫愣愣地看着近在咫尺的俊脸，头一次大脑当机完全无法运作了。爸爸妈妈。

她，刚刚……

和一个男人……

接吻了。

第八卷 小猫圆舞曲（The Waltzing Cat）

No.24 Mysteries

顾不上唇瓣的疼痛，黎沫迅速支起身子，和顾亦笙拉开距离。

“你……”黎沫的脑袋乱成一团，想说的话太多，可是到了嘴边，只剩下这苍白无力的一个字。

稍微动动嘴，就扯到唇上的伤口，黎沫下意识地伸出舌头舔了舔唇角。

丝毫没有察觉到还被她压在身下的男人那骤然暗下来的眼神。

顾亦笙仍放在黎沫腰间的手掌微微收紧，都不知道她的腰为什么这样纤细，像是再用一点力气，就要被折断一样。

“啊……”黎沫红着脸低吟一声，她腰上全是痒痒肉，刚才事发突然没有反应过来，现在只觉得快被痒死了。

她想要站起来，却因为被顾亦笙抓住的动作，重新跌坐回他身上。披散着的长发悉数从肩头滑落，在两人之间形成一道暧昧的屏障。

“唔。”顾亦笙皱着眉头低哼了一声，深邃的眸子专注地看进黎沫的眼里。

就这一声，让黎沫像是被烫到一样，不管不顾地和顾亦笙保持最安全的距离。她就像是疯了一样，脑海中一直回响着顾亦笙那低哑的哼声。

魅惑程度不亚于动漫《黑执事》里面的声优，让黎沫重新回到了学生时代心脏小鹿乱撞的时候。实在是太犯规了。

现在黎沫想想自己也是可怜，唯一的心动都仅限于二次元动漫，现实生活中可谓是心如止水。

满脑子混乱，黎沫垂眸就看到顾亦笙朝她抬了抬手。下意识就把手伸出去把他给拉了起来，等黎沫发现他俩距离再次变近的时候，她的后背已经抵在了墙上。

“……”

活了二十多年头一次被壁咚，黎沫彻底愣住了。

周身都被一股好闻的男性气息笼罩着，这对于一向喜欢香味的黎沫来说，更是一种煎熬。

看着时机差不多了，顾亦笙神情微动，缓缓道：“黎沫，我之前问你的问题……”

然而就是这句话，让黎沫彻底清醒了过来。

“顾先生，你根本没喝醉，对吧？”黎沫双手抵在顾亦笙的胸膛上，坚定地把他往外推。

顾亦笙眼神一滞，随即转而轻笑道：“被你发现了。”

“……”黎沫从未见过如此厚颜无耻之人，一时语塞。

她还以为说破了，顾亦笙会尴尬，没想到这男人始终从容沉稳，让人牙痒痒。黎沫确信这男人切开肯定是黑心的。

“坏人。”

眼前的女孩低声嘟囔了一句，并没有气愤，这弱弱的反应反倒是惹人怜爱。

怎么可以这么可爱？顾亦笙唇角的笑意扩大，连眼底也染上了真切的笑意。他的手也不受控制地抬了起来，放在了黎沫的脑袋上。

男人像是对待小女孩一样，温柔地摸了摸她的脑袋，明澈的眸子带着不可思议的宠溺。

“考虑一下好不好？”顾亦笙连语气都像是在哄小姑娘，“风尚挺好的，我保证不坑你。”

如果不知道的，还以为顾亦笙是在对她表白呢。

这玄关分明没有明亮的光线，这男人却自带着让她不敢多看一眼的光芒。稍微多看一眼，她怕自己忍不住被他牵着鼻子走了。

咦，等等……

也就是说，他从一开始就没有喝醉。在酒店门口是，在车上也是，回来电梯里还是？

黎沫的心情就像是一锅接近沸腾的水，咕嘟咕嘟的小泡泡直冒。完全不知道她心情的男人还在“诱哄”她，真当她是个什么都不懂的小丫头吗！

“考虑个头！”黎沫也不知道哪里来的力气，一把就将顾亦笙给推开了。之前她是顾及着他喝醉了，现在哪里还管他那么多了。

顾亦笙往后退了两步，知道黎沫这是恼羞成怒了。女孩白净的小脸上满是红晕，也不知道是气得还是羞得，连眼角都染上了绯红。

没想到黎沫就连生气都这么好看，顾亦笙根本就掩饰不住唇角的笑意。

自己都这么生气了，这男人竟然还在笑！黎沫看得又是一阵心跳加速，又忍不住唾弃管不住心跳的自己。

“装醉是我的不好，但是，如果我不这样，我不能和你……”

和你这样单独相处。

后半句话顾亦笙还未说出口，就被黎沫抬高手捶打了两下。

“顾亦笙，你奸诈！”

捶完顾亦笙，黎沫似乎是知道自己这动作幼稚死了，不高兴地哼了一声，转身迅速打开门跑了。

被黎沫用那样水润的眸子一瞪，顾亦笙都忘记做出任何反应，他从来没听过如此“甜蜜的骂言”，这话听起来都是如此悦耳。

他大概疯了吧。斜倚在沙发上，顾亦笙半个身子都陷了进去。

客厅里重新恢复了安静，心乱的男人并没有打开任何的灯，借着月色，坐在这通透的客厅里，背靠着视野开阔的阳台，连夜色都成为了他的陪衬。

食指在真皮沙发的扶手上轻敲着，顾亦笙知道黎沫最近在躲着他。

可是她躲着自己的原因，似乎和邀请她来风尚没有太大的关联，那应该就是他个人的原因。

今晚他只是一时兴起，逗逗她，顺便想缓和一下双方之间的关系。就算是做不成同事，保持朋友关系也挺不错的。只是这一试，倒是试出了他自己的真心。

他都不知道自己是喜欢和人主动接触的类型，每当靠近黎沫的时候，他的心情就非常不错。

用拇指摩挲着被咬破的唇角，顾亦笙毫不掩饰自己的遗憾。如果这触碰不是意外冲撞，而是水到渠成的亲吻，就好了。

在黎沫和他贴近的那一刻，顾亦笙确实有了不想让她就这么简简单单回家的冲动。

从来没有考虑过异性关系的顾亦笙在长达半个小时的沉思后，终于是无奈地叹了叹气："没想到还是栽在她身上了。"

受到惊吓的小兔子已经飞快地逃回了自己的领地，而大灰狼还在思考着，如何让这从嘴边逃跑的饵食，再次回到自己身边……

鼻炎还没有完全治好，黎沫就已经把自己泡在了调香室里，如果不找点事情做的话，顾亦笙那张脸就会反复出现在自己的眼前。

她还是头一次出现这样的状况，比感冒发烧还让人无法抗拒。

研发部门的人拿到黎沫提交上去的樱花香基，还以为Ariel系列的新品已经搞定了。

黎沫暂时不想让大家知道自己还处于瓶颈期，徒增其他人的压力，香水的基本主题已经定得差不多了，现在就差最后的命名和营销方向。

想到这里，黎沫就头疼。

初版她并不是很满意，最让黎沫焦虑的是，隔了这么久，她都要记不住当时那个好闻的香气了。

偏偏对象还是顾亦笙……

又绕到顾亦笙的身上来了，黎沫掐了掐太阳穴，只觉头都要炸了。

和顾亦笙接触不多，但是黎沫就是知道，他表面看着温和好亲近，实际上一点都不好糊弄。

从来没遇到过这么难搞的对象。年纪轻轻就成为风尚高层的男人，只有她这个傻子，才会以为他是人畜无害的角色吧。

坐了大半天，黎沫正换上衣服准备去楼下逗逗猫，手机屏幕忽然就亮了。

原本不准备拿手机的黎沫脚步一顿，知道是收到了信息，强迫症就是忍不住去点开。

是曜煜研发部工作群发来的消息。

张经理：@Ariel黎沫 黎沫，你今天下午有空来公司一趟，开个会。

Cold 齐未芷：重要会议，大家在公司的都来参加哈。

黎沫粗略地扫了一眼，除了张鸿博和齐未芷的发言，其他人都只是粗略回复了“收到”这两个字。

看这个样子，像是开部门会议的架势，在黎沫的记忆里，都已经很久没有开例会了。明明知道她请了年休假，还特意艾特她，让她回去开会？

待黎沫赶到公司的时候，研发部大部分人都已经在会议室就坐，她一个人戴着口罩走进来，倒是有些突兀。

不知道是不是黎沫的错觉，就几天不见这些同事，蓦地觉得有些陌生。平日里除了工作上的交流，私底下黎沫很少跟他们打交道，她忽然有些怕生。

会议室的 PPT 投影仪都没有打开，张鸿博照例坐在面对着门的中间位置，齐未芷今天不知道怎么，竟然坐在了他的旁边。

“黎沫，你的病好一点没有啊？”张鸿博先跟黎沫客套两句，“你准备什么时候回公司啊，还是……不准备回来了？”

黎沫找了个门边的空位，正准备坐下，听到张鸿博这么说，她难免愣怔。

“这是什么意思？”黎沫再迟钝，都听出张鸿博这话中有话了。

张鸿博用手掩饰着咳嗽了一声，自己不开口，让齐未芷来说。

“黎沫啊，我之前就说过，你如果有更好的平台，我们部门的同事自然会祝福你的，你没必要把事情做得这么绝。”齐未芷仿佛是黎沫的好朋友一样，善解人意道：“你看能不能这样，这次你提交的香水还是留在曜煜，如果你担心你走了过后，Ariel 系列没人负责，我可以帮你。”

什么叫她走了？黎沫瞪大了眼，一时间处于状况外。

其他同事无一不露出了复杂的眼神，有惋惜，也有羡慕，还有怨怼。她难道干了什么事情，自己失忆忘记了？

“那啥，我只是发个烧，没有把脑子烧坏，为什么你们说的话我听不懂？”黎沫愣愣地看着齐未芷和张鸿博，“Ariel 是我负责的系列，我怎么可能转手给别人？”

齐未芷听到这里就不高兴了，她皱着眉头道：“上次 The Cold Ocean 的事情，大家都心知肚明了，我的香被风尚拿去就算了，你现在人要跳槽了，你还不能最后为曜煜着想？”

“你这是什么意思？”黎沫表情难看了起来，“你说我要跳槽去风尚？”

一向安静的黎沫都没办法镇定，这看在齐未芷组的人眼里，就是她的心虚。

“你们这样会不会太过分了？”何淼实在是听不下去，黎沫组的人和她一样低调，但是不代表大家都是软柿子，“造谣没有成本吗？”

“好了，你们都别吵了。”张鸿博冲黎沫组的做了一个手势，让他们不要激动，“Cold 系列新品的事情，确实是黎沫的不对，但是我们并没有追究。今天找你回来开会，就是想和你协商，这提前将自己的新品送到风尚手上，这是违背职业道德了吧？”

“我怎么可能把我的新品拿给风尚！”黎沫气不打一处来，风尚的人来来回回挖了她这么久，顾亦笙跟她说了这么多次她都没答应，就是对曜煜还有留念。

没想到现在是曜煜的人处心积虑要赶她走！

想到曜煜的香水品牌，黎沫就扎心，当初在那么多系列反响惨淡的情况下，她首次推出 Ariel 系列四季花语香水。

四瓶瓶身设计精巧、香调出众、市场反响好的香水迅速将曜煜的名声打了出去，在香水收集控之间狠狠地火了一把。

黎沫自然不是沾沾自喜，觉得自己对曜煜来说有多重要。她只是热爱自己的工作，希望自己为之付出的品牌能得到最大的认可。

“那难不成是我把我自己的香水配方泄露给风尚了？”齐未芷露出一个怪异的表情，“我又不去风尚。”

大家都知道Cold系列现在的处境，除非齐未芷疯了，不然她怎么可能做出这样的举动。

齐未芷组里的人都不用想了，泄露The Cold Ocean主要成分，并妄图把Ariel新品带去风尚的，除了黎沫还有谁？

有了风尚这种大平台，黎沫看不上他们曜煜倒是合乎常理的。

“哦，所以你们证据呢？没有证据在这里说些煽动人心的话，太可笑了吧？被其他部门的知道我们香水部门钩心斗角，怕是都要笑掉大牙了。”何淼最看不惯齐未芷这种拉帮结派的嘴脸，在她来之前，两个组都还是良性竞争。

“大家好歹共事一场，我们并不想让事情变得太过于尴尬。”张鸿博假意咳嗽一声，“公司的员工都收到了那个邮件，现在我们正在尽力挽回你的形象，你明白吗？”

张鸿博话音刚落，黎沫就看到他和齐未芷同时露出了让人心冷的眼神。仿佛她是个连基本企业道德都不懂，只为名利的女人。

“什么邮件？”黎沫一愣，会议室不少人眼神躲躲闪闪的，毕竟在黎沫来之前，他们都看了这封关于黎沫不遵守企业保密原则的邮件。

眉头一皱，黎沫摸出手机打开好几天没登录的企业邮箱，赫然发现自己也收到了这封邮件。

这封邮件费尽心思，从上次风尚新品香水发布时，黎沫和乔修韦同框的照片开始，到后面一些不可避免的场合，自己跟乔修韦的联系。

说得很像那么回事，连黎沫自己都要相信了，也是难为这些前来围观的吃瓜群众。

黎沫这才反应过来，难怪刚才进公司的时候，坐在门口的行政妹子看自己眼神很复杂。

果然是有不少人已经查阅了那封邮件。

一向只发枯燥工作内容的邮箱，忽然出现了一个图文并茂的八卦贴，而且还是公司的首席调香师，这必须有意思啊！

黎沫简直要气笑了，能够群发给公司工作组的，这难道不是公司内部自己的人吗？

这些人光是津津乐道里面的内容，都没想过这人的本意。

如果不是黎沫是当事人的关系，她都要以为自己和乔修韦关系不错，甚至达成了不错的跳槽协议。

这封邮件写得，仿佛她马上踹了曜煜去风尚，就从此走上发家致富的人生巅峰了。

心里酝酿了不少想说的话，到了嘴边，黎沫却没有了说出口的念头。对着不相信自己的人，她解释有什么用？解释就是掩饰，掩饰就是事实，事实就是确有其事。这句话说得太对了。

“黎沫，不要怪我说话直。”齐未芷见黎沫无力反驳，心里快笑抽了，“你这次恐怕带不走你的新品了。”

一直被黎沫压着，齐未芷心中的那口恶气仿佛在这一刻顷刻散尽。

齐未芷一开始同意与乔修韦合作，搞臭黎沫的名声，就是为了出气，顺便讹黎沫一笔。

黎沫调制的新品比其他东西值钱多了，齐未芷有信心，能够借着她这次的新品，让 Cold 系列打个翻身仗。

曜煜的首席调香师不在了，她又携带Cold系列获得好成绩，她齐未芷很快也会有和黎沫一样的名声。

总是听到那些愚蠢的人一口一个“Ariel小姐”，齐未芷实在是受够了。

所有人都盯着黎沫，想看看她是什么样的反应。是放弃，还是恼羞成怒？然而他们忘了，黎沫从一开始进公司，就是一副没有太多表情的模样。

即使在这个时候，黎沫本人已经气得在心里把齐未芷、张鸿博和乔修韦骂了一百遍，她面上依旧看不出过多的情绪。

安静，沉稳，淡漠。

曜煜的首席调香师永远都给人一种单调的印象，就算是再美，所有人都被她的冰冷隔绝开来。

但是就是这样的人，像是会魔法一样，手中不断调配出多姿多彩的香水，每次都给人不同的惊喜。

“组长，你不要难过，我们都相信你！这种可信度为零的图片什么用都没有，只有不带脑子的人才会相信。”何淼都被他们气到了，“谁笑到最后还不知道！”

深吸了一口气，黎沫压抑着自己的情绪，冷着脸站起身来，她反倒是用眼神安慰何淼不要生气。所有人都以为她要放弃。

“好，我不要了。”黎沫弯了弯唇角，冰冷的笑意像是开在雪山上的娇花一样，让人被惊艳的同时，忍不住打了个寒颤。

得到了自己预料中的答案，齐未芷的心情却并没有太好。她以为的软柿子黎沫，完全没有露出气恼的样子，反倒是居高临下地看着她。

黎沫到底是哪里来的自信，现在还这么高傲的？齐未芷心态快要炸了。

“你以为我会这样说吗？”黎沫挑起一抹高冷的笑容，“这本来就只是我提前交上来的初版香基，实不相瞒，我本人对这残次品一点都不满意，就算是我不要的东西，我也不会给任何人。”

齐未芷顿时就惊呆了，她完全没想到黎沫竟然会说出这种话。

“我暂时没有离开曜煜的意思，某些别有用心的人也不用替我加戏。”黎沫坦坦荡荡地看着所有人，“我会证明自己的清白，齐小姐，请你记住自己今天说的话，不要假装没说过才是。另外，Never let me go 的后调确实比你的做得好，这说明风尚的调香师很厉害，齐小姐，多把心思放在你的新品上吧。”

说完，黎沫轻哼一声，转身打开会议室的门走了出去，何淼她们连忙跟上，差点要给她鼓掌了！

留下一屋子人都被她说得一愣一愣的，完全不敢相信这么霸气的人，竟然是之前那位低调内敛的黎沫。

齐未芷当众被黎沫“羞辱”，她气得鼻子都要歪了。黎沫算个什么东西，竟然敢这么指责她？

出去过后，黎沫无视不少人探究的眼神，向行政问了下楚逸寒的动向，得知这人已经飞去国外出差了。

难怪楚逸寒都不知道这件事情，这会儿多半还在飞机上受罪。

“你找总裁有事吗？”行政的妹子小心翼翼地问黎沫，以为她一怒之下要辞职了。

“算了，没事。”黎沫摆了摆手，这种小事情，不用楚逸寒，她一个人就可以解决了。

她已经不是以前那个需要哥哥时时刻刻护着的小姑娘了。

“你身上是 Ariel 系列的香水吗？哪一款？”行政妹子在刚才黎沫靠近的时候就想问问了，Ariel 系列有毒，逼着人剁手的节奏啊。

“嗯？”黎沫这才发觉自己走得匆忙，随便抓了一瓶放在包里的香水就喷上了，“这是圆舞曲系列的一号香水，小猫圆舞曲（The Waltzing Cat），主要成分都是小猫喜欢的香料，猫奴必备。”

“我很喜欢这种淡香水的味道，适合日常使用。”行政妹子说到这里，不好意思道：“黎沫加油，不要理会那些闲言碎语，那是造谣！诽谤！要坐牢的！”

黎沫没想到会有人会站在自己这边，猝不及防被这女孩子给逗笑了。

一贯淡漠的脸上漾起清浅的笑容，比她身上的香水还让人心动不少，行政妹子直接看呆了。

“谢谢你。”黎沫真诚地向这位女孩子道谢，她的这句话，对于她接下来要做的事情来说，无疑是莫大的鼓励。

走出公司后，黎沫直接打车去风尚集团。下车之前，黎沫难得给慕心雨发了一条微信消息。

沉迷赚钱日渐消瘦：我要去撕逼了，祝我好运。

把手机塞进包里，黎沫自然没有看到慕心雨回复的那一串捂着脸惊恐的表情。

黎沫抬头费力地仰望着帝国大厦，楼顶的塔尖带着一股刺入云端的魄力，让人忍不住这感叹不愧是市里地标性建筑。

风尚集团的办公区域就占着这摩天大楼的高层，下面还有风尚旗下的大型商场。这气派和大手笔，黎沫叹了叹气，有句话怎么说的来着？

哦，你爸爸还是你爸爸。风尚爸爸真厉害……

搭乘电梯的几分钟时间，黎沫被挤在角落里，稍微冷静了一点。她怎么一时冲动就一个人跑过来了？万一乔修韦不在公司呢？

风尚应该也有不少人认识她的，她这是赶着来坏自己的名声啊！黎沫深吸了一口气，电梯已经到了顶楼，她不想在这里打退堂鼓。

无论她走出去，还是灰溜溜的退回来，都会被齐未芷她们当作一个笑话，那她选择往前走。

在这个时候，黎沫都还没有察觉到自己的改变。如果是以前的她，绝对不可能做出这样果敢的决定。

“你好，我找风尚香水负责人，乔修韦先生。”黎沫走过去时，风尚集团漂亮的前台小姐已经起身摆出了职业的微笑。

“好的，请稍等，请问您贵姓？”前台小姐摸出访问登记表，让黎沫填写。

知道这是固定流程，黎沫毫不避讳道：“我是曜煜香水研发部的员工，找乔先生有点事。”

眼神一顿，前台小姐顿时露出了复杂的表情。给黎沫泡了一杯热茶，让她在候客厅稍等，前台小姐便走进办公区域找乔修韦。

黎沫这才发现自己今天走得急急忙忙，穿得非常随意。

周围都是穿着工装的人，莫名看着成熟又威严，黎沫悄悄透过玻璃的反射看了看自己。

脏粉色的套头卫衣倒是挺显肤色，搭配了一条外穿的浅灰打底裤……

偏偏她今天素颜，扎着高马尾，刚才进门为了显得礼貌一点，把口罩取下来了。

得了，她这样子直接去学校都不会有人怀疑她是外来的人吧？双手捧着纸杯，黎沫缩了缩身子，只露出一截白皙的指尖，看上去一点底气都没有。进进出出不少人都看到了自己，她更是觉得是不是自己太唐突了？

又或者是，她的事情已经八卦到这里来了？乱七八糟地想了一通，黎沫苦笑。

齐未芷和张鸿博这是铁了心要让她在哪里都不好过，如果她真的要跳槽到风尚，这些新同事因为流言对她指指点点的，她估计真的不好待下去。

还真是让他们煞费苦心了。

“请稍等，乔总监说现在暂时抽不开身。”前台小姐走过来就看到黎沫坐在沙发上，莫名有一种弱小又可怜的样子，把她这个女孩子都萌到了。

黎沫听到这个答案也没有意外。看着前台妹子为难的脸色，黎沫估计乔修韦的原话是说他没空。

之前她拒绝了他那么多次，这小肚鸡肠的男人多半以为她现在走投无路要投靠他了，那必须要给她一点“颜色”看看。

“没事，我等等就好了。”黎沫也不知道自己哪来的倔劲儿，都坐在这里了，她无论如何也不想这样灰溜溜地回去。

等了接近半个小时，黎沫手里两杯热茶都变凉了，却等来了她不太想见到的陆尔岚。

“你怎么在这里？”陆尔岚看着黎沫的眼神，惊讶中带着一些不耐。

香水部门的那些事情陆尔岚自然是知道的，她也跟乔修韦说过几次，并不是一定要挖到黎沫才行，有资质的调香师比比皆是，不要因为她手里的热门香水系列，就把她太神化了。

现在人倒是挖到了，只不过是在这个过程中，暴露了对方“唯利是图”的缺点，陆尔岚自然是很不赞同让黎沫加入风尚的香水团队，她越发觉得，这女孩看似单纯，其实充满心机。

除开工作上的问题，陆尔岚还想到之前黎沫从顾亦笙家里出来的时候。

她只是偶然去一次，都能撞见，她不在的时候，不知道黎沫又私底下去找了顾亦笙多少次。

并不是陆尔岚要多想，事实上试图接近顾亦笙的女人太多了，目的不纯的更是不在少数。

就连昨天新品发布会，黎沫都故意支开楚逸寒，上了顾亦笙的车。

这么一想，休息日在私厨的那次碰面，陆尔岚也觉得不像是偶然了。夹带了私人感情和对黎沫的主观印象，陆尔岚就算是素来以公私分明的态度处事，此时也没办法忍耐。

既然黎沫想方设法都要跨入风尚的门槛，她怎么也不能让她以为事事都能顺风顺水了。

“黎小姐，我不知道你是以什么样的心态出现在这里，我想说，如果你真的想成为风尚的一员，就不要把以前的作风一起带过来。”陆尔岚的声音不大，可是因为她是和总裁一起空降过来的总裁助理，一举一动都受到员工们的密切关注。

在看清楚陆尔岚说话对象是谁的时候，不少人都露出了微妙的表情。这不是他们竞争对手曜煜的首席调香师吗？

对黎沫有印象的人，都难免眼露惊讶，觉得她和以前不太一样。

许是因为黎沫今天的着装打扮，也许是因为她和陆尔岚比起来，看起来太嫩，太没有攻击性。

黎沫礼貌的笑意僵在唇角，陆尔岚的敌意太过于明显，根本就没有隐藏的意思。她就不明白自己在哪里得罪这一位。不过还好，黎沫从一开始就不喜欢陆尔岚。

见陆尔岚还有再说下去的趋势，黎沫站起身来，打破她居高临下俯视自己的视角。

“陆小姐，我不是来找你的，我找乔修韦。”黎沫平静地看着陆尔岚，不卑不亢。

她并没有做错事情，没必要把自己搞得那么卑微。

“我现在也负责香水部门的事情，找我也是一样的。”陆尔岚发现已经有员工忍不住借着在茶水间接水的空隙，偷偷关注这边的动向了。

一向对办公秩序很严厉的陆尔岚，此时此刻装作看不到，任由着他们跟着胡闹。

陆尔岚在公司的女强人形象很出名，对待工作又是一丝不苟的，不少人都很忌惮这位总裁助理。

只要是陆尔岚在理的情况，基本没人能够说得过她，众人听说她以前是法律专业的。

“哦，是吗？”黎沫笑了笑，还是那副人畜无害的模样。

如果是其他人，她今天就不跟他在大庭广众下撕破脸了。可是眼前是这位总是理所当然出现在顾亦笙身边的女人，黎沫莫名就不想输了这口气。

“那我想请问一下，贵公司的企业文化核心内容是豪取抢夺吗？”黎沫始终语气平淡，说出来的话却攻击力十足，“我已经多次拒绝你们研发部总监的邀请，没有跳槽到贵公司的意向，我不知道是他理解能力有问题，还是做人的基本道德有问题，三番两次和曜煜的内部员工违规合作，这次还偷了我提交的新品香基。”

知道内情的人都以为是黎沫想要抱风尚的大腿，没想到反转来得这么快。

听到这话，陆尔岚表情微变，却很快镇定了下来，“黎小姐，没有根据的话不能随便说。”

“是啊，你也知道这个道理，那你一开始说的话是什么意思呢？”黎沫怒极反笑，“乔修韦和曜煜调香师合作，把Cold新品的配方升级包装成了风尚的新品，这件事情你们应该也是心知肚明的吧？调香师自己糟践自己的作品，我不管，我只想说明，我不会。”

黎沫的眼神始终清明坦荡，这让陆尔岚反倒心惊。难道她是真的误会了？

“我从来没有跳槽的想法，光是忙着新品就已经够呛。”黎沫想到自己的配方竟然被乔修韦拿到，心里难免气愤，“就算我提交的只是初版香基，是我自己都否认的残次品，我也不会让你们拿去改的，别想。”

说到这里，黎沫的眼圈儿都气红了，她可不像齐未芷那么脑残，任由着别人改自己调出来的香水。

“乔修韦在哪里？让他出来跟我当面对峙就是。”黎沫本来感冒就没好，现在情绪一激动起来，鼻炎再次发作，鼻音重的音色听着比平日软糯不少。

一时间，倒给陆尔岚一种她在欺负小姑娘的感觉。明明这黎沫跟她差不多大的岁数。然而陆尔岚这么多年的工作经验，什么人没见过？

打发黎沫这种角色，只是分分钟的事情。

“你有能力，可以私底下找他。”陆尔岚对着门外，优雅地抬手，“我们工作期间不允许做和私事相关的事情。”

这姿态，竟是要送客。黎沫快要被这陆尔岚给气炸，都是单身狗，难道谁还比谁高贵吗！

她再迟钝都看得出来，陆尔岚是因为她跟顾亦笙走得近，所以才这样对她的，她以为在她这个位置，能够做到理性判断任何事情，看来是她高估了陆尔岚。就在黎沫准备抗争到底的时候，她抬眼就看到那外形出挑的男人朝着这边走来。

男人唇角噙着惯有的温润笑容，沉稳的气场和温柔的眼神瞬间让黎沫心中所有的负面情绪都消失了。

取而代之的，是一股莫名的委屈。顾亦笙笑着对黎沫点点头，和昨晚那喝醉酒趁机占便宜的腹黑男人形象完全不同，让她一瞬间以为，之前的都是幻觉。

还未完全放心下来，黎沫就听顾亦笙道："风尚不需要这样的员工。"

霎时间，周围众人的表情都变得很精彩。

陆尔岚眼里染上了明亮的笑意，她牵起唇角转头望向顾亦笙，似乎觉得他做了一个明智的决定。像黎沫这样的员工，风尚确实不需要。

她就知道，黎沫注定成为一个笑话。

陆尔岚心中满是负面的情绪，她知道这样不应该，可是就是控制不住。

黎沫唇角的弧度渐渐消失，她恢复了往日的平静。她没想到顾亦笙是这样的……

心脏处像是空了一块，失望的情绪还未从这空处扩散开来，黎沫就见乔修韦灰头土脸地从顾亦笙身后走了出来。

"对不起，黎小姐，是我做错了事情，给你添麻烦了。"

"什么？"陆尔岚猝不及防的错愕表情被不少人捕捉到，她显然也没抓住现在这个状况。

"我确实跟贵公司的调香师私下合作，违背了职业道德，这次的事件因我而起，我请求辞去职位，并赔偿相应的损失。"乔修韦脸色灰败地看着黎沫，像是个泄了气的皮球，"你的新品我也并没有拿到配方，只是一个用来逼你进风尚的噱头，都怪我性子太急，不会做人，我给风尚抹黑了。”

黎沫这才反应过来，原来是乔修韦被身姿挺拔的顾亦笙给挡住了。陆尔岚张了张口，完全没料到顾亦笙亲自把乔修韦拎了过来。

“今天的事也是齐未芷擅作主张，我当初只想招揽你，没想到她为了自己独自跳槽居然做出这种事情。我本意不是想让你名声受损的。”乔修韦悔不当初。

“顾总，你现在不是在开会吗？”陆尔岚想缓解一下尴尬的氛围，才开口，便被顾亦笙用眼神制止了。

“我本人也多次邀请黎小姐来风尚，只不过都被她拒绝了。”顾亦笙这话一出，无疑是给了黎沫最大的支持。

连这位顾总都亲自邀请的调香师，那自然是优秀的。黎沫连他们顾总都拒绝，更别说乔修韦了。

陆尔岚不敢相信顾亦笙竟然不假思索就站在了黎沫这一边，那么刚才不明青红皂白质问黎沫的她，到底成了怎样的存在？

黎沫的眸子前一秒才满是死寂，这一秒又再次染上了亮眼的色彩。她多半是无药可救了吧。

只是听到这男人简单的两句话，她都像是得到了千军万马。就算是在这从未来过的陌生场合，都有一种温馨的归属感。

“谢谢你，顾总。”

顾亦笙在处理完乔修韦的事情过后，转头就看到黎沫已经站在门口，笑着冲自己挥了挥手，还鞠了个躬。

女孩的五官被大厅的金色灯光镀上了一层柔柔的光晕，她微微一笑，连门口的盆景都跟着生动了起来。真的像是学生时代，学校里最受欢迎的青葱美少女。

“不客气。”顾亦笙似乎是被黎沫的笑意感染，眉眼温柔似水。

两人只是不经意的对视，却让周边所有的人和事都成为了陪衬。

“哎哟。”洛安猝不及防被塞了一嘴狗粮，就差拿手机把这比电视剧还唯美的一幕拍下来了。

第八卷

心动的感觉（Feeling Of Love）

No.24 Mysteries

走出帝国大厦的时候，黎沫就像是身上的巴啦啦能量都耗尽了一般，走在平路上都能被自己绊了一下。

“啊！”黎沫尴尬地稳住平衡，把自己吓了一跳。

脸上涌上迟来的热度，黎沫摸了摸自己烫烫的脸颊，都不知道自己刚才是哪里来的勇气，竟然当着这么多人的面，跟陆尔岚理论。

想到顾亦笙亲口承认他也邀请过她很多次，黎沫根本就忍不住唇角上翘。他这是在维护她吧？是吧是吧？

走路的脚步都变得轻盈了，就连这天空都似乎比她来的时候更为澄净。

黎沫像个情窦初开的学生一样，原地转了个圈圈，和她身上的“小猫圆舞曲”真是绝配了。

包里的手机在这时振动了起来，黎沫摸出手机一看，慕心雨都打过来好几次了！一接通，便是慕心雨一通追问。

“黎沫沫你怎么了？莫名其妙就说要撕逼！是不是那个齐什么的又搞幺蛾子！告诉我！我今天下班就来你们公司楼下堵她！”

“噗哈哈。”黎沫心情本来就很好，一听到慕心雨这臭流氓一样的语气，顿时就笑喷了，“心雨，你注意形象啊。”

慕心雨见黎沫心情还不错，狐疑道：“你现在还挺开心的？你的画风不对哎！”在她看来，黎沫这种没有战斗力，还不会吵架的弱女子，只有被别人欺负的份儿。

现在这小得逞，甚至有点小甜蜜的声音是怎么回事？

“哪有！”黎沫对着听筒笑着，清澈的少女音快要渗出蜜来，“不算什么撕逼，就是跟对方理论，我头一次吵赢了哎！我是不是很厉害！”

慕心雨一时无语，她其实很想问问是不是跟那位顾先生有关。这几乎从手机听筒那头冒出来的粉红色泡泡实在是太可疑了。

“我今天下午没什么事，已经把近期你需要完成的定制香水单子按照排队顺序整理好了，你有空就看看。”慕心雨语重心长道：“拖延症小姐，人在做，天在看，你再不合理安排时间，你很快就要加班加到哭了。”

“……”黎沫的心情顿时像是被戳破了的泡泡，她无奈道：“好吧。”

她并不是不想工作，不同的定制香水反倒是能激发出她的兴趣，然而这并不妨碍她的拖延症……

点开邮箱的表格，黎沫发现慕心雨对她已经足够仁慈了，只罗列了五个时间比较近的名单。

粗略看了下香调的要求，都是比较实际，没有夸张到科幻程度的，黎沫给自己鼓足干劲，先根据客户的喜好在后面添上合适的香料。

只是当黎沫的视线不小心扫到后面客户姓名，看到“张思远”这三个字的时候，忍不住愣住了。

上面标明了一瓶送给太太的木系香水，要求清新温柔，联想到张太太的气质，黎沫倒是觉得这挺适合她的。

坑爹的就在于张先生竟然还订制了一瓶送给妹妹的香水，还是让人联想到安静美少女的白花系香水。

如果这真的是黎沫认识的那位张思远先生的话，他的妹妹就是张萌。

黎沫一向很敏感，看到这里她的眉头都蹙了起来。上次和张萌短暂的相处过程中，黎沫可以看出她对香水完全没有兴趣。更何况她家里有三只猫，张萌应该很注意才是。

当哥哥的，不知道妹妹的喜好？不可能吧。

历史总是如此的相似，想到上次的小三事件，黎沫长叹了一口气，现在的男人都是这么渣吗？男人有钱就变坏，黎沫坐在调香室里发呆。

再想想顾亦笙，黎沫更是要叹气了。上次她还在羡慕张思远和他太太之间的恩爱模式，没想到现在打脸来得如此之快。

在她看来，顾亦笙不管是外形气质，还是人格魅力，都远胜于张思远。难道顾先生也跟这位张先生一样，是朝三暮四的男人吗？

“算了算了，万一张先生只是因为不了解妹妹的喜好，顺着张太太的爱好定制了一瓶香水呢？”黎沫拍了拍胸口，安慰自己不要想太多。

等黎沫在调香室里将这几款定制香水的基本香调拟好过后，她才发现自己似乎完全没有把今天的事情放在心上。

如果换作是以前，她估计要被齐未芷和乔修韦给气死，然而她现在一点都不在意。设置为静音的手机孤独地躺在一旁，沉浸在工作中的黎沫都没有注意到屏幕亮了又亮。猛地看到 20 多个未接电话和未读微信消息，黎沫吓了一跳，全都出自楚逸寒之手。

像是不把黎沫的手机炸了就不罢休一样，楚逸寒还在继续轰炸。

“你干什么呀？”黎沫无奈地接通电话，就听楚逸寒在那头紧张道：“沫沫，你没事吧？邮件我看到了。”

黎沫心下一暖，她低笑道：“你下飞机了啊？”

“刚下。”楚逸寒担心黎沫会受到影响，连忙道：“不用去理会这些事情，哥哥会处理好的，你继续在家休假就是，不用管。”

很久没有听到楚逸寒自称哥哥了，黎沫知道他是真的担心自己，忍不住笑出声。

听到黎沫的笑声，楚逸寒这才发现她的情绪似乎没有他想象中的愤怒或者低落。这丫头怎么心情这么好？

“我才不管齐未芷呢。”黎沫拿着手机走到窗边，手指无意识地搅着窗帘，小动作带着些许撒娇的意味，“张鸿博还叫我回去开会，准备在部门里批斗我，被我怼回去了哈哈哈。”

既然哥哥都这么说了，她打个小报告，应该没问题吧？这种抱上大腿的感觉真好。

黎沫坏坏地想着，公司不少人总是以为她和楚逸寒有什么特殊的关系，那她不好好利用下他们之间的“关系”，岂不是辜负了他们的期待？

“张鸿博这蠢货！”楚逸寒在电话里毫不客气地骂了张鸿博一句，惹得黎沫更是笑声不断。

“你不用为我担心啦，我去风尚找乔修韦说清楚了，我吵架吵赢了，没有输。本来就是我在理。”黎沫向自家哥哥炫耀着她首次吵架胜利。

楚逸寒自然是乐得附和道：“嗯，你没错！没骂死他们都是仁慈了！等我回来替你骂！”

“哈哈哈不用啦。乔修韦已经被辞退了，而且好像不会模糊处理他被辞退的原因哎，以后多半不能在这个行业继续做下去了。”黎沫只能唏嘘。

敏锐的楚逸寒忽然道："你去风尚找他们说理，他们就把乔修韦辞退了？"

怎么想也不太对啊。

黎沫心头一紧，生怕楚逸寒发现是顾亦笙出面解决的，拼命想着理由。

"沫沫，我这边有点事情，等我回来再跟你说，总之没事就好。"

听到楚逸寒这话，黎沫莫名地松了一口气，总算是蒙混过关了。

"好的，你注意休息，不要太累了。"黎沫本来想叫楚逸寒一声哥哥，但是话到了嘴边她又觉得太肉麻，怎么也叫不出口。

此时此刻，在风尚集团的大门口，黎沫口里被辞退的乔修韦却并不仅是这么简单，他在风尚同事的注目下，被带上了警车。

违反公司规定、泄露公司机密，乔修韦原以为自己顶多被通报批评再罚款辞职的，谁知道他彻底触到了顾亦笙的底线，这位老板一改平日温润的形象，用冷厉的态度要求公司法务部"严格处理"这件事情。

乔修韦彻底绝望了，未来他将面临的，或许还有刑事拘留。

不知道乔修韦的凄惨下场，齐未芷还在公司里想着下次和黎沫交锋，她要怎样才能扳回一城，自从上次被楚逸寒警告过后，她安分了好长一段时间，这次老板出差了，她不趁机收拾下黎沫都过不去了。

"这女人越来越目中无人了！"齐未芷一边回想一边生气，根本没注意到前台那边传来的奇怪声响。

"怎么会有警察？"

"出什么事了？"

听到周围人的惊呼时，齐未芷一转头就看到两名警察出现在她的旁边，确认她的工位和工牌后，公事公办道："齐未芷小姐，你和乔修韦先生涉嫌泄露公司机密，请你跟我们走一趟。"

齐未芷下意识地想否认，像是看穿她的心思一样，警察补充道：“证据已经由风尚集团方面整理提交给我们了，你最好配合一点。”

也就是说她现在要被抓，没跑了，齐未芷瞬间腿软得，站都站不稳了，居然是风尚这边亲自给的证据？

乔修韦这个靠不住的蠢货肯定早就认罪了，齐未芷眼前一黑，差点晕过去，她的人生彻底完了，她都不知道为什么会是这样的展开，前不久她还在跟黎沫互怼，怎么突然就被扭送警察局了。

周围的人看齐未芷的眼神都很奇怪，仿佛在看一个疯子，这下谁都知道那封企业邮件是谁发的了，最搞笑的是，齐未芷自己才是泄密的人，她竟然理直气壮地给黎沫泼脏水！

连一点反抗的力气都没有，齐未芷坐上警车被带走，她在到警察局门口的时候，乔修韦正好也在，两个被押着的人极其狼狈，尊严全无。

最让人惊吓的是，旁边不知道从哪里冒出来了好几个记者。

“请问，齐未芷小姐，作为一名企业人，你泄露公司机密，妄图靠打击同公司竞争对手上位，以后还有继续工作的打算吗？”

“听说风尚香水新品和曜煜上次新品香调类似是你们两人的杰作，请问你们这样做图什么？”

来自记者的良心拷问每一句都在证明他们俩是傻子，齐未芷根本不想看镜头，却被这些记者强行把她糟糕的嘴脸拍了下来，一阵阵闪光灯都要把她亮瞎了。

她真的完蛋了，这报道一出，她和乔修韦就被列入各行业永远的黑名单里面了，被拘留这件事她都不敢想太多了，她的父母会被人用怎样的眼光看待啊，她崩溃得大哭了起来。

等楚逸寒排队出关，要亲自跟齐未芷算账的时候，却听他的秘书淡淡表示，齐未芷和乔修韦都已经被带去警察局了。

“风尚那边提供了足够的证据，乔修韦会被严厉处罚，我这边已经让人力部门拟定对齐未芷的责罚和处置。”

秘书的应变能力楚逸寒都来不及夸了，他握着手机都不知道说什么好，顾亦笙的动作也太快了，他这个当哥哥的一时心情无比复杂。

“有一种宝贝被抢走的错觉。”楚逸寒无奈，顾亦笙这样出手，他真的怕他妹妹很快就招架不住了……

看到手机上显示的时间，黎沫这才发现自己不知不觉中竟然坐在这里两个多小时了。

黎沫像猫一样，将双手双脚最大化地伸直，放松着身体，她身前放着测评本，上面的表格全都打好了星级，香料那一栏写了一长串香基和精油名称：

柠檬精油、玫瑰精油、丁香精油、晚香玉香基、樱花香基、樱桃香精、香草香精等……

眼花缭乱的黎沫滴了两滴眼药水，拿着本子粗略看了两下，香品值、留香时长、香气强度这三个评判标准下都有出色的香料，对比之前测评的上一版本，打分结果有所增长，都在往好的方向进展。黎沫心满意足地露出浅浅的笑容，却在肩头的微痛中忍不住皱眉了，她不得不做了一套伸展运动。

天色渐沉，窗外的乌云让傍晚的天色看上去更加暗沉，给人一种透不过气的感觉。

“要下雨了。”黎沫连忙跑到阳台把窗户关上。

打开电视还没有找到好看的节目，黎沫就看到小区宠物群的人在说，她们楼栋下面的花丛中有一只不知道是死是活的小猫。

小区里养狗的住户居多，从来没有接触过这种小奶猫，就算是活的都不敢随便带回家。

并不是人太冷漠，大家都顾及着万一母猫在旁边，好歹可以陪在小猫身边取取暖。如果被他们带回家，小猫因此死了，反倒是徒增内疚和自责。

重新拿起遥控板对着电视，然而她却没有了一点娱乐的心情，满心记挂着那生死未卜的小奶猫。如果不去想还好，越是想，她越是脑补出了小猫在水坑里渐渐冰冷、失去呼吸的画面，这更是让她良心不安。

焦躁地站在阳台上朝下面望着，黎沫只能隐约看到一道人影站在侧门入口，想想也不可能看得到什么小奶猫。

玻璃窗户上起了一层雾气，黎沫茫然地用手擦了擦，玻璃很快便被断了线的雨水洗涤了。

明明只能听到雨水的声音，黎沫竟然能产生有小猫在哀叫的错觉。她也是服了她自己了。

心里总是过意不去，黎沫索性拿了一条新的干毛巾，抓着伞就往楼下冲。对比着邻居在群里发的图片，黎沫在楼下的草丛里搜索着。

“啊……”

尖细的呼声从身后传来，黎沫转头就看到关忆雪脚下一滑，跌坐在地上。

“张太太，你没事吧？”黎沫连忙打着伞走过去扶起关忆雪。在看清楚关忆雪正脸的时候，黎沫微微一愣。

似乎是因为没有打伞的关系，关忆雪浑身湿透了，狼狈不已，最让黎沫心惊的是，她的眼妆都花了。她甚至分不清楚，从她脸上流淌下来的，是泪水还是雨水。她在哭？

并没有擦脸上的水渍，关忆雪笑着站了起来，这动作扯到她的痛脚，她柳眉轻蹙，表情更是痛苦。

“我扶你回去吧？”黎沫把关忆雪带进入户大厅避雨，就连她都察觉到，她现在情绪极度不稳定。

“没事的，就坐个电梯，我可以的。”关忆雪无所谓地笑笑，“最近有点倒霉，脚又受伤了。”

“最好先回去冲个热水澡，然后再抹点跌打损伤的药，让张先生帮你按摩下脚踝。”黎沫不知道怎么安慰关忆雪，毕竟她现在的笑容看上去太勉强了。勉强得让人想劝她不要再笑了。

听到“张先生”这三个字的时候，关忆雪的眼眸更是黯然，她扯了扯唇角道：“没事，我一个人就可以了，我先上去了，黎小姐。”

关忆雪执意自己回去，黎沫看着她落寞的背影，都要被她悲伤的情绪感染了。眼前再次出现张思远给妹妹定制的那瓶香水，黎沫觉得自己真的要想歪了。目送关忆雪上了电梯，黎沫摇了摇头，重新打着伞在雨中寻找着那只小猫。

借着手机的电筒在围栏旁边的花丛中找到了这只小狸花，黎沫的心脏瞬间就抽痛了。

蜷缩起来只有巴掌大的小家伙双手揣着缩成一团，可怜兮兮地躲在几片叶子下，一动不动。

因为雨势渐渐变大的关系，小狸花所在的位置都已经全湿了，只是比起周围完全湿润的土壤要好一点。

“咪咪，过来我这里，不要再淋雨了。”黎沫叫了它两声，都没有得到任何回应，她顿时就被吓到了。

应该还活着吧？如果真的没有生命迹象，身体应该是僵直的，而不是它现在这样。

自己说服自己过后，黎沫一边叫着“咪咪”，一边在嘴里发出“咕嘟咕嘟”的声音吸引它的注意力，总算让这小家伙睁眼看了她一眼。

“咪咪，啊，看我了看我了，快过来这里！”黎沫想到包里还有一小包鸡肉冻干，连忙拿出来，费力地朝着围栏里面伸出手，“宝宝，这是鸡肉冻干，很好吃的！快起来吃两口！”

黎沫生怕自己翻进围栏的动作太大，把这小家伙给吓跑了。

就算是它现在身体虚弱，跟她这个两脚兽比起来，它的速度还是绰绰有余的。在这花丛中东躲西藏的，黎沫完全不是它的对手。

似乎是嗅到了一点鸡肉的味道，小狸花转头盯着黎沫手里的鸡肉冻干，无精打采的眼神让她更是担心。

小家伙的毛都湿透了，黎沫和它僵持了五分钟，见完全没有进展，于是只能采取强势的手段了。撸了撸袖子，黎沫一手拿着伞，一手扶在围栏上，准备翻过去。

如果不是担心自己身上被淋湿了，一会儿抱着小家伙会让他得不到温暖，黎沫早就把伞给扔了。鞋子光是踩在这光滑的围栏上就滑溜溜的，根本抓不住重心，落地后湿润的土壤更是滑溜。

黎沫眼见着小猫身上越来越湿，她心一横，踩上去就要往栏杆里翻越。因为踩滑的关系，她的身子迅速往内倒去，让她根本就来不及反应。

就在黎沫以为自己要摔个狗啃泥，甚至把小猫也吓跑的时候，一道精实有力的手臂从身后将她的腰身圈住了，“小心！”

温柔的嗓音在这冰冷的雨声中更显温暖，黎沫刚刚因为担心小猫出事，本来就有些酸涩的鼻头更是难受，差点连眼圈儿都红了。

“顾先生，你怎么会在这里？”黎沫稳住身形后，这才发现顾亦笙没打伞，她连忙将伞往后倾斜，顶在两人的头上。

顾亦笙没有回答黎沫这个问题，接过她手中的伞柄，对她道：“快去把它抱过来。”

“哦哦。”黎沫发现小狸花一动不动地盯着自己，一副想跑又没力气逃走的模样，这才放心下来。

从背包里摸出干毛巾，黎沫根本没考虑有可能会被小狸花抓伤，以自己最快的速度，抱起这小家伙就用毛巾裹了起来，迅速回到伞下。

“你先出来。”顾亦笙自然地从黎沫手中接过小狸花，这可怜的小家伙虚弱得连挣扎的力气都没有了。

黎沫这下利索地翻了出来，重新抱着小狸花，在揭开毛巾看到它那可怜又无助的眼神时，她的鼻子一下子就酸了。

“它好瘦。”黎沫觉得手里这小家伙都没什么重量，“母猫好像不在这里。”

黎沫在四周看了看，没有发现母猫的踪影，这小狸花的肚子瘪瘪的，一看就不像是有妈妈在身边的样子。

眼睛已经褪去了蓝膜，黎沫推测它还没满三个月，就算是田园猫体格小，手里这只也太夸张了。

家里羊奶粉和适合体弱幼猫的猫粮都没有，黎沫眼圈儿红红的，无意识地呢喃道：“我该怎么救救它？”

她向来不是这么脆弱的人，不知道是不是因为顾亦笙在身边的关系，让她变得比平时要软弱许多。

“别急，我开车带你去S大附属院同名的动物医院。”顾亦笙为黎沫撑着伞，带着她往停车场走，“我认识这里的医生，这家动物医院是S大医科院实验动物中心的权威们创办的，医生很专业，不用担心。”

低沉好听的嗓音瞬间抚平了黎沫心中的焦虑，简单的话语，由顾亦笙说出来，就是带着一股让人信服的力量。

黎沫点了点头，选择无条件相信他。上车后，顾亦笙二话不说就往动物医院开去。担心小狸花身体温度太低，顾亦笙甚至贴心地打开了空调。

都说对小动物有爱心的男人善良细心，黎沫一声不吭地给小狸花擦拭着身上的水渍，心里思绪万千。

以为黎沫的沉默是在担惊受怕，顾亦笙时不时安慰她两句，温柔的声线让人快要沉溺进去。他怎么这么好？黎沫已经病入膏肓，快找不到解救自己的方法了。

因为顾亦笙的帮忙，黎沫很快就到了动物医院。考虑到顾亦笙工作的繁忙程度，黎沫本来想让他在门口停车就好，她自己带着小狸花进去看病就是。

谁知道顾亦笙二话不说就开进医院的停车场，都不给她任何拒绝的机会。

“我朋友应该在值班，跟我来。”顾亦笙一边走一边摸出手机打电话。

就连这种干练的动作，看在黎沫眼里都像是电影里被放慢了的镜头，每一帧都是完美的画面。

“咪咪，加油，我们马上就见到医生了。”黎沫用手指摸了摸怀里的小家伙，它已经闭着眼睛睡了过去。因着黎沫一直把它抱在怀里的关系，小狸花挨着她，冰凉的体温得到了好转。

“你什么时候这么有闲心，竟然养宠物了？”姚子安一看到顾亦笙就笑开了，完全没有副院长的形象。

顾亦笙把跟在自己身后的黎沫拉到身前，没好气道：“是这只狸花猫，你赶紧看看怎么回事。”

“医生，麻烦你了。”黎沫小心翼翼地捧着小狸花，像是捧着一件易碎品一样。

眼前气质清新的女孩娉婷而立，清澈的嗓音和她本人给人的感觉一样，像是在燥热的夏日喝了一口清凉的泉水，浑身上下都是一股舒服的感觉。

来不及打探黎沫和顾亦笙是什么关系，姚子安的视线一落在这只小流浪的身上，就收起了戏谑的表情。

“马上带它检查身体。”姚子安接过小狸花，粗略触诊检查，表情有些凝重，“这应该是因为体质不好，被母猫抛弃了的孩子，长期挨饿导致的体质虚弱。”

一听到这里，黎沫忍不住捂住了嘴，强忍着不让眼泪掉下来。

怎么可以这样？

两位女医生带着小狸花去检查的时候，姚子安叹了叹气，给黎沫解释道：“物竞天择，这是自然法则，没办法的。流浪的母猫一般一胎下来最多留下来两个，它们自己都饱一顿饿一顿的，根本没办法把所有的孩子都养大的，抢不过其他兄弟姐妹的，就只能这样。”

顾亦笙来的时候就猜到或许会这样，只是怕黎沫接受不了。

小猫在三个月前都属于很娇气的状态，稍不注意就容易生病出问题，现在这只体质不好，又一直淋雨，顾亦笙就怕它挺不过去。

“麻烦医生救救它，医疗费我出。”黎沫跟在小狸花的身边，陪着它抽血、打针，时不时用手指摸摸它的小脑袋。

它是那么小小的一只，她生怕自己一根指头的力道，都让它觉得太重了。

连睁眼的力气都没有了，这小小的生命却在装着羊奶粉的小奶瓶凑到嘴边的时候，奋力地喝着奶。

黎沫看着心酸，却忍不住唇角的笑意，“多吃一点，吃了才有力气。”

“有求生意志就好。”护士们都在安慰着这个有爱心的女孩子。

顾亦笙的视线一直跟随着黎沫，生怕她又哭了。他一向对女人的眼泪没辙，尤其是黎沫。

“啧，你什么时候想通了？”姚子安对顾亦笙眨了眨眼睛，样子十分欠揍。

顾亦笙淡淡地看了姚子安一眼，只是道：“这只猫能救活吗？”

“一会儿看看检查结果，它还愿意吃东西，有胃口，感觉不会太糟糕。”姚子安摸了摸下巴，“野外的猫和家养的娇气包不同，生存能力和求生意识很强的。”

“嗯。”顾亦笙点点头，不予置否。

小狸花身上的毛基本上都干了，护士们把小家伙放进恒温箱，给它输葡萄糖补充体力。

黎沫看着这小家伙伸着的爪子上扎着针头，眯着眼昏昏欲睡的样子，又是一阵心疼。这样的黎沫，连姚子安看着都觉得让人心软。

以前围绕在顾亦笙身边的女人，要么是成熟魅惑的类型，要么就是陆尔岚那样的精炼白领。很少有这种素面朝天，打扮得像邻家小妹妹的女孩子。

“你什么时候喜欢这种类型的女孩子了？这女孩子还在读书吧？”姚子安第一眼看到黎沫这穿着打扮，就觉得她最多是个大学生，“很善良啊，这不就是网上说的什么，人美心善的小仙女吗？”

“你住嘴。”顾亦笙完全不想搭理姚子安这个神经病，踢了他一脚，“过去看看猫。”

“好好好。”姚子安耸了耸肩，正好检查结果出来了，他过去看看。

黎沫一直都处于很紧张的状态，她那一双水润大眼紧紧地跟随着姚子安，像是经不起一点坏消息的打击。如果不是顾亦笙在这里，姚子安都想摸摸她的脑袋了，怎么像个小动物似的。

“没事的，不用太担心，暂时把它交给我们，输几天液观察一下。”姚子安见黎沫弯着腰凑近恒温箱，那闭着眼的小狸花也睁眼看着她。两只可怜又惹人爱的萌物对视，画面温馨又治愈。

一向觉得自己心硬的姚子安都忍不住安慰黎沫道："我加你微信吧，如果你不放心，我可以随时给你看它的情况。"

"啊，太好了。"黎沫乐呵呵地摸手机。

把姚子安那温柔的表情看在眼里，顾亦笙冷淡道："不用了，我有姚医生的联系方式，免得黎沫到时候还要给我说一遍。"

"啊，这样啊。"黎沫没想到顾亦笙也这么关注小猫的问题，当即应了下来。

呸。姚子安转头就对上顾亦笙冷漠的眼神，他怎么可能不清楚他在想什么？这看样子，顾亦笙还没有跟黎沫在一起呢，加个微信这种小事情，就开始铁壁防守了。真的把人拐到手了，还不知道要怎么样呢！就欺负人家小妹妹年纪小，资历浅！

在心里鄙视顾亦笙，姚子安跟黎沫说话的时候，却带着一股年长者的沉稳："黎小姐，你对猫好，它都知道的，我看它现在还是挺信任你的。"

"是吗？"黎沫眼神一亮，连脸色都和缓了不少，"我一开始找到它的时候，它宁愿淋雨，都不愿意过来。"

"野猫是这样的，警惕人类反而是好事，现在虐猫的变态不少。"姚子安给黎沫指了指小狸花旁边的那只三花，"这只三花被送进来的时候，后腿都被打断了，幸好发现及时，手术过程很成功，现在正在慢慢治愈。"

说着，姚子安把手伸进去，三花就"喵呜"叫了一声，凑过来抱住他的手指蹭了蹭。

"呀，好可爱！"黎沫又是心疼，又是被萌了一把，"它现在找到家了吗？"

"嗯，我朋友圈很多小猫家长，当时发出它的视频，很快就有爱心领养人了，这么粘人的小妖精，喜欢的人自然多。”姚子安本来没有任何炫耀的意思，只是被黎沫这双清澈的眸子专注地看着，忽然就有一种自豪感油然而生。

他还想多跟黎沫说两句，就见跟护士确认小狸花各项指标没问题的顾亦笙走了回来，对黎沫道：“黎沫，小猫现在情况稳定，你可以先回去休息下。”

黎沫本来想多在这里待一会儿，就被猜到她心思的顾亦笙打断道：“你感冒应该还没完全好，对吧？你刚才只顾着小猫，自己淋到雨都不知道，不要让病情加重了。”

说着，顾亦笙扣着黎沫的手腕儿，把她从姚子安身边拉了过来。

莫名觉得自己像个不懂事的小孩子，被大人教育了，黎沫听顾亦笙这么说，自己都不好意思了。她现在确实不能再让病情加重了，新品被耽误了这么久，必须迅速提上日程。

见黎沫一副乖乖听话的样子，顾亦笙面上总算是有了清浅的笑意。

男人面无表情的时候，难免给人一种不好亲近的感觉，现在他只是微微一笑，清朗俊秀的面容好看到让人心悸。不光是这里的护士，就连知道顾亦笙魅力的黎沫都忍不住看得一呆。

姚子安气结，一口白牙都要咬碎了。他还是头一次见这位发小这样幼稚的一面，已经吃醋到了要用“美人计”的地步了吗！幼稚鬼！

他只是觉得这位黎小姐人不错，完全没有其他多余的想法好吧？

“行了行了，你快走吧，不要影响我这里女医生的工作效率。”姚子安愤然挥手，像是赶苍蝇一样，“别再来我这里了！”

顾亦笙似笑非笑的表情让周围被提到的“女医生”又是忍不住一阵面红耳赤。黎沫忽然就很想把顾亦笙拖着离开这里，不要让他被其他人看到了。

回去的路上，黎沫窝在副驾驶座位上，生出了来的时候没有的尴尬。之前有小狸花在，她所有的注意力都集中在它的身上了。现在车内只有她和顾亦笙，难免让她紧张不已。

和自己喜欢的人在一起，每一分每一秒都是对心脏的考验啊。

“在想什么？”顾亦笙没有像来时那样，开得很快，架势平稳又舒服，很自然地就把两人独处的时间拉长了。

在想你。

冷不丁地被顾亦笙发问，沉浸在自己思绪中的黎沫差一点就没头没脑地说出口了。 反应过来的时候，她自己都被吓死了。

“没、没什么……”黎沫尴尬地摆了摆手，想到下午的事情，她认真道：“顾先生，下午的事情真的很感谢你。”她今天真是太冲动了，直接杀到风尚这种事情，现在想想也很疯狂。

“没事，我说的本来就是实话，你不用跟我说谢谢。”顾亦笙最后一句话说得颇有深意。

一个男人对一个女人说，她不用跟他说谢谢。如果是其他心细的女孩子，估计早就听出来他的暗示了。

然而在黎沫这里，她就是感动得稀里哗啦，顺带给顾亦笙发了一张好人卡，“顾先生，你真的是个好人。”

“……”顾亦笙语塞，他还能说什么呢？

“姚医生如果给你发了小狸花的动态，记得跟我说呀，顾先生。”黎沫生怕顾亦笙把自己给忘了。

“嗯，不会忘的。”顾亦笙勾了勾唇角。

只要姚子安不直接和黎沫联系，他一个小时让他发一次小猫的视频都可以。

光是看着顾亦笙微扬的唇角，黎沫的心跳都忍不住加快。和他这样近距离地待在一个小小的空间，能看到他流畅的侧脸线条，高而直挺的鼻梁挑不出一点的缺点。侧脸完美的男人总是让人无限心动。

掌握在方向盘上修长的手指符合手控所有刁钻的要求，黎沫感觉自己真要吃点治疗花痴的药了。

顾亦笙从头到脚都是让人心动的因素，黎沫以前拒绝了很多人，都被慕心雨吐槽过择偶标准太苛刻了。现在想想，只是当时没有遇到让自己心动的人吧。

“我都没看出来，你也很喜欢小动物哎。”黎沫主动找话头和顾亦笙说话。

“以前养过狗，自然就有感情了。”顾亦笙想想自己都觉得好笑，“我也以为自己不喜欢动物，真的接触后，就完全沦陷了。”

“铲屎铲着铲着就入坑了吧？”黎沫说着，跟着笑了起来。

和这女孩子在一起，总是会让他觉得很放松。她的一颦一笑，都牵动着他的思绪。想到黎沫和楚逸寒之间的亲昵，顾亦笙的眼神微不可察地一暗。

他一向不喜欢麻烦事，换作是以前，知道黎沫对楚逸寒有好感，他是绝对不会有过多的期待。只是这一次，他似乎低估了自己对黎沫的喜欢程度，连姚子安的普通示好，都让他心中生出前所未有的警戒。无论如何都不想让她被其他人抢走。

头一次发现自己这样的一面，顾亦笙惊讶的同时，更多的是期待。

黎沫表面冷静，实则心花怒放地跟顾亦笙有说有笑地回到了御龙庭，恨不得把这四十分钟的车程拉长成四个小时。

来时低落担忧的心情，已经成功地被粉红色的少女心取代。整个人像是被一团一团的糖果色棉花糖包裹着，轻飘飘的，甜蜜蜜的。

回家的时候，电视上正放着一部充满少女心的网剧，一向很少追剧的黎沫破天荒地摸出一袋零食，坐在沙发上看了起来。电视里正好演到女主在电梯里的内心独白，她希望能和男主在电梯里多待一会儿。就算是多一秒，也觉得是幸福了。

塞了一片薯片在嘴里，黎沫一边嚼得咔嚓咔嚓的，一边点头强烈同意。她刚才觉得电梯太快了，一眨眼就跟顾亦笙说再见了。

差评！

想到顾亦笙说会随时给她说小狸花的情况，黎沫像是疯了一样，每隔两分钟看一次。眼睛一会儿盯着电视，一会儿盯着手机屏幕，仿佛就像是自己是个日理万机的人物一般。

明明顾亦笙才是忙碌的那一位。黎沫正要放下手机，就真的看到顾亦笙发了一个小视频过来。

视频中的小狸花已经迅速适应了猫砂盆，正眯着眼一脸认真地上厕所，把黎沫萌出一脸血。

专程下载了一个长草颜文字的萌萌哒微信表情包，黎沫选了一个超级可爱的撒娇小表情发了过去。

很快，顾亦笙回了一个伸手摸小兔子脑袋的表情回来，看得黎沫少女心都要爆棚了。不小心按到返回键，黎沫看到这个表情包代表的意义是“乖”。

明知道顾亦笙发这个表情没有别的意思，她就是把这当作是男人回了自己一个“乖”字。

想象一下，如果他真的打出这个单字，她的心脏估计都要受不了了吧。

抱着靠枕在沙发上滚了滚，黎沫盯着屏幕两分钟，对话框上面没有再显示“对方正在输入……”过后，她才作罢。

定制香水群里，关忆雪正在和其他客户聊天。

黎沫还之前担心她情绪低落，现在看着似乎应该没问题了。

戳进去看了两眼，黎沫发现关忆雪被一只狗狗碰瓷了。

忆雪：[图片] 这是哪家的小泰迪啊？我在小区群里问了几天了，都没人说是自己家的。

AAA 柏林：好瘦，看着像是走丢很久了，我帮你发发朋友圈吧。

小斯：好可爱，眼睛像两个黑葡萄 [嘿哈]

忆雪：[流泪] 这家伙一下子冲到我脚下，迅速倒下，我还以为踢到它了，没想到被一路跟着回家……

桔子：哈哈哈缘分，说明它喜欢你，你就把它给收了吧！

糖果 Candy：这些流浪小动物聪明着呢，知道我们小区有钱人多，这附近就我们小区里面流浪小动物最多吧！

AAA 柏林：我们调香师经常给楼下的小猫投食，都把她当饭票啦这些小机灵，呼朋唤友的来蹭饭！

小斯：哈哈哈笑死！咱们调香师大大确实人美心善，棒棒哒！

黎沫还以为关忆雪不喜欢小动物，现在看来，她也挺有爱心的。

和小动物在一起，心情自然会好很多，就算是真的心情抑郁，也会得到缓解吧？

黎沫瞎操心了一会儿，又觉得自己擅自猜测别人家里的情况不太好，只能叹叹气，继续看她这充满少女心的电视剧。

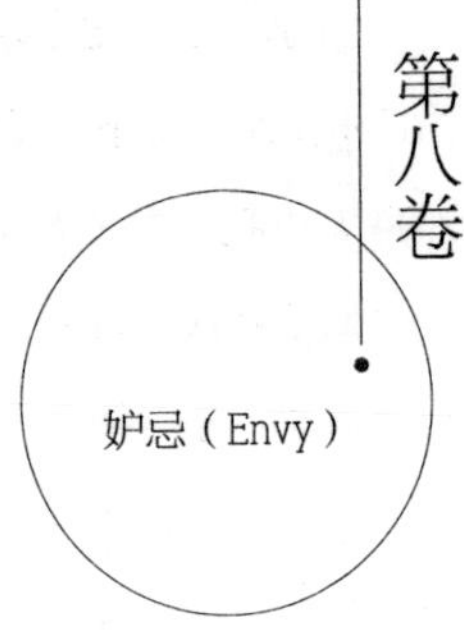

第八卷 妒忌（Envy）

No.24 Mysteries

鼻炎稍微有所好转，黎沫就配合着滴鼻剂开始着手完成定制的香水订单。

或许是因为这几天都和顾亦笙频繁微信联系的关系，黎沫的心情每天都像是泡在蜜罐子里面，甜蜜又轻盈。

偶尔看看手机屏幕，就算是上面没有他发过来的消息也无所谓，看到有他名字的聊天框，都让她忍不住会心一笑。

每天都和喜欢的人有聊天记录，真好。就连挑选可爱的表情包，她都花了些心思。从来都不知道暗恋是这样美好的事情。

如果说她心里有一个盛放少女心的容器的话，现在每天都是满溢的。趁着这少女心，黎沫手感爆棚，甜美少女风格的香水调制进行得非常顺利。

等她从调香室里走出来的时候，都已经接近下班的时间了。黎沫简直不敢相信，自己有一天会对少女系的香水这么有灵感，这明明就是她以前最头疼的类型。

“啊，已经是下班的时间了。”黎沫抬头看着挂钟，在察觉到自己在盼着顾亦笙下班的时候，瞬间老脸一红，“天啦，我又不是他老婆，我期待人家下班做什么？不应当，不应当。”

抱着手臂在客厅里像个没头苍蝇一样晃来晃去，黎沫猛地透过电视机屏幕反射看到自己今天这身打扮，脸一下子就红透了。

灰色的针织背心下面搭配黑色的纱裙，外面搭配一件交叉露锁骨的黑色针织衫。

不会太露，也不会太死板，优雅中带着一点小心机，再适合她不过了。她一般在家的时候都穿得非常随便，怎么现在忽然开始打扮自己了？幸好没被慕心雨撞见自己这副模样，不然还不知道要被嘲笑成什么样子。

“算了，就当给自己赏心悦目了。”黎沫活动了两下，看着时间差不多，准备下楼喂猫了。

手机屏幕一亮，顾亦笙又发视频过来了。黎沫点开一看，画面中的小狸花似乎是看到医生拿着食盆，跳上跳下地“喵喵”叫着，奶声奶气的叫声可爱死了。

顾亦笙：小家伙学会催饭了。

沉迷赚钱，日渐消瘦：哈哈哈好可爱，现在精神越来越好了！

顾亦笙：嗯，子安说它的情况基本上稳定了，等过几天驱虫做好了，家长就可以把它接走。

沉迷赚钱，日渐消瘦：嗯嗯［嘿哈］姚医生找的领养人肯定靠谱。

顾亦笙：你今天要去楼下喂猫吗？

沉迷赚钱，日渐消瘦：要啊，我现在就准备去啦［可爱］

顾亦笙：哦，你等等，我在停车场了。

“……”黎沫对着屏幕上的字看了好几遍，把她小学的语文阅读理解能力都调动出来了。

让她等等？这是……要跟她一起的意思？眨了眨眼，黎沫再次仔细看了看，觉得似乎就是这个意思。

顾先生要跟她一起喂猫？

黎沫花了一分钟的时间才反应过来，然后迅速冲到梳妆台，打开第一层里面全是她囤的各式气垫BB。

选了一款最水润的气垫，时间来不及了，黎沫直接在脸上喷了点补水喷雾，连忙用气垫扑了薄薄的一层。

打了底妆，怎么着也要画眉吧？脸变白了，腮红和口红也是必须画上的吧？

等黎沫反应过来的时候，她已经在五分钟不到的时间化了个淡妆，甚至还描上了细细的眼线。

都快要不认识这么勤奋的自己了，黎沫用梳子把略显毛躁的长发梳了两下，猛地想到自己前两次在顾亦笙面前出现时都是蓬头垢面的，她又赶紧把头发弄得凌乱。

一直亮着的手机屏幕上终于出现了顾亦笙的回复，黎沫就是下楼喂个猫，这阵仗搞得像是小女生和初恋情人初次约会一般。她这副样子今晚直接去参加聚会都没有问题。

顾亦笙：我在楼下等你。

黎沫：好［可爱］

如果不是考虑到小猫们不喜欢香水的味道，黎沫都要喷点香水了，

把自己这辈子的萌都在微信里面卖光了，黎沫都不知道自己跟别人的聊天画风能这么可爱。

“咦我这撮头发怎么翘起来了！”黎沫对着电梯里面的镜子检查

着自己的造型，“衣领怎么也皱皱的！”

再看下去都要觉得自己手臂一只长一只短了，黎沫快对神经质的自己服气了。

电梯打开那一瞬，重新恢复淡定冷静的黎沫一眼就看到站在入户大门外的顾亦笙，她从容地走了出去，甚至还冲着顾亦笙微微一笑。

此时此刻的黎沫像是灵魂和肉体都被分离开了，她的神志都是飘忽的。表面从容，内心却像是有一万匹羊驼在狂奔。发现自己如此沉得住气，她都要给自己点赞了！

不知道黎沫内心戏这么丰富，顾亦笙在看到她一席黑色纱裙款款而来时，微扬的唇角瞬间染上了让人沉醉的笑意。她的发尾和裙角随着风而动，黑色也掩饰不住她的娇俏动人。

就算是再佯装镇定，顾亦笙还是一眼就看出了黎沫的紧张，这女孩始终不习惯和他单独相处，他主动开口打破僵局：“你平时是在哪里喂猫的？”

丝毫不知道自己所有情绪都被看穿了，黎沫依旧保持“贵族风”，淡定道：“就在五栋的背后，那里不是中央景观吗？它们好像都挺喜欢那里的环境。”

黎沫越是淡定，那小表情看在顾亦笙眼里，越是别扭得可爱。

“我跟猫似乎没什么缘分，从来都没看到过我们小区的流浪猫。”顾亦笙面露遗憾，“我今天第一次去，它们会因为我是陌生人，不敢靠近吗？会不会影响它们吃饭。”

“噗。”黎沫被顾亦笙这小心翼翼的语气逗笑，仿佛他俩不是去喂猫，是去给主子进贡的，还担心影响它们的食欲和心情。

不过，顾亦笙这样，明显就是用人性化的角度考虑小动物，黎沫很喜欢。

“不会的，一会儿你站在我身边就好了。”黎沫老司机耐心地指导着这位“新人”，“只要你没有明显靠近它们的趋势，不发出太大的响声，它们一边都不会被吓跑，这些小家伙聪明着呢，知道你没有恶意，根本不会怕你的。”

果然一聊到自己感兴趣的话题，黎沫的话匣子就打开了，顾亦笙笑着听她说话。

提到这些可爱的小生物时，黎沫清澈的眼眸明亮得不可思议，仿佛有星点掉落在这漂亮的眸子里。

她真的很好。无论是对待工作、对人还是对待这些小动物，都是全心全意的。他找不到不喜欢她的理由。

走近小猫们的活动区域时，黎沫对顾亦笙道：“我进去看看。”

说着，她就摇了摇猫粮袋子，轻声走进去，温柔地唤道：“咪咪！咪咪你们在吗？宝宝，快出来吃饭啦！”

女孩的声音像是浸在蜜糖中一般，甜美娇软。她说话语气和哄小孩子一样，生怕吓到它们，声音比平时听起来更美更柔。

顾亦笙喜欢上黎沫这说话的腔调，忍不住想要多听她叫几声。

刚才还安静的草丛，很快因为黎沫说的话有了反应，好几道小身影刷刷地从里面钻了出来。

“喵呜！”伴随着最大声的呼唤，一只花鼻子的肥猫冲着黎沫直奔而来。

因为太过于激动的关系，这只肥猫一个刹车没有刹住，整只喵都撞到了黎沫的腿上。

“哈哈哈，急支糖浆，你急什么呀？”黎沫笑着蹲下身子揉了揉急支糖浆的脑袋，哭笑不得。

好几只亲人的猫咪已经跟随急支糖浆的步伐扑过来抱黎沫的大腿

了。顾亦笙清楚地看到了黎沫的纱裙被小猫指甲抠破时，她肉疼的表情。

不作死不会死，黎沫总算是尝到了装逼的代价，她到底是哪根筋没对劲，非要穿着这种材质的裙子来喂猫啊！

忍笑忍得难受，顾亦笙悄悄地走到黎沫身后，就见她不知道从哪个草堆里面掏出了一个小食盒。

打开这铁质的食盒，盒子和盖子都可以拿来当这些小家伙的饭碗。顾亦笙总算是知道黎沫手里那瓶水是用来干什么的，原来是给它们冲洗饭碗的。

“别抠我了，我知道啦。明天再早点下来，你们今天没找到吃的吗？”黎沫一边跟这些小猫尬聊，一边迅速把干净的盒子放在地上，铺满了猫粮。

急支糖浆从来都不会跟黎沫客气的，不等她拆小冻干，就埋头吃了起来。

“急支糖浆你这胖子，你站在中间，别人怎么吃呀。”黎沫撕开一包牛肉冻干均匀地洒在猫粮里，伸手把急支糖浆拨到边上，她冲着隔了一段距离站在一边的那两只小橘猫道：“小橘，快过来，别害怕呀，昨天你才吃了我给的猫粮，你今天转头就不认识我了吗？”

“我去，急支糖浆你这混蛋，冻干都被你挑走一大半了，你是怎么做到的！”

“咪咪你这傻子，你抬头警惕什么呀。不就来了个陌生的大哥哥吗，难不成我还眼睁睁看着别人把你抓走吗！别太有偶像包袱，好好吃你的。”

顾亦笙原本只是在一旁看着，可是黎沫跟这些小猫的聊天内容实在是太有趣了。

听到顾亦笙的低笑声，黎沫保持着蹲在地上的动作不变，尴尬地抬起头对他道："我们群里有一个猫舍的繁育人，她之前去听了一堂课，就说多和小猫聊聊天，它们会更容易跟人亲近，还挺有用嘿嘿，以前它们都不准我走太近的。"

听到黎沫的话，顾亦笙学着她的动作，慢慢地蹲在了她旁边。

男人即使蹲下来，优雅和风度丝毫不减，他眼里带着温暖的笑意，耀眼的黑眸就这样近距离地朝着她看了过来。

黎沫就着侧过头的姿势，一下子像是被人施了定身术一样，在他的注视中动弹不得。

几只敏感的小猫看到顾亦笙靠近，还被吓了一跳，连连后退。可是好吃的猫粮又让它们欲罢不能，舍不得离开。结果再警惕一看，咦，这两只两脚兽怎么一动不动！

确认顾亦笙和黎沫都没动，它们又安心地溜回来继续吃，仿佛刚才被吓得逃跑的喵不是它们一样。

两只两脚兽之间散发出一种喵星人看不懂的奇怪粉红泡泡，好几个好奇宝宝都忍不住边吃边看。

换算成人类的话，估计就是一边吃饭一边看热闹的熊孩子吧。

"你的头发上沾到了树叶。"顾亦笙轻笑一声，修长的手指在黎沫的发间一点。

所有注意力都被他好看的手指吸引了过去，黎沫哪里有心思去注意是不是真的有树叶。

把黎沫呆萌的表情尽收眼底，如果不是现在场合不对，顾亦笙都想把她抱进怀里，亲亲她的发顶。被绿意和喵星人包围的她，美得让人心悸。

黎沫心跳如雷，她好害怕这么近的距离，被他听到自己的心跳声。理智告诉自己现在必须回一句什么，可是她张了张口，总觉得口干舌燥的，竟是一句话都说不出来。

完蛋，脸好烫啊。

眼前的女孩身上散发着自然的清香，裸粉色的口红让她姣好的唇瓣看着粉嫩粉嫩的，还带着甜甜的果香。

在思想即将变得危险之前，顾亦笙及时地收回自己的视线，他低头看着哼哧哼哧进食的小猫们，轻声道："随便跟它们聊什么都可以吗？"

"嗯？"黎沫一下子没回过神来，发出了一声萌萌的单音。

顾亦笙笑着重复了一遍，她才红着脸道："我每次都是尬聊，像是自己在说单口相声一样，随便说什么。"

"这样。"顾亦笙点了点头，随即转头微笑着对这些猫道："你们每天都有这么好看的女孩子送吃的，命真好。"

"……"黎沫蓦地瞪大了眼。

因为太过于害羞，她忍不住抬手捂住了自己的嘴。他在说什么，好看的女孩子？说的是她吗？

像是不知道黎沫慌乱的情绪一般，顾亦笙继续和猫咪们说着话："她很温柔，你们喜欢她吗？"

男人的嗓音温柔磁性，好几只小猫都忍不住抬头看了他一眼。

"天气马上转凉，你们早一点来，不要让她等太久，乖。"

他说她温柔，还让小猫们听话别让她等。

黎沫心里一动，他这到底是在跟小猫们聊天，还是在撩她啊？控制不住想要胡思乱想，黎沫已经没办法保持面上的平静了。她现在的表情多半很搞笑，想要保持冷静，眼里的情绪却出卖了她。

顾亦笙这样的男人，看似温柔好接近，骨子里却带着一股天生的高贵和傲气。然而这身着手工定制西装的男人，却以这样亲近的姿态，和她一起蹲在小区里喂猫。

这样的画面，出现在顾亦笙身上，或许很多人都没办法想象吧？黎沫起身站在一边，握着猫粮袋的手指不自觉地一紧。她是不是可以自恋一点，把这当作是，他对自己有好感呢？

一旦有了这样的想法，心中那满溢的喜欢根本隐藏不住了。深吸了一口气，黎沫看星座运势说，她的真爱宫很多年都没有这样的星相。

也就是说，她这个月不脱单的话……下一次是十年后了？

十年后，顾亦笙都不知道成为哪个女人的老公了！默默地攥了攥拳头，黎沫决定不再这么优柔寡断下去，谁说女孩子就不能主动告白了？

猫咪们已经陆陆续续吃完饭了，黎沫见顾亦笙一点都不介意的，把它们吃剩的饭碗用瓶子里剩下的水清洗干净，然后收起来。

“黎沫，你平时把它们的饭碗藏在哪里的？”顾亦笙站起身来时，那两只小橘猫趁着他没注意到自己，偷偷跑到他脚下，仰着脖子看着这个高挑的两脚兽。

那架势看着脖子都要扭了，可是它们还是瞪大了眼，呆呆地看着他。

其他喵本来不觉得有什么，现在一看到它俩的动作，还以为顾亦笙身上还藏着小鱼干，纷纷跟着抬起头。

一群呆萌的小家伙就这样直勾勾地望着顾亦笙，黎沫一双眼都笑成了两个漂亮的小月牙。

她的心情大概和这些小萌物同步了。不管多费劲，都想仰望着这男人。她决定了，一定要告诉他，自己的心情。

暗恋确实是一件甜蜜又隐秘的事情，可是一直止步不前，不是她的风格。

察觉到黎沫心情的转变，顾亦笙以为她是喂完猫，又变得谨慎和尴尬了起来，便陪着她一路安静地往回走。

眼见着都已经走到他们这栋楼下了，黎沫一下子就急了。这不是分分钟到家的节奏吗？

不行，不能在这种事情上拖延症爆发。

顾亦笙看出黎沫的欲言又止，她要跟他说什么事情，需要这么久的准备。饶是顾亦笙也想不到，自己魂牵梦萦的女孩，竟然和他抱有相同的心情。

像是豁出去了一样，黎沫侧身面对着顾亦笙，红着脸，鼓足了自己所有的勇气抬眸望进他的眼里。

女孩的眼神带着三分羞怯，七分坚定，猝不及防看了过来，让顾亦笙一时忘记了动弹。

“顾先生，和你认识这么久，我觉得你人很好。”黎沫说到这里，紧张得吸进来的氧气都变少了不少，“我、我真的很……”

“沫沫！我回来了！你有没有想我！”

不合时宜的呼唤声传来，将黎沫最后那微弱如蚊子声的三个字强行盖了过去。

整个人像是被风化了一样立在原地，黎沫张着嘴，目瞪口呆地看着楚逸寒迅速蹿到自己面前来，还一把推开了她的告白对象。

一辈子的勇气都要在刚才耗尽了，如果此时此刻有动画特效的话，黎沫估计已经风干变成砂子，随着这微风吹走了吧。

数学家都算不清她的心理阴影面积了，实在是太坑爹了。

这一定不是她的亲哥！

“沫沫，你怎么了？”楚逸寒以为黎沫这几天感冒，加上心情抑郁，病情加重了。

一把抱住自己的妹妹，楚逸寒心疼道：“齐未芷和乔修韦这两个混蛋让你受苦了，你不用担心，我会好好跟他们算清楚的，绝对不能让你受了委屈！”

“……”黎沫最后一口气都要被楚逸寒给抽干了。

在这一刻，她仿佛看到自己的灵魂正在远去。

太坑爹了。

“你怎么了？别吓我啊！”楚逸寒全副心思都在黎沫身上，根本没有注意到刚才站在她旁边的是谁，“你是在怪我，没有第一时间保护你吗？”

黎沫白了一张小脸，艰难地转过头，就见顾亦笙露出一个成熟又包容的笑容。

“你们聊，我先回去了。”

完了。

顾先生是生气了吗？

黎沫一看就知道顾亦笙这是工作时候的假笑，官方招牌笑容，她又不是傻子！

“这是顾亦笙？”楚逸寒这才抽出一点精力转过头，他诧异道：“等等，他怎么走进去了？你们住在一起？”

他就说为什么顾亦笙这么帮着黎沫，没想到这两人每天都背着他你侬我侬、甜甜蜜蜜是吧？

“你在说什么啊！顾先生住在我楼下，而且他很早就买了！是我后买的！”黎沫连忙打消楚逸寒这种乱七八糟的想法，“我怎么可能跟他住在一起，你不是知道吗？”

听到黎沫这句话，顾亦笙勾了勾唇角，离开的脚步再也没有任何的停顿，理智告诉他，这女孩对他也有不一样的感觉，可是亲眼看到她和楚逸寒之间的默契和亲昵，顾亦笙发现冷静克制都是放屁。

一向优雅沉静的顾亦笙快压抑不住心里的负面情绪。

“我怎么觉得你们俩感觉不对劲？”楚逸寒一脸防备，俨然又是菜农担心自家白菜被猪拱了的状态。

“你疯了！当着顾先生的面对我动手动脚干嘛，他又不知道你是我哥哥！”黎沫猛捶了楚逸寒一把，他们俩五官没有一点相似之处，外人都看不出他们的关系，怕顾亦笙误会，黎沫快要被他气死了，“我想打死你！”

楚逸寒一颗妹控的心都要碎了，他迅速在国外完成签约回来，连喘口气都没有，就赶到黎沫这里来，本来想给她一个惊喜。

现在看来，这妹妹似乎不是很领情。

见黎沫气得抱住手臂，一副要送客的样子，楚逸寒厚着脸皮指着自己的眼睛：“看到没有，我黑眼圈都熬出来了，你哥为了你，盛世美颜硬生生折损了一半。”

“……”黎沫做了一个呕吐的动作，快对楚逸寒无语了。

“行了行了，赶紧回家，我都来了，你必须给我做顿饭吃，不然我不会走的。”楚逸寒大手一挥，拉着黎沫就往里面走。

黎沫觉得那些迷恋楚逸寒的女人简直就是瞎了眼。她们到底是从哪里看出他的矜贵迷人了？这穿上大裤衩和背心，再在裤腰带上插着一把大蒲扇去乘凉的抠脚大叔？

“你有我这么优秀帅气的哥哥，你就感激涕零吧！”楚逸寒轻车熟路按了黎沫所在的楼层，他随口道：“刚才你跟顾亦笙在说什么？那么严肃的样子，不像是他想挖你过去呢。”

黎沫正想说自己是在拒绝顾亦笙的挖角，就被楚逸寒堵死了退路。他为什么总是这么精明？什么都瞒不过他。

“没什么，不是什么重要的事情。”黎沫不想跟楚逸寒多说，他这种保护过度的哥哥，多半要吐槽诋毁顾亦笙。

知道见好就收，楚逸寒也没有多问，开始关心黎沫家里有什么菜，一副要开始点菜的架势。

没好气地把楚逸寒的备用拖鞋拿出来，黎沫白了他一眼道："什么菜都没有，只有猫粮，你吃吗？400块钱一斤的。"

"什么猫粮，这么贵？"楚逸寒彻底刷新了自己的认知领域。

像是回到自己家一样，楚逸寒先跑去黎沫的调香室里看了一圈儿，发现她放在显眼处的那几瓶香水小样，忍不住凑过去嗅了嗅。

"别随便乱弄啦，砸碎了你今天就完了！"黎沫已经穿好围裙，从厨房赶紧过来威胁了两句。

楚逸寒挑了挑眉，犀利道："这估计又是哪几个定制单子快到Deadline，所以你在赶进度吧。"

见他露出一副"我就知道"的模样，黎沫气死了又没办法反驳，只能道："我就只有在这种时候灵感最好，不行吗？"

"好吧，对于你来说，或许真的是逼一逼才会好。"楚逸寒摊手，"所以说，Ariel的新品最终版，你什么时候才能拿出来？"

黎沫被楚逸寒一噎，这男人去了一趟国外，回来语言和动作之间都带着一股好莱坞式的浮夸，真是让人心气不顺。

"你今天的晚饭，没有了。"黎沫翻了个白眼，转身回到厨房。

楚逸寒知道黎沫只是嘴上说说，所以有恃无恐的。

斜倚在门边，楚逸寒似笑非笑道："我还担心你受到打击，没想到你气色不错，比之前开朗不少了啊，沫沫。"

黎沫正把洗好的白萝卜放进锅里，闻言手一顿，身体不自觉地僵硬了一瞬。

"我最近想得比较开，专注工作就没空在意这些琐碎事了。"黎沫脸不红，心不跳，"我爱工作，工作使我快乐。"

厨房门外就是饭厅，楚逸寒冷不丁道："我怎么听到了狗叫声，你邻居养狗了吗？”

“隔壁的好像没有，应该是楼下的张太太吧，她刚刚把一只流浪的小泰迪带回家，小动物到家都有一个熟悉的过程，可能一时不是很熟悉。”黎沫也跟着听了听，现在已经没叫了。

“不要打扰你晚上休息就好。”楚逸寒只关心这个。

“都回来一两天了，我完全没听到，晚上睡觉门一关，什么都听不到了。”黎沫快被楚逸寒烦透了，无奈道：“你别杵在这里跟门神一样好吗？我一个人效率高一点。”

“好吧。”楚逸寒耸耸肩，他忽然想到什么，随口就是一个补刀：“话说你现在请了年休假在家加班？这不是加班都没加班费吗？”

回应楚逸寒的，是铁勺子一下子掉进锅里的响声。

黎沫猝不及防被扎心，怒道：“楚！逸！寒！你住口！”

“好好好。”楚逸寒忍着笑滚出厨房，果然他这个妹妹，只有在他面前才会这么可爱。

他完全没有意识到，他可爱的妹妹，即将彻彻底底的属于另一个男人。饭后好不容易送走了楚逸寒，黎沫总算有空拿起手机，却看到没有一条消息是顾亦笙发过来的。

想想刚才的突发状况，好不容易鼓足勇气表白的，现在全化作泡影了！

关键是她似乎被顾先生误会了。想要跟他解释，她都没有任何的理由，她和他什么关系都不是，解释反而显得她太自以为是。就像是顾亦笙好在乎她似的。

抱着手机在沙发上纠结地滚了滚，黎沫错过了之前满溢的勇气，现在冷静下来，完全不敢告白啊。

把脑袋埋进抱枕里，黎沫像个鸵鸟似的在心里安慰自己。如果顾亦笙一会儿再发一条消息过来，她就厚着脸皮跟他解释清楚，时机合适她再顺势告白！

嗯，就这样决定了。想到这些天来，顾亦笙都会时不时给她发小狸花的动态，黎沫唇角翘了翘。然而临到睡前，都已经过了凌晨了，黎沫还是没有等来任何来自顾亦笙的只言片语。

连个可怜的表情包都没有，她顿时就绝望了。不死心地抱着手机屏幕，黎沫似乎想用视线把她和顾亦笙的对话框戳个洞。

为什么还不发过来？

此时此刻，在黎沫楼下的顾亦笙坐在床头用平板电脑看数据，难免一直心神不宁。他一直等着黎沫的解释，毕竟他当时那样走掉，这女孩应该察觉到什么了。可是直到现在，她那边都没有任何的动静。

顾亦笙叹了叹气，最终放下平板，无奈地用手指点了点微信。该拿这个女孩怎么办才好？

她看样子很亲近楚逸寒的样子，他固然喜欢她，也不愿意她因此受到伤害。

寂静的夜里，楼上楼下的两人同时叹了一口气……

"'近日，警方收到报案，对'香水杀人案'嫌疑人王某实施抓捕，目前，该嫌疑人因精神不稳定，仍在进行进一步的排查。"

黎沫一边吸溜着碗里的面条，一边调小了电视的音量。一大早地看到这种杀人案的新闻，实在是让人心颤颤的。

"原来是个精神病，难怪做出这么丧心病狂的事情。"黎沫咬了一大口煎蛋，果然还是自己煮的臊子面条好吃，"总算是抓到人了。"

想到之前那些瞎掺和的网友，还在猜测下一位受害者是谁，黎沫就觉得好笑，这不是精神病作案吗？

等等，精神病作案是不是不用负刑事责任？浑身一个激灵，黎沫连忙换了一个电视台，强迫自己不要去想这种可怕的事情。

这几天，黎沫自己都要被自己勤奋哭了。

自从那天抱着手机醒来，还没有顾亦笙的消息过后，黎沫就知道，他在刻意避开自己。

毕竟无论谁看那天的氛围，都会以为顾亦笙以后都会陪着她一起去喂猫。

小狸花也被主人领走了，顾亦笙最后发来的视频，是它和新妈妈一起的照片。黎沫对此表示非常欣慰，除此之外，她跟顾亦笙好像就没有其他任何可以聊的内容了。

以小狸花被带回家这一天为分界线，黎沫微信聊天列表顾亦笙的头像上再也没有多出一个红色的“1”字。

幸好浪漫系的定制香水她都完成了调制，现在心情瞬间平复，比平时还要冷静几百倍，正好可以顺利调其他的香水。

当然，这个结果她一点都不会开心，只想“呵呵”笑两声。星座差评，说好的真爱宫，全都是假的！

黎沫带着强烈的心情，手中诞生了一瓶“妒忌（Envy）”还有一瓶花语为绝望的“风信子（ Hyacinth）”。

顾先生多半是上帝派来治好她拖延症的救星吧，黎沫只能苦笑。

在调香室里一泡就是一整天，等黎沫喂完猫回来的时候，天色已经暗了下来。毫无人气的家里静悄悄的，黎沫因为胆小，一般晚上进门都不敢看玄关的镜子。经过客厅的时候，黎沫不经意看到电视屏幕的镜面反射，忽然笑出声。

电视屏幕映照出来一位穿着套头卫衣、头发乱糟糟的女人，好像自从那天之后，她又回到了不修边幅的日子。

女为悦己者容，这句话果然没说错。就让她这么堕落下去吧！

连饭都不想做了，黎沫翻出一盒方便火锅，撕开包装就准备按照步骤煮起来了。才刚刚把火腿肠和牛肉拆开放进去，她就听到楼下传来狗狗的叫声，还叫得挺厉害的。

“张太太家的二狗又在叫啊。”黎沫每次说起这个名字都忍不住笑，起名字就服张太太。

爱吃辣的黎沫把整包牛油底料一点不剩地全部倒进了盒子里，想到慕心雨那不能吃辣的弱鸡，每次都只放四分之一，在黎沫看来，一点味道都没有。

黎沫是绝对不会跟慕心雨一起去吃火锅的，吃鸳鸯锅有什么意思，那根本不是火锅！

“加热包放进去，然后加冷水，哦对，冷水。”黎沫差点把热水倒底下加热层，她去厨房拿冷水壶的时候，猛地察觉到二狗还在叫。

不知道是不是黎沫想多了，总觉得二狗这叫声和平日狗狗的叫声不一样。器皿砸碎在地面的声音传来，让黎沫不得不引起重视。

寻着声音走到饭厅的窗边，她料想着楼下张太太家也是饭厅的位置，二狗在这里叫什么呢？

走近了就更能听到二狗执着的叫声，一声比一声凄惨，黎沫都听不下去了。

“难道他们家在虐狗吗……”黎沫还以为关忆雪用碗砸二狗。可是又没有听到任何的人声。

趴在窗户上往下看时，她的鼻息间忽然闯入一股奇怪的浓烟味，像是什么东西烧煳了一样的味道。觉得哪里不对劲，黎沫想都没想，连电梯都来得及搭乘，直接从楼梯往楼下跑去。

先看到的是顾亦笙的家门，黎沫着急地敲了敲门，想看看他在不在家。

遇到这种事情，她已经慌得不知道如何是好了，下意识地觉得顾亦笙什么事情都知道怎么处理，黎沫急着想听听他告诉自己不要慌张，应该怎么怎么做。

急人的是，顾亦笙也不在家。

看看现在的时间，晚上九点三十分，张太太和张先生如果不在家，怎么可能会动灶上的东西？

“张先生！张太太！你们在家吗？”黎沫尝试着拍了拍他们的家门，却没有人过来应门。

到了楼下反而听不到二狗叫唤的声音了，黎沫忽然想起自己应该给物管和这栋楼的物业管家打电话，她连忙挨着拨打过去。

物管的人员表示他们立刻拨打 119 火警电话，并联系张先生和张太太，还派两名保安过来看看是怎么回事。

黎沫守在门口，继续给物业管家联系，毕竟张先生和张太太不在家的话，家里还有一个二狗。

如果真的失火，二狗就很危险了。猛地听到二狗叫声更加急促，黎沫一时心急，放在门把手上的手无意识地用力——

“咔擦”一声。

张先生和张太太的门被打开了！

门没有锁！

“张姐！张先生他们的门没有锁，我直接打开了！”黎沫一边举着手机给物业管家张姐说话，一边走进了门。

她光是担心二狗会有危险，想赶紧把它解救出来，完全没有想到，自己竟然会被卷入麻烦当中。

如果再给她一次机会，她绝对不会傻傻地打开门走进屋，她选择等待物业的人员一起进去。现实是，黎沫满心以为打开门二狗就会朝着自己扑过来。

然而当她快步走进这间充满着死亡之气的屋内，在看清楚饭厅这惨烈的画面时，她浑身的血液都倒流了。

毫无生气的张先生摔倒在饭桌下面，睁着的瞳孔失去了焦距。张太太侧着头趴在桌上，口吐白沫，手边散落着吃到一半的沙拉。

现场唯一有生命迹象的反倒是被拴在窗户边的二狗，这小家伙被吓坏了，已经叫得嗓子都沙哑了。

“黎小姐，怎么了？你把狗狗带出来了吗？”

黎沫早就已经垂下的手里，手机听筒传来张姐关切的声音。可是她早就听不进去了。从来没见过这种场面的黎沫吓得浑身僵直，过了半分钟，她才哆哆嗦嗦开始发抖。

空气中弥漫着熟悉的香水味，然而这都成为让她毛骨悚然的因素之一。张了张口，黎沫干哑的嗓子从一点声音都发不出来，到撕心裂肺的尖叫。

“啊！！！！！”

后颈忽然一痛，黎沫倒在地上，失去了全部意识。

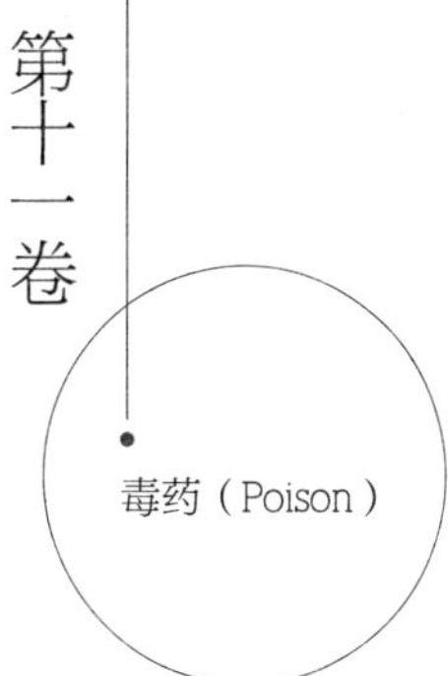

第十一卷

毒药（Poison）

“这位业主，你醒醒！没事吧？？”

黎沫是被及时赶到的物业人员叫醒的。

后颈传来的痛楚让她清晰地认识到，这一切都不是在做梦。她想说自己没事，可是张了张口，嘴巴却一个字都发不出来。

120 的救护车声音和警车的警报声充斥着听觉，黎沫恍惚间，听到物业管家张姐说张先生和张太太已经被救护人员带走了，因为她是因为受到惊吓倒地不醒的关系，就让她们先守着她，等她醒来。

她不是被吓到才晕倒的，她是被人……

嗓子眼像是被什么东西卡住了，黎沫不敢想，当时是什么人把她劈晕的。当时那个情况，留在这个现场的人，除了杀人凶手还能有谁？

警方的人已经将现场保护了起来，正在进行现场勘查。稀里糊涂就成了第一现场的目击者，黎沫手脚冰凉地站在门外，已经听不进去其他人说的什么话了。

“请问你是黎小姐，对吗？”

身着黑色夹克的男人朝着黎沫走来，擦得锃亮的黑色皮鞋几乎能反光，高大健壮的身材和鹰隼般的眼眸，让他带着一股让人无法忽视的气场。

男人没有多大的表情，只是以公事公办的语气询问黎沫，然而在他开口那一瞬，黎沫就知道他的身份了。

僵硬地点点头，黎沫就听男人道：“我是负责本次案件的冷逸。”

说完，男人摸出证件给她看。明明黎沫没有做任何的坏事，可是她就是忍不住想着，张先生和张太太那模样，怎么看也不像是误食。

没锁的大门，还有敲晕她的第三者……直觉告诉她，这是故意杀人的案件。而她又是第一个出现在现场的人，会不会因此把她定为嫌疑人？

原谅黎沫本来胆子就小，这个时候又面对一位极有压迫感的刑警，她整个人都吓坏了。

“张先生在送去抢救的途中不治身亡，张太太现在生死未卜。”冷逸见眼前的女人没有任何反应，神情漠然，也不知道是在思考着什么。

他竟然一时看不懂这个眼神放空的女人。

张先生已经死了？黎沫心里猛地一震，她不可控制地想起自己看到的那一幕，手心开始冒冷汗。

好害怕……

“他们的卧室有被翻找过的痕迹，作案凶手没有留下任何的指纹，只是在床上放着一瓶空了的香水瓶。”冷逸面无表情地陈述，“我听说你是一名调香师？你应该知道这一款香水吧。”

说着，冷逸叫身后的人把痕迹物证拿过来让黎沫看。

和上次香水杀人案，杀人犯留下的香水是同一款——

风尚的The Next。

联想到前些时候自己和张太太都有过被尾随的经历，黎沫毛骨悚然。下一个对象难道是她？

冷逸说了一大堆，见黎沫反应淡淡，于是准备让她描述下她当时看到的现场场景。

就在这个时候，电梯“叮”的一声打开，浑身包裹在墨黑手工定制西装的男人走了出来。

身姿颀长的男人眼角带着些许的疲惫，从人群中挤进来着实不是一个美好的体验。听说了这种麻烦事，顾亦笙本就不用回来掺和进去。

他的住处很多，并不是非这里不可。可是张思远的家就正好在黎沫的楼下，顾亦笙放心不下她。

御龙庭的不少住户都听说了这件事情，纷纷聚集在楼下，就算是被警方阻止了靠近，没办法围观也无所谓。

他们激动地谈论着这可怕的连环杀人案。

“张先生和张太太到底是招谁惹谁了啊！两口子平时人都挺好的，怎么就发生这种事情了，作孽啊！”

“我刚才看到张先生和张太太一起被抬下来的，张先生那脸色，看着好像已经不行了。”

“我听说楼上那位调香师也被卷进去了，她第一个发现现场的！”

“听着心里就毛毛的，我当时戴着耳机看电视剧，就觉得哪里不对劲！如果我上去，我就是第一个看到那啥……哎，可怕！”

冷逸在看到顾亦笙走过来的时候，脸色一下子就难看了起来：“说了不能放人进来，怎么还是给放进来了？”

看都没有看冷逸一眼，顾亦笙在电梯门打开那一瞬，就看到了目光呆滞的黎沫。他怎么也没想到，她竟然被牵扯了进来。

这傻女孩像是没事人一样，强装冷静站在门口，被警察问话的样子，和做错事被问话的小丫头一样。

之前刻意冷落黎沫，顾亦笙在这一刻什么都来不及想，心一下子就软了。

“黎沫。”顾亦笙走向黎沫，温柔地唤了她一声，“过来。”

案发时，她急切敲门都找不到的男人，现在正站在自己面前，深邃的眸子带着掩藏不住的怜惜和关心。

不等顾亦笙有任何动作，黎沫就像是一只被欺负了的小动物一样，一瞬间瓦解了所有的伪装，扑进了他的怀里。

“没事了，不用害怕。”顾亦笙一把抱住怀里的女孩，抬手摸了摸她的头，让她冷静下来。

这样将她拥进怀里，就能感受到她浑身的颤抖。被吓坏了。顾亦笙只能不断重复着“没事了”、“别害怕”，想代替她承受这些糟心的事情。

“老大，这位先生人家就住在隔壁，总不可能不让人家不回家啊！”

冷逸听着手下的解释，烦躁地掐了掐眉心。

这黎小姐不知道是怎么回事，刚才人还好好的，现在一看到这位住在隔壁的先生，一下子就变了个人似的。

原本压抑的现场环境，都被这两人搞得跟偶像剧一样。美丽柔弱的女主角受到了惊吓，男主角适时出现拥她入怀。两人颜值都不是一般的高，画面自然唯美而浪漫。

然而冷逸对偶像剧并不感冒，他还心系着案件，于是他不解风情地冷静道：“黎小姐，你还没回答我的问题。”

就像冷逸是什么洪水猛兽一般，黎沫一点都不想再面对他，往顾亦笙怀里缩了缩。

微微蹙了蹙眉头，顾亦笙淡淡地瞥了冷逸一眼。表面温润如玉的男人眼角染上寒意，深不见底的眸子里满是不悦。

抬眼就看到顾亦笙冷寒的表情，黎沫怕他跟这位警察先生起冲突，连忙道："我只是被吓到了，现在没事了。"

看得出来两人之间不同寻常的关系，冷逸自动把黎沫和顾亦笙划入了恋人范畴。女朋友被吓到，男朋友安慰两下也无可厚非。

看出黎沫眼里的惊惧还没有完全散尽，顾亦笙握着她的手，想用自己的温度温暖她微凉的掌心。

从男人身上传来的热流切实地让黎沫感到了安心，她感激地看了顾亦笙一眼。

"如果回想起你看到的事情会让你恐惧，不用逼迫自己。"顾亦笙用指腹轻轻地摸索黎沫的手背，"慢慢来。"

想到被打晕那一瞬，黎沫不可避免地背脊发凉。在那一瞬，所有的事物都像是被放慢了一般，就连她所看到的画面也像是慢镜头。

张先生和张太太的饭桌上当时放着还没有揭开的不锈钢餐盘盖，隐约映照出了什么画面，她怎么都记不起来了。

左手搂着黎沫的肩头，右手将她冰凉的手心握在手里，顾亦笙站在她的身边，用自己能想到的办法安抚着她的情绪。

冲着顾亦笙露出一个"我很好"的笑容，黎沫这笑里的牵强，连冷逸都看出来了。

深吸了一口气，黎沫开始回忆自己能够想起的所有细节，同时提供自己清白的证据。

"我今天下楼照常喂流浪猫，回来过后准备吃方便火锅，这个时候，我听到楼下张太太收养的小狗在叫。一开始我没多想，我好像听到了摔碗声，还闻到了类似厨房烧焦的味道，我就到楼下来了。"

"我先敲了顾先生的门，想找他出主意，但是他不在，我敲了张先生和张太太的门，发现只有二狗在叫，没有任何人回应。然后我给物业打了电话，报了火警，在跟物业管家张姐通话的时候，我发现他们的房门没锁！我急着把二狗带出来，就走了进去，看到了……"

说到这里，黎沫的小脸瞬间又变得惨白了起来，她哆哆嗦嗦的，仿佛又回到那可怕的时间点，再次打开门走进去了一遍。

"别急，害怕就不要想了，我们改天再找这位警察先生？"顾亦笙搂着黎沫肩头的手一紧，从未有女人能像黎沫一样，让他心疼成这样。

摆了摆手，黎沫艰难地润了润嗓。顾亦笙在她身边，她忽然就没这么害怕了。

"张先生和张太太都失去了意识，我被张先生的脸色吓到，一时愣住了，然后在这个时候……"黎沫说得小心翼翼，却又字字清晰，"我被人袭击了。"

冷逸脸色一变，他就知道，这个黎小姐不只是物业那几个人说的，被吓晕了这么简单。

顾亦笙的表情变得凝重了起来。黎沫有可能看到了凶手的长相，在这种情况下，对方一般都会选择杀人灭口。

她会很危险。

"还有什么线索吗？"冷逸转头吩咐自己人给黎沫申请保护，一边继续追问着。

"我当时进屋的时候没发现有人，后面晕过去，醒来的时候，你们已经都在了。"黎沫忍着害怕，一遍又一遍强迫自己仔细去想，看到了什么画面。

等等，不光是看到的画面，当时还有很独特的气味。

想到刚才看到的香水，黎沫忽然道："我嗅到了家里有两种香水的味道，一种应该是张太太身上带着的，另一种，难道是杀人犯？”

“又有香气？”顾亦笙听得皱起了眉。

“嗯……”黎沫小声道：“留下的空瓶子是你们风尚集团的‘The Next’，然后，我嗅到的这两种，都是我手里的系列……”

说到这里，顾亦笙总算是知道，她刚才为什么不敢直接告诉冷逸了。

“这位张太太很喜欢黎沫调的香水，之前张思远给我提到过，他的太太有一个收集香水的柜子，里面全部都是曜煜旗下 Ariel 系列的香水。”顾亦笙代替黎沫解释道，“这里会出现风尚的香水才是奇怪，多半是入侵者携带的。”

冷逸把这些信息全都记了下来，点点头，暂且算是了解了。

“现在暂时怀疑这宗案件和‘香水杀人案’有关，之前抓获的那人被证实是真的精神病患者，和案件完全无关。”冷逸说着，把自己的联系方式写在一张纸上递给黎沫，“这是我的联系方式，如果你还有什么想起来的重要点，随时和我联系。”

黎沫苦笑着接过这小纸条，当着冷逸的面把他的号码存了起来。

顾亦笙挑了挑眉，对于黎沫存入其他男人联系方式的行为似乎颇有微词。

“关于证人保护，就不用 24 小时贴身保护了，她最近休假在家，出门的时候再跟你们安排的人报备吧。”顾亦笙是无论如何也不会同意黎沫在这个状态下，和其他人单独相处的。

冷逸似乎是觉得顾亦笙大惊小怪了，毕竟警察也有性别女的优秀同志好吧。

看出冷逸的意思，顾亦笙平静道：“我不建议女性过度劳累，黎沫也不会乱跑，她在家的时候，我会陪着她。”

黎沫认生，如果和陌生人共处一室就会很尴尬，顾亦笙的提议她自然是同意的。

只是……

悄悄地看了顾亦笙一眼，黎沫不敢相信他是真的要陪着自己。心脏不合时宜地开始狂跳了起来，她快对自己无奈了。

前一秒还怕得像是自己下一秒就要被谋杀似的，下一秒他一出现，她又开始觉得什么都无所谓了。

冷逸完全不想搭理顾亦笙，反正他按照自己的职责上报，结果是怎样就怎样。冷逸他们继续留在现场，顾亦笙心头一动，拉着黎沫走进了自己的家门。

“你在这里等我一下。”顾亦笙让黎沫坐在客厅等候，自己进卧室去收拾东西。乍一看还以为顾亦笙要出差，黎沫心头一空，他不是说了要保护她吗？

怎么现在忽然要出远门了？

顾亦笙把一些基本用品塞进行李箱，见黎沫神色黯淡，忍不住笑道：“楼上有客房吗？”

“有。”黎沫眨眨眼，点了点头。

她家四室两厅，其中一个房间被她改造成带沙发床的书房，还有一间她最重要的调香室，算起来有两间客房。

“那就好。”顾亦笙笑了笑，继续收拾。

大脑有半晌的放空，黎沫愣了愣，不敢相信道：“你……要去我家暂住吗？”

她虽然喜欢顾亦笙，但是忽然和他共处一室，还是让她忍不住紧张了起来。

“我都说了保护你，肯定把你随时看着。”顾亦笙一本正经，仿佛是为了兑现自己刚才说的话，“楼下发生这种事，晚上你一个人不会害怕？”

肯定怕。黎沫立刻就沉默了下来。

为了给黎沫一个台阶下，顾亦笙唇角噙着一抹清浅的笑意道：“那就算我害怕吧，隔壁出了凶杀案，我晚上会害怕得睡不着。”

“噗！”黎沫直接笑喷了。

“你笑了。”顾亦笙见黎沫紧抿的唇角终于放松，忍不住跟着她笑了起来。

黎沫说不清楚自己现在心里是什么滋味。有这么一个为自己着想的男人，她这算是因祸得福吧？

顾亦笙一手拖着行李箱，一手牵着黎沫走向电梯，两人很快就到了楼上。

“你家里有一股很香的味道。”顾亦笙走进玄关就嗅到了香料的气息，他料想着她应该是在家里准备了一间调香室。

黎沫家的室内装修风格和她莫名的很相配。藏蓝色和白色为主色调的地中海风格，墙上挂着船舵造型的挂钟，茶几等摆件都是偏深色系的实木制作。

最可爱的是，沙发上的靠枕都是海贼王里面的动漫人物。仿佛坐在这里，就身处于航海船一般，碧海蓝天营造出一种轻松的氛围。

对于黎沫这样时刻需要伤神费脑的调香师来说，在家里休息需要随时能放松和调节状态。

沉浸在担心顾亦笙会不会觉得自己太幼稚这个困扰中，黎沫猝不及防听到他说很香，脑子一抽便道：“啊！我走的时候正准备煮方便火锅，就差最后一步了！”

说完，黎沫的鼻子似乎就只能嗅到牛油火锅底料的味道了，她的肚子也很合时宜的“咕咕”叫了两声。

“是吗？”顾亦笙被黎沫逗笑，“我还没吃过。”

“要一起吃吗？”黎沫打开保温的电饭煲，米饭已经煮得香喷喷的，“很好吃的！这个牌子的方便火锅最好吃了。趁着有优惠活动，我买了四盒！”

如果是之前，黎沫估计完全没办法想象，自己会跟这位矜贵优雅的风尚总裁一起，在她家里吃十多块一盒的方便火锅。

莫名就觉得委屈他了。

然而顾亦笙却没有这么想，在黎沫盛饭的时候，他听着她的指导，把方便火锅里面的配料按照顺序加下去。

“加热火锅的时候，一定要在加热包里面加冷水，不要超过下面那根线！”黎沫双手拿着饭碗，凑过来看了看，满意地点头。

顾亦笙哭笑不得，她对待美食的认真态度，和调香的时候有一拼。加了水盖上盖子后，水沸腾的声音带着火锅的香气在饭厅里面飘散开来。

“你很喜欢吃辣？”顾亦笙冷不丁地问了黎沫一句。

“对啊，我很能吃辣的！我妈妈是四川人，她经常给我做地道的火锅。”黎沫说到火锅，眼神明亮动人，“我在市区里找了好久，都没有找到正宗的火锅。”

顾亦笙蹙起眉头，一副不明白什么才是正宗火锅的样子。

他在国外的时候基本上没有吃火锅的机会，回国到现在应酬时吃过两次，觉得并没有想象中那么辣口。

翻了翻自己的相册，黎沫把手机递给顾亦笙：“喏，你看，这是我妈妈之前做的。”

“……”顾亦笙看到这满屏的红色就被吓到了。

红彤彤的油层上铺满了辣椒和花椒，连一点空隙都不留。这种东西吃了会死掉吧……

顾亦笙光是看这张图就看得头皮发麻。

如果不是他的错觉的话，他似乎嗅到空气中的香气呛鼻的味道越来越大。

“买的方便火锅没有那么正宗，不过味道也还可以。”黎沫打开盖子，用筷子搅拌了两下，“这个不是很辣。”

随着黎沫打开盖子的动作，扑面而来的麻辣味几乎让顾亦笙说不出话。

抬手不自觉地放在胃部，对着这女孩如此明媚的笑脸，他无论如何都没办法拒绝。

他知道，她现在还没有完全从凶杀案的恐惧中走出来，只是为了让自己不过于担心，强颜欢笑。

其实他想告诉这女孩，他在学生时代喜欢跆拳道，拿到了黑带四段，综合格斗技巧和他那武警部队立下一等功的堂哥相差无几，保护她的安危绝对没有问题。

以前家里人调侃他，身手练得这么厉害，是要在未来媳妇儿面前逞能。

顾亦笙没想到，还真的到了需要这项技能的一天。如果杀人犯真的要行凶杀害黎沫，他能豁出一切保护她。之前他以为自己对这女孩只是喜欢的程度，现在想想，这或许已经是爱了。他不信任任何人能够拼尽一切保护黎沫。

专业保镖他会请，但是他要确保她在自己身边，才安心。

“顾先生，可以吃了！”

暖色的灯光照射下，让黎沫这张精致的小脸显得莹白如玉。这个被上天眷顾的女孩，在她目光柔和的时候，带着同龄人所没有的温婉恬静。

而当她一笑，清澈的眼眸像是小鹿一般干净美好，充满着清纯少女的感觉。就算是她此时此刻放在自己面前的是毒药，顾亦笙都会毫不犹豫喝下去。

“好吃哭！”黎沫挑了一块儿又薄又脆的土豆片，吹了吹，也不管烫不烫就直接塞进了嘴里，烫得她直哈气。

被她可爱的吃相感染，就连顾亦笙这样平时口味清淡的人，都忍不住想要试试碗里的重口味食物了。

夹了一筷子藕片放进嘴里，顾亦笙与生俱来的教养让他即使坐在黎沫这小清新装潢的饭厅里、吃着方便食品，也像是在高级西餐厅用餐一般。

嚼了两下，顾亦笙忽然低下头，用手掩着唇角。

“顾先生，你怎么了？”毫无察觉的黎沫拿着筷子夹粉条的动作一滞，以为顾亦笙不舒服。

一股辣味从口腔直达喉咙，一路冲上头顶，顾亦笙感觉呼吸都是热辣的。

火锅到底是一种怎样的神奇美食……他快被辣得怀疑人生了。

“咳咳，没事。”顾亦笙声音因为这辣味，平添了几分低哑和性感的意味，听得黎沫耳根子都红了。

“好像吃火锅就是容易热。”黎沫用手当作扇子，在脸侧扇着风给自己的脸红找借口。

她越是紧张，手上的动作就越快，也没见她怎么狼吞虎咽，那满满一盒的火锅菜硬生生就见底了。

等黎沫米饭和火锅都吃得差不多的时候，她就见顾亦笙那盒还剩下大半。

刚才光顾着自己，黎沫都忘记问顾亦笙，能不能吃辣，现在见他这样拧眉的样子，怎么看也不像是喜欢啊。

“顾先生，如果你吃不了辣，就不要勉强啊，我去给你重新下一点鲜面条怎么样？”黎沫伸手就要拦住顾亦笙夹筷子的动作。

在喜欢的女孩子面前，就算是吃不了辣的男人都要硬扛下来。

“我真的没事。”顾亦笙摆摆手，却被黎沫按住了。

“你不用担心浪费，吃不完的我吃就是。”黎沫下意识地觉得顾亦笙要么是逞强，要么就是怕浪费，毕竟是她拿出来的东西。

剩下的她吃？原本只是一句什么意思都没有的话，却在他的视线落到她那因为吃辣变得红润饱满的唇瓣上时，添上了几分暧昧的意味。

她不嫌弃他吃过的东西，也就是说，他们之间的关系已经算是很亲密了？

这么想着，顾亦笙奇异地放弃了继续折腾自己的胃，他轻笑道：“我都是夹出来吃的，没弄脏。”

黎沫本来也没多想，可是这男人的笑容，怎么看着有点腹黑啊？他这是在暗示间接接吻吗？

话都说出去了，黎沫也只有硬着头皮接过来吃掉了，她还当真没有任何嫌弃他的想法。

勤快的黎沫迅速解决完这里，就去烧水给顾亦笙煮面条了。配着几根青菜和鲜酱油的面条，因为黎沫自己炒的臊子变得更加美味。

这次顾亦笙倒是毫不含糊地吃光了。

顾先生不喜欢吃辣。黎沫在心里默默地记下了对方这个习惯，她想，这次也是一个机会。

两人近距离相处，更能看出是不是适合对方。

完全把凶杀案那可怕的经历抛在脑后，黎沫哼着歌去厨房里洗碗。洗碗的时候，她还在考虑着，家里什么床单和被套适合顾亦笙一点。她喜欢的人第一次在家里留宿，起码要给他留下点好印象才是。

“顾先生，我去给你铺床。你如果困了，可以先洗澡，浴室在这边。”黎沫笑眯眯地对顾亦笙说完，便开开心心地去铺床了，这个时候，她早就把她的哥哥忘在了脑后。

她从来没发现过自己如此勤快的一面。看到黎沫活泼可爱的样子，顾亦笙自然莞尔。

揉了揉隐隐作痛的胃，他听话地先去洗澡了。

看着铺得整整齐齐的被褥，黎沫脸一红，莫名觉得自己像个新婚妻子一样兴奋是怎么回事。她现在还真是脸皮厚起来，自己都害怕。

估摸着顾亦笙洗澡的时间差不多了，黎沫走出去叫他，却没有得到回应。

“顾先生？床已经铺……”

这句话还未说完，黎沫就看到顾亦笙仰靠在沙发上，一手按在腹部，一手横在额头上，遮挡了他那漆黑如夜的眸子。

“你怎么了？”黎沫见顾亦笙脸色很不好，连忙走过去，贴近坐在了他的身边，“胃痛吗？”

稍微拿开手，顾亦笙露出一副“被你发现了”的样子，无奈承认道：“胃炎犯了。”

黎沫赶紧摸出医药箱把胃药拿出来，给顾亦笙倒了一大杯温水，送到他嘴边道：“快把药吃了，这杯温水也喝光，多喝热水好。”

“是。”顾亦笙失笑，他胃炎发作并不是一两次的事情，这还是头一次被人喂水喂药。

听话地喝光了这一大杯温水，顾亦笙看着黎沫这张近在咫尺的干净小脸，心头一动，有些说不出口的话，突然就有勇气了。

“‘香水杀人案’这事我也有派人在查，今晚的事情，我仔细分析过后，总觉得没有那么简单。”顾亦笙抓住黎沫端着杯子想要收回去的手，“我说时刻陪在你身边也是认真的。”

“我明天就安排两名专业保镖时刻跟在你身旁，警方那边想派人，就派吧。你在家我放心，如果想出门，一定要叫上我，知道吗？”

“知道了。”黎沫只觉一股暖意，从顾亦笙扣着自己的手腕儿处传来，一直蔓延到她的心口。

这感觉，和她之前在楼下彷徨无助时，他朝着自己走来，将她抱个满怀时是一模一样的。

似乎想到了什么，顾亦笙闭上眼，收敛了所有的情绪道：“今天的事情，你不用告诉楚逸寒吗？毕竟他是和你关系亲密的人。”

顾亦笙很巧妙地用“关系亲密的人”六个字提出了自己的疑惑。

楚逸寒和黎沫之间的事情，顾亦笙想问很久了，每次都怕自己一开口，就被她知道自己的嫉妒和狼狈。这对他来说，是无论如何不想暴露在黎沫面前的一面。

“噗。”黎沫没忍住，扑哧笑出声。

这个事情也是她的症结所在，一直找不到机会给顾亦笙解释，现在终于由他提起，她总算是能说明白了。

“楚逸寒是我的哥哥，亲哥哥，他是我父亲第一任太太的儿子。”黎沫轻描淡写的解释，何尝不是向顾亦笙证明，她很在乎他的感受。

顾亦笙都以为自己需要花一些工夫才能说服黎沫给自己一个追求她的机会，然而这回答却和他想象的大相径庭。

“我都没想到，他会是你的……”顾亦笙说到这里，胃部又抽痛了一下，像是在提醒他之前那些无谓的吃醋行为。

黎沫真诚地道歉道：“抱歉，因为我不想在公司被他人看轻，认为我是靠关系才走到这一步，所以一直没有公开和哥哥的关系。”

点了点头，顾亦笙这下总算是能明白，为什么这两人默契十足，带着让人无法插足的气场，但是却总觉得这亲密中少了点恋爱的气息。

“哥哥他很坏的，借着谣言保护我，同时还给他自己挡了不少烂桃花，从中学时候开始就是这样了。”黎沫想到楚逸寒就头疼。

情敌秒变大舅子，这画风切换太快，顾亦笙都需要点时间来缓冲。

“我先扶着你去卧室好吗？”黎沫担心顾亦笙痛得没办法自己走，连忙上前挽着他。女孩的柔荑软弱无骨地倒在他的手臂间，温柔得让人心都化了。

顾亦笙自然将自己大半的力道靠在她的身上，两人摇摇晃晃走进卧室的时候，也不知道是谁被绊了一下，黎沫忽然就“啊”地尖叫了声。

两人失去重心，双双摔在黎沫才套好的床铺上。

这本来是个很单纯的意外，却因为和床沾上关联，而变得暧昧了起来。近距离地和顾亦笙面对着面，倒在床上，黎沫连呼吸都不敢太重。

两人的呼吸缠绕在一起，像是稍微嘟嘴就能亲吻上了。心脏扑通扑通地跳得像是要死了一样，黎沫知道男人正打量着自己，她根本不敢看他的眼睛。

狼狈地从床上爬起来，黎沫留下一句“顾先生晚安”就仓皇逃离了客房。

顾亦笙只能自己躺在床上，无声地笑。她身上的淡淡香气，让人差点失控。

黎沫给他的胃药吃下去过后，很快胃痛就得到了缓和，然而拜那一大杯热水所赐，顾亦笙不得不半夜起来上厕所。

安静的夜里，突兀的低吟声迅速吸引了顾亦笙的注意力。

黎沫紧闭的卧室房门内不断传来她痛苦的声音。惊吓和疲惫让她沾着枕头就睡着了，可是她却摆脱不了噩梦的折磨。

梦里，她再次听到了楼下诡异的响动。知道那个可怕的杀人犯就在张先生他们的家里没有离开，黎沫这次再也不想重蹈覆辙了。

她想找手机报警，可是等她转过身一看，在她身前的赫然是那道可怕的门！黎沫浑身发着抖，凉意从脚底开始蔓延。她仿佛看到门背后那道诡异窥探着的黑色身影，像是一个巨大的阴影，笼罩在她的头上。

她想逃跑，可是这扇门却自己在她身前打开了！高大的黑色阴影朝着她靠近，只能看得到那双诡异的眼睛，和隐藏在黑暗中的妖兽一般。

[你是不是看到了？对吧。]

[所有看到我面目的人，都要死。]

“不要……救救我……”

“好可怕……”

“黎沫！”顾亦笙脸色一变，打开门冲进卧室，就见黎沫死死地闭着眼，嘴唇都咬得发白了。

知道这女孩做噩梦了，顾亦笙连忙把她摇醒，“醒醒，你做噩梦了，不要害怕，醒过来就好了。”

连续被顾亦笙摇了好几下，黎沫才浑浑噩噩地醒来。

在看清楚顾亦笙那一瞬，黎沫再次扑进了他的怀里，流着泪道：“顾先生，你怎么这么晚才来？”

女孩一直都是安安静静的，就连她流泪也是这样，自带着一股柔弱感。

顾亦笙听到她这带着浓浓鼻音的话，心里难免自责。如果他今晚没有被魏浩言缠住谈了那么久，他不会这么晚才回来。他在的话，黎沫起码不会目睹这种可怕的事情。

被自己抱在怀里后，顾亦笙明显察觉到黎沫的情绪得到了很大一定程度的缓和，她的哭泣声变成了很小很轻的抽噎声。

她可怜兮兮地告诉他，她最开始想到的就是找他，可是他却不在。

“是我不好，我现在不是回来了吗？”顾亦笙像是哄小孩一样，跟着黎沫坐上床，把她揽在怀里，轻轻拍着她的背。

她披散在肩头的长发柔顺得像是绸缎一般，因为他的安抚，她的脑袋无意识地在他胸前蹭了蹭。

顾亦笙心里软得一塌糊涂，她就像是在他心口近距离开了一枪，让他从此彻底倒在她的面前。

察觉到顾亦笙要起身，黎沫的双手迅速抓住了他的衣服，她抬起一双水润的大眼，不安地看着他：“你要去哪里？”

“我去给你倒杯水。”顾亦笙担心她把嗓子哭哭哑了。

“不要！”黎沫死命抓着顾亦笙，就是不准他离开。

叹了叹气，顾亦笙摸摸黎沫的脑袋，温柔道；“我哪里都不去，先睡吧，我在这里陪着你，不走。”

“真的不走吗？”黎沫的眸子经过眼泪的洗涤，更显澄澈，她像个小朋友一样，现在只能依赖顾亦笙一个人。

知道自己被她当作救命稻草了，顾亦笙索性把她抱在怀里，和她保持安全的距离一起倒在床上。

完全没想到自己竟然还能“陪睡”，顾亦笙哭笑不得，轻拍着黎沫的背哄着她睡觉。他头一次相信男女之间能单纯地躺在一张床上盖着被子聊天。

至少他就是，满心的怜惜，已经没有其他心思生出任何绮念。

这一个晚上，顾亦笙几乎没有闭眼，他时不时低声在黎沫耳边呢喃，告诉她，她不是一个人，有他陪在她身边。

风尚时装新品发布过后到现在，已经过了最忙碌的时候，他可以放心地将常务交给陆尔岚代理。

想到冷逸说的那番话，顾亦笙知道，这次案件又和那热度几乎快要冷却的“香水杀人案”牵扯上了。

无论张先生和张太太的被害，是不是真的跟这名杀人犯有关，风尚的香水又要再次以一种不吉利的形象，出现在众人的视线中。

这对香水品牌又将是一次重创，年底就要交出今年的香水板块业绩答卷，顾亦笙的脸色在黑暗中渐渐沉了下来。

第十二卷

秘境 24 号（No.24 Mysteries）

No.24 Mysteries

“8 日晚 21 点 15 分，发生了一起恶性入室谋杀案件，被害人张某和其妻子饮用的红酒中被注射灭多威，张某当场死亡，其妻子现已成功抢救，暂处昏迷状态。据知情人透露，这起案件与笼罩在市民们心头的阴影——‘香水杀人案’有关。”

“上周已证明那名精神失常的男子和该案无关，纯属臆想，警方正在进行大力搜查……”

魏浩言坐在餐桌上吃早餐时，就听到了晨间新闻这则播报。抽空瞄了一秒画面，看到是御龙庭小区，他忍不住一愣。这不是他们那位风尚总裁住的小区吗，应该不会这么巧吧？

“又死了一个人，好可怕啊！”

“这杀人犯真是丧尽天良啊！现在已经杀了两个人了吧？其他人都只是被袭击！”

“袭击的我倒是没关注，就只关注了这次和第一次的案件，好吓人啊！听说是谋财害命！”

“我也听说了，这两个人也是可怜了。”

“这已经是变态杀人犯了吧！等他被抓住，肯定是判死刑的下场！”

“肯定的！这种人还活着干什么？杀人如麻的畜生！”

魏浩言听到佣人小声的议论，忍不住蹙了蹙眉头。

微不可察地往阳台外看了看，那道瘦弱高挑的身影已经在花园里忙碌了，仿佛除了这满园的鲜花以外，没有什么值得她关心的事情。

魏浩言看着新开出来的朱顶红，鲜艳抢眼的红色，像是在昭示着他接下来将会取得不错的业绩一般。

时装新品反响极其热烈，他现在就期待着香水板块的事情也能顺利解决。

吃完早饭，魏浩言和家里保姆是完全不一样的心情，他意气风发地开车上班去了。

背着魏浩言，两位保姆站在门口跟物业的清洁阿姨说起这件事情，显然是还没有从这冲击中反应过来。

清洁阿姨奇怪地看了她们一眼道：“我怎么听说不是一个人做的？那如果这些谣言都不是真的，人家第一个人只是不小心杀人，那不会判死刑啊。”

“呃，我看电视剧里确实说过过失杀人不会判死刑，好像还可以争取缓刑？但是这种故意杀人的狂魔不一样啊，这种人不判死刑就是危害社会！”

“没错，危害社会！”两位保姆阿姨想到看的律师电视剧，说得头头是道的，“昨天小区的社区活动你没去啊！有法律知识科普，就说了这事儿。让我们不要恐慌，晚上注意安全。”

许攸直起身子愣愣地看着门口的方向，她怎么也没想到这“香水杀人案”又闹出后续了。

放下手中的喷壶，许攸摸出手机，解锁屏幕后，就能看到壁纸上那蹲在花坛前，闭着眼凑近去嗅着花香的女孩子。

并不是很漂亮的五官，她的脾气甚至还有点急躁。她的笑容永远定格在了这一刻。

握着手机的手指一紧，许攸没有再看屏幕一眼……

再三确认黎沫今天白天会待在调香室里调香，顾亦笙被她推出了门。

“白天我不会害怕啦，你快去工作！”黎沫脸颊带着两点红晕，似乎是觉得自己像个新婚小妻子，有些不好意思了。

知道黎沫是想将注意力和恐惧转移到调香上，顾亦笙便没有多插手。从某种程度上，香气能缓解她的焦虑。

和洛安电话确认了手里现在一些项目的进程，顾亦笙却并没有去风尚集团，直接让司机开车去了直管这次案件的警察局。

从黎沫手中拿到了冷逸的联系方式，顾亦笙和他约好时间，作为第一现场目击者的“男朋友”，他需要和冷逸谈谈。

走在警局里面，顾亦笙收敛了惯有的温润气场，面无表情的时候自带冷肃的意味。事关黎沫的安危，他不得不严肃对待，倒是挺适合这里的执法氛围。

冷逸一只手搭在椅背上，一手拿着一杯黑咖啡，正对着电脑输入什么资料。

听到顾亦笙在打开的门上敲了三下，他随意点了点头，连看都没有看他一眼，“进来。”

“张思远的父母已经告诉我验尸结果了。”顾亦笙知道冷逸的处事风格，单刀直入道：“关忆雪的杯子里灭多威含量比张思远的更高，你们还把这个案子当作‘香水杀人案’来处理？”

冷逸见顾亦笙已经知道了，便也不跟他兜圈子，喝了一口苦咖啡道：“这个案子的嫌疑人还在逃，这样做只是媒体擅自主张，跟我这边没关系，倒是你这个大忙人，风尚集团的总裁，不去管你们动辄上亿的项目，跑来我们这破办公室干什么？”

“熟人作案。”顾亦笙没理会冷逸的调侃，“关忆雪醒来后有说什么吗？”

冷逸摊了摊手，无奈道：“她醒来过后情绪一直不稳定，她的心理医生来看过她好几次，我们现在一直没有接触到她，鬼知道这里面有什么隐情，我倒想问问你家那位有没有什么头绪，我听说，关忆雪是她的客户？”

“这个案子和黎沫没有关系，她住在楼上，平时和关忆雪有些交情，她为人善良，第一个发现不对劲就立刻下楼了，这是情理之中的事情。”顾亦笙自然是第一时间要为黎沫撇清嫌疑，“每层楼都有监控，我已经找物业看了当时四楼的监控，黎沫出房间的时间，和她给物管处、物业管家打电话的时间全部都能对得上，我拍了监控时间照片，你看看。”

沉声接过手机，冷逸没想到顾亦笙手脚这么快，他挑眉：“那你知道你所在的三楼，监控角度被人为砸歪了吗？”

“不知道。”顾亦笙最关心的自然是黎沫，三楼的监控他暂时还没有放在心上。

冷逸笑了。

他以为牵扯到风尚集团的香水，这位风尚的总裁最关心的应该是自己公司的香水品牌度会不会受到这些流言的影响，没想到他居然把那调香师放在首位。

拖了一把椅子过来，顾亦笙坐在冷逸对面道：“这些都是警方的职责，我这样的市民还是不要过多参与，我只想说，这案子和‘香水杀人案’完全没有关系。”

“我当然知道，凶手想让关忆雪死，没必要费尽周章在红酒里面下毒。现在推测关忆雪喝不下一杯酒，就倒了一半给自己的老公，她喝得少，幸免于难，而这个时候，凶手就藏在他们卧室的衣柜里。”冷逸的食指在桌面上轻敲着，“听说这天是他们的结婚纪念日，张思远特意在家亲自准备晚餐，没想到会碰到这种事情。”

“三楼的监控只看得到黑色的衣角，凶手对我们这栋楼的监控了如指掌，但是还不至于嚣张到走正门离开，就只能通过停车场。”顾亦笙说完这句话，就见冷逸露出了不屑的表情。

“你说的这些，我早就想到了，我想告诉你的是，停车场的监控他也完美避开了。”冷逸跷着腿靠在椅子上，一副我看你怎么继续装逼的样子。

顾亦笙冷淡道：“看来你们进展很顺利，我也不需要多此一举，把停车记录仪送过来。”

说着，顾亦笙起身就要离开了。

“你的停车记录仪是熄火还继续工作的那种？”冷逸“刷”地一下跟着站起身，态度顿时没有刚才那么拽了，“顾先生，顾总！你先别走！”

门口是等候着顾亦笙的司机，他其实只是去拿停车记录仪而已。

看到递到自己面前的口袋，冷逸知道自己被耍了。如果不是认识顾亦笙的堂哥，知道这家伙以前在国外逻辑心理学成绩逆天，他都不想搭理。

“不用浪费时间在黎沫身上，她绝对没有问题。至于其他的，我暂时也没什么眉目，她被吓到了，我现在没办法找她探听什么。”顾亦笙想到黎沫压抑着自己的情绪，装作没事人一样，又有些心疼了。

冷逸叹了叹气，无奈道：“好吧，如果她想到什么，请你马上联系我。”

“嗯。”顾亦笙离开这里后立刻打了个电话询问进度，事实上他一直都在找香水杀人案的嫌疑人。

现在嫌疑最大的是第一个被害人的男朋友徐天佑，可是这人从犯事那天开始，就像是蒸发了一样。

这只有一个可能性，就是被什么人包庇了起来，才没有到处逃窜落网。

后面陆陆续续那些不痛不痒，疑似“香水杀人案”的尾随事件，看似是给嫌疑人打掩护，实际上却是故意扩大这次事件。

这个事件扩大，对躲藏起来的嫌疑人没有太大好处，最终只对风尚的香水品牌度造成了影响。

顾亦笙在想通这一点过后，就开始查风尚相关的人。

只是顾亦笙没想到的是，晚上回去的时候，黎沫提出要去医院看关忆雪。

“她确实醒过来了，你要找她说什么？我听说她现在精神状态很不好。”顾亦笙下意识不想让黎沫再接触这件事情，太危险了，可是也没有必要把她禁锢在家里。

“有点事情想要确认一下。”黎沫白天看了不少新闻，也知道了一些事情。

不光是曜煜会在下个季度发布新品，风尚也是一样的。现在风尚的名声再次被影响了，就连不少营销号都在跟风迷信，说风尚香水品牌部风水不好。

顾亦笙垂眸对上黎沫这双毫无杂质的眼眸，低声道："现在必须要去吗？如果你看到她过后，想到害怕的事情，怎么办？"

"你不陪着我一起吗？"黎沫眨了眨眼，清亮的少女音竟让人听出一股撒娇的意味。

没想到这女孩竟然学会了卖萌，顾亦笙彻底被打败。

"我肯定会陪你去。"顾亦笙直叹气，"夜里天气凉，多穿一件外套吧。"

"好的！"黎沫就像是一个央求家长买玩具，终于得到首肯的熊孩子，几乎是蹦蹦跳跳去卧室了。

没出事的时候，黎沫连小区门都不想出。现在越是被闷在家里，她就越是有一种自己再不出门要憋死的感觉。人有时候就是这种犯贱的生物。

其实黎沫昨晚在顾亦笙过来卧室之后，就再也没有做噩梦了，美美地一觉睡到自然醒。

她很久没有这么高的睡眠质量了。睁眼那一瞬，她甚至伸直手脚，舒服地伸了个懒腰。

从来没有觉得自己的被窝这么舒服过，让她整个人都轻飘飘的，像是被粉红色的棉花包裹着睡了一晚。

瞬间决定昨天调的那瓶最甜美的香水就叫"粉色棉花糖"了。

黎沫发现，只要自己害怕的时候，想想顾亦笙怀抱的温度和好闻的气息，所有恐惧和阴霾都被驱散了。

当然这一点，她是不敢告诉这男人的。

"如果有什么问题，你就直接叫我。"顾亦笙跟关忆雪的家人说了一声，便让黎沫单独进去 VIP 病房探望关忆雪。

顾亦笙请的保镖一直跟在他们左右，在不打扰到黎沫的情况下，随时待命。

黎沫拿着水果篮走进病房的时候，关忆雪正看着微微打开的窗户。她的病床挨着窗边，一抬手就能接住随风飘落的枯叶，触手可及的绿意，对于调节心情很有帮助。

“关小姐，你还好吗？”黎沫的声音放得很轻，生怕打扰到关忆雪。

在看清楚来人是黎沫的时候，关忆雪表情一滞。在这一瞬，黎沫发现，关忆雪似乎是很不想在这个时候看到她。心中的疑虑得到了证实，黎沫一直很在意送给张萌的那瓶香水，到底是不是真的送给她的。

以为关忆雪要送客了，黎沫却见她微微一笑，抱歉道：“很不好意思，黎小姐，把你也卷入麻烦的事情里面了。”

“没事没事！”黎沫抠了抠后脑勺，尴尬得不行。

“坐下吧，不要这么拘谨。”关忆雪关心道：“二狗后面怎么样了？这狗狗总是很敏感，看到陌生人会害怕，我很担心它。”

“二狗没事，现在在物业好吃好喝供着，就等着你身体赶紧恢复，去接它呢！”黎沫的语气有故作开心的嫌疑，她根本不知道应该怎么安慰失去丈夫的关忆雪。

她去物业那里看过二狗，确实和关忆雪说的一样，这只狗狗性格小心谨慎的，都不让人随便接近，随时看到人都是警惕的模样，和狗狗喜欢人的性格完全不同，如果不是物业用笼子关着它，它可能早就逃跑了。

两人随便聊了聊，黎沫几乎都是倾听的角色。

关忆雪说起她跟张思远是在大学里认识的，这个成绩优异的学弟一开始宣布要追她，把她都吓了一跳。她以为自己不会喜欢张思远这样的男人，可是后面都在他的体贴和关心中沦陷了。

家里人嫌弃张思远穷小子出身，觉得他配不上她，后面是在关忆雪的坚持下不得已同意的。

事实证明她的眼光没错，张思远在关忆雪父亲的公司里从基层做起，到现在稳坐高层，带动公司发展扩大了不少规模。

然而这表面甜蜜虐狗的恋爱故事，却硬生生地让黎沫听出了一身冷汗。她能够看出关忆雪深深爱着张思远，就连现在提到他，她的眼里都是痴迷和深爱。

可是，黎沫是在怀疑张思远身边还有其他女人的前提听到这个故事的，她只会觉得张思远也许是个为了达到目的不择手段的男人。

他或许从始至终都只是为了关忆雪的家境，才和她在一起的。

如果……当时将她敲晕的人不是男人，是个女人……后面的事情，黎沫不敢再想下去了。

眼前再次浮现出张思远倒地不起的画面，黎沫的背后渐渐生出丝丝凉意。

“你还记得我买烧烤那天晚上吗？”关忆雪幽幽道：“不知道为什么，每次我一个人的时候，就有一种被尾随的感觉，希望警方赶紧找到凶手才是，不然我总是睡不好。”

关忆雪一口咬定是“香水杀人案”的凶手干的，黎沫也不知道应该怎么说才好。

“不过，我当时晕倒过去的时候，正好看到餐盘盖上面倒映出了什么。”

黎沫说出这句话的时候，关忆雪的眼眸蓦地瞪大，被吓到了。

知道关忆雪现在精神状态不稳定，没想到这么脆弱，黎沫连忙改口道：“可能是我看错了，当时我只顾着关心你们的情况，被吓晕了，现在想起来那画面都还是模糊的。”

她本来只是想告诉关忆雪，她会努力想起来，早点为警方提供证据，也好让她早日摆脱噩梦，她是真的心疼这个可怜的女人。

“我还以为你看到凶手的长相了，那就太可怕了。我稍微代入了一下，心脏都快承受不住。”关忆雪爱怜地看着黎沫，“黎小姐，你要注意安全啊。”

黎沫知道关忆雪是在担心她，她笑了笑，没把这件事放在心上。两人再聊了一会儿，黎沫见她面上已经有了困意，便没有再继续。

打开病房门，关忆雪的陪护走了进来，黎沫对那位守在这里的警察同志道了声辛苦了，便见顾亦笙从长椅上起身，他的视线刚才一直集中在手机屏幕上。

“怎么了？”顾亦笙看出黎沫脸色不好，连忙走到她的身边，以为她又想到什么可怕的事情了。

“没事。”黎沫如实把刚才给关忆雪说的话告诉了顾亦笙，她敲了敲脑袋，懊恼道：“真希望我说的话没有给她造成心理压力。”

“不会的。”顾亦笙眼神蓦地一沉，安慰她道：“你想不起来当时看到的画面，就不要想了，我会保护好你的。”

“嗯！谢谢顾先生！”黎沫甜甜一笑，顾亦笙说的话，总是会让她觉得很有安全感，她看了看顾亦笙请的那两位保镖先生，不好意思道：“我有点饿，能吃点夜宵吗？把他们也带上，我请客吧。”

顾亦笙一愣，点了点头，不放心地问道：“你想吃什么？”

千万别说是火锅。

一下子看穿这男人心里想什么，黎沫的唇边总算带上了一点笑意：“不吃火锅，烧烤可以吗？”

顾亦笙这样的男人，永远没办法理解为什么女孩子对烧烤串串如此喜爱。但是他情商高在不会多说一句，陪着她去就可以了。

“你应该是第一次吃这种路边小店吧？这就是网上喜欢说的‘苍

蝇馆子’，环境不如高级餐馆，但是味道未必会输。”黎沫只要谈到和美食相关的一切，眼睛就像是被点亮了一般，“我在法国的时候，好想念这些小馆子。”

旁边桌的两位保镖同志已经开始敞快地吃了起来，大口大口吃着烤腰子。

顾亦笙面上带着舒适的笑意，耐心地听黎沫说起她在法国学习时的事情，眼前冷不丁地出现了一串儿烤五花肉。

“你吃一口试试看？这家店味道还不错的。”黎沫面前一大盒，虽然她一个人能吃光，但是在顾亦笙面前，她忽然就不好意思了，“不辣的。”

孜然的香味扑鼻而来，眼前的女孩笑盈盈的，月牙般的笑眼让任何一个男人都拒绝不了。

顾亦笙就着黎沫的手咬了一口，炭烤出来的肉香味混着各种香料，肉质不会太油腻，确实让人吃一口，还想继续吃。

在顾亦笙“品味”的这段时间，黎沫见他没有反应，还以为他不喜欢，便缩回手，想都没想就把剩下的吃掉了。

头一次知道女孩子吃烧烤肉串儿的吃相可以这么可爱。就连黎沫咬着肉，手上用力抽出木签的动作，在他看来都是可爱无比的。

“你们四川血统真可怕，你说的不辣，在我这里已经是中辣的程度了。”顾亦笙很无辜地吐槽了一句。

“噗哈哈哈真的不辣呀！”黎沫眨眼间已经先把五花肉吃光了，她的原则是先把肉吃够，腻了再吃蔬菜缓缓。

葱白一样的手指捏起一串儿韭菜，让人很想啃啃她这白嫩的手指。

“你喜欢韭菜吗？”黎沫想都没想道：“我最喜欢吃烧烤的韭菜了，巨好吃！”

她微张着嘴咬下来一大截，剩下的用筷子塞进嘴里后，这才猛地想起来，吃了韭菜会不会卡在牙缝里……

她怎么一不注意就在顾亦笙面前放飞自我了。

“韭菜？喜欢啊。”顾亦笙意有所指地看着黎沫，“壮阳补肾的，你要让我吃吗？”

“……”黎沫差点喷了，咽下去也不是，吐出来也不是。

怎么一言不合就开车了！这不是去幼儿园的车，她要下车！

因为黎沫的吃相实在是太秀色可餐了，顾亦笙都跟着她，忍着辣味吃了不少。他都没想到自己会是配合对方口味的人。

打开一瓶豆奶，黎沫插上吸管递给顾亦笙道：“快喝一口吧，是不是很辣？”

“和火锅比起来好多了。”顾亦笙实诚道，他发现只要是黎沫递过来的东西，他都愿意乖乖吃掉。

比如烧烤，比如这过甜的豆奶。

“哈哈！”黎沫掩着唇角笑出声。

吃饱喝足，心情也好多了，黎沫这才说起了自己郁闷的原因。

“你是说，张思远也许还有其他女人？”顾亦笙也并没有太意外，这个圈子里，很多成功的男人都默认这是很正常的现象。

他们并没有不爱自己的老婆和孩子，只是觉得自己有着这样的身家，拘泥于一个女人，都太对不起他们了。

“可能是。”黎沫咬着吸管，闷闷道：“我之前看到他定了两瓶香水，一瓶给太太的，一瓶说是给妹妹的，骗子！我碰到过他妹妹好几次，那女孩子完全不喜欢香水。而且，那香水的定位也很不适合这个女孩呀，太成熟了！还有点……骚？”

骚？

饶是顾亦笙，都被黎沫这个词给逗笑了。

男人牵起唇角，眉眼里温柔而成熟的味道，让没有喝酒的黎沫都要看醉了。

“咳咳。”黎沫强行让气氛重新变得严肃起来，“你说这件事情会不会跟送香水的女孩有关系啊？我不是说过吗，当时嗅到了两种香水的味道。”

顾亦笙眉头微蹙：“你确定吗？”

“确定。”黎沫说起这个就糟心，“这两种香水都是曜煜的，这个系列都是出了名的，很霸道的香气。”

Ariel 系列在第三个年头时，一改最开始的少女清新风格，从宴会女王系列香水发布后，走向了多样化。

“香水的气味也是非常重要的，参加宴会时，女人们不光是要在礼服和妆容上取胜，香水也有一场暗中较劲。宴会女王系列的每一款香水都属于能迅速将其他香水的气味压下去，只让自己留下最深刻的印象。”黎沫掐了掐眉心，“关忆雪当时用的应该是限量版的乐园五号香，巧的是，另外一种香气是秘境二十四号，一个是宴会中走华丽风格的暖调，一个是神秘性感的冷调，我们这个系列的卖点就是宴会女王的竞争关系，水火不容，这两款香水碰撞在一起，那味道真是要醉了。”

说到这里，黎沫撇嘴做出一个嫌弃的表情。虽然这两个都是出自她手里的香水，但是混合在一起这么刺鼻，她还是不能忍的。

“我今天把停车记录仪交给了警方，没听他们提起说香味这回事。”顾亦笙对于这种没办法抓住实体的香气，也是没办法，即使他相信黎沫的一切说辞。

黎沫理解顾亦笙，毕竟等警察来的时候，嫌疑人已经离开了现场，那气味都散得差不多了。

“所以说，你怀疑嫌疑人是张思远的情人？”顾亦笙压低了声音询问黎沫。

“嗯，我看关忆雪好像很爱张先生的样子，我刚刚进去，她不是很想看到我，我猜想，她会不会是已经知道她的丈夫背叛了她，不想让更多人知道。”黎沫稍微代入了一下就能明白，骄傲如关忆雪这样的女人，是不会允许自己的狼狈遭遇被太多人知道。

所以，她宁愿相信这件事情和“香水杀人案”有关。

“这件事情交给我，你不用想太多。”顾亦笙伸手摸了摸黎沫的头，“你提供的证据，对警方来说很必要，你做得很好。”

在这一瞬间，黎沫在这男人面前，仿佛变成了一个小女孩。她的心情比在学校里第一次被老师表扬还要开心。

是什么时候开始，她和顾亦笙之间的氛围变成这样自然又舒服的？她依稀记得自己曾经和他相处时，还要努力找话题才不至于太尴尬。

两人一起回到黎沫的家里，天知道她的一颗少女心又要泛滥了。现实给了她一种和顾亦笙新婚般的完美幻想，最让她心动的是，顾亦笙完全恪守着底线，没有做出任何出格的事情。

这样尊重女性的绅士男人，怎么让女人不喜欢？

知道顾亦笙有事情要忙，黎沫借口自己要在调香室内多待一会儿再睡，为他也留出一些自由的空间。

平时一直被黎沫藏在角落的“春雨”，今天不知道为什么，在触手可及的地方，一眼就被她看到了。

不久前，黎沫还对着这一瓶突兀产生的香水手足无措。现在，这瓶香水所代表的人就在门外，她只需要打开门，就能看到他。用手指摩挲着玻璃瓶身，黎沫很难以形容这种心情。

特意给“春雨”换了一个简单风格的香水瓶，她在想着，自己要以怎样自然的理由，把这瓶香水送给顾亦笙。

不经意地抬眼看到窗户玻璃上反射出来的影像，黎沫快被自己这一脸“少女怀春”的表情吓到。

她怎么是这副蠢样子！拍了拍脸，让自己镇定下来，黎沫看了看时间，快要睡觉的时间了。

顾亦笙今天晚上会不会还在房间陪着她啊？

呸呸呸！老脸一红，黎沫像是喝了假酒一样，在房间里走来走去，搞得像是她有什么很不纯洁的期待一样。

思来想去，她最终假装什么都不知道一样，冲出调香室对顾亦笙匆匆道：“我先洗澡睡了。”

顾亦笙正站在阳台上举着手机打电话，他转过头时，黎沫已经迅速冲进卧室里了，就像是有狗在后面疯狂追她一样。

光顾着讲电话，他都没有听清楚黎沫刚才说的话。

“嗯，很好，继续这样做。”顾亦笙压低声音，对电话那头的人吩咐道：“就抓住这一点，如果他自首，有机会争取缓刑。另外，查一下张思远这边是怎么回事，我要知道和他关系亲密的异性是谁。”

待顾亦笙把待阅的工作流程看完，已经是凌晨了。不知道黎沫情况怎么样，顾亦笙走到门边，发现她并没有锁门。

低笑一声，他放轻了脚步走了进去。

睡得并不安稳的黎沫睁开眼看了看门口的方向，在确认坐在自己床边的人是顾亦笙过后，她翻个身，侧身朝着门边，一把抱住了顾亦笙的手。

像是小动物一样蹭了蹭男人的手，她总算舒了口气，重新闭上眼沉沉睡去。

“睡吧。”顾亦笙轻抚着黎沫的发间。

一阵风吹起纱帘，遮不住的月光倾泻而来，床上熟睡的少女像是镀上了一层圣洁的光。

眼神温柔的男人倾身，低头在她的额头落下轻吻时，女孩的唇角忽然翘了翘。

因为有你，黑暗不再令人恐惧。

……

“行车记录仪拍到的是一个女人？”顾亦笙在黎沫补录口供的时候，被冷逸叫到办公室坐了一会儿。

听到冷逸的这番话，顾亦笙并没有太多诧异，事先听到了黎沫的猜测，他心里自然有了想法。

张思远果然有了婚外情，对象叫王莹莹，在顾亦笙眼里看来，这女人除了年轻，和那一张过于妖艳的脸，没有任何值得男人倾心的要素。

要学历没学历，要涵养没涵养。唯一会的，就是不断地朝张思远索取。她想要的限量版香水、包、衣服，张思远费尽心思都要为她拿到。

女人爱美是天性，关忆雪自然也没在这方面少花钱，但是和王莹莹贪得无厌的索求比起来，理性了不少。

而往往就是这样的女人，让男人觉得比自己朝夕相处的女人好一万倍。

“这个张思远受到王莹莹的蛊惑，有转移婚内财产的嫌疑。”跟着冷逸打杂的吴正豪忍不住发表自己的意见。

把王莹莹和张思远的情况综合整理了一番，顾亦笙得知冷逸这边也对这女人进行了调查，现在这项证据显示，王莹莹的犯罪嫌疑最大。

“现在的问题在于，这女人就像是人间蒸发了一样，完全找不到蛛丝马迹。”冷逸摊了摊手，一杯黑咖啡见底。

“这都是些什么破事儿。”吴正豪崩溃，他这几天跟着他家冷逸老大，头都要想破了，“这女人被张思远金屋藏娇，大门不出二门不迈的，她在的那个小区，完全没人知道她的事情，就连她失踪这么久了，邻居都完全不知道。”

“先从她的亲属下手吧，你们查起来比较快。”顾亦笙迟疑道：“单是这样给她定罪，总觉得太容易了。”

冷逸还在沉思的时候，吴正豪被顾亦笙逗乐了，笑道：“顾总，你是不是侦探片看多了，往往事情就是这么简单，你不要想得太复杂了。”

顾亦笙无语，他按照自己的感觉道：“并不是我看不起王莹莹，我只是觉得她这样的脑子，哄哄张思远转移财产已经是极限了。”

“怎么就不可能了？王莹莹想上位，张思远犹豫不决，于是她挑着张思远结婚纪念日的时候过来，为了强行在关忆雪的面前撕破脸，但是却被阻拦。”

“气不过的王莹莹趁着张思远不注意，在他准备的那桌菜肴里动手脚，把偷偷携带的灭多威加在了关忆雪的杯子里，随即躲在衣柜里。她可以是有杀人动机，也可以是想给关忆雪一点颜色看看，谁知道剂量没控制好，还害了实际喝掉那杯酒的张思远。”

“发现饭桌上两个人都倒下了，王莹莹这才慌了。她打开门准备逃离现场，结果听到黎沫敲你的门，于是她躲起来，打晕了黎沫再避开监控逃跑。”

“怎么样，我这说得合情合理吧？也不需要费太多的脑子。”吴正豪说得头头是道，把自己都要说服了。

冷逸头疼地掐了掐太阳穴，无语道：“闭嘴吧你。”

“并不是。”顾亦笙毫不留情地给吴正豪泼冷水，“事前监控也被调整过，如果凶手没有杀人动机，不可能把这些都准备好，所以你的推理是有漏洞的。”

吴正豪一经顾亦笙提醒，立刻不甘示弱道："也有可能是王莹莹先考虑到了这些呢？"

回答他的，只有顾亦笙冷漠的表情。

与此同时，金龙区警察局，一名戴着假发的男子主动自首，称自己才是"香水杀人案"的作案人，经过这么久的心里挣扎和煎熬，他还是决定直面这可怕的结果。

自首的男子正是从魏浩言家里跑出来的园丁"小姐"许攸，"香水杀人案"中被害人王婷的男朋友徐天佑。

案发当天，徐天佑和王婷发生了口角，两人在争吵中，徐天佑失手将王婷推倒。

没想到王婷后脑勺磕在地面尖锐的凸起处，当场就再也没有站起来。

过失杀人的徐天佑不知道如何是好，迅速和朋友联系，通过层层关系找到了魏浩言身上。

为了一己私欲，魏浩言同意包庇徐天佑，并承诺会给他找一个患有精神病的替身顶替罪名过后，徐天佑决定在他家里暂时住下来。

只是徐天佑没有想到，魏浩言是真的要彻底击垮风尚香水的品牌度，明着暗着搞出不同程度的后续香水尾随事件。

就连这次他完全不认识的张思远死亡，这些人都要把屎盆子扣在他的头上，他如何能再忍气吞声下去？

因为徐天佑的落网，之前包庇徐天佑、散布谣言制造社会恐慌的魏浩言也被一并抓获。

顾亦笙在知道这件事情的时候，眉头都没有皱一下。反倒是黎沫无比的激动。

"天呐，风尚的香水部门就是因为有魏浩言和乔修韦这样的人，才会到现在还没有火起来。”黎沫白了一眼图片上的魏浩言，“一看就不是什么好人，企业的蛀虫！社会的毒瘤！”

被黎沫这宣传口号似的语气逗笑，顾亦笙低头望进她清亮的眸子里，笑道：“我觉得风尚到现在业绩还没有提升，是因为缺了你这样的调香师。”

一言不合又挖墙脚，黎沫脸一红，选择性没有听到这个问题。

“那现在只要把张思远的情人抓到，这个案子就了解了吗？”黎沫把事情想得特别乐观，“是不是觉得我鼻子太灵了，多亏我提供线索！”

拍了拍黎沫的脑袋，顾亦笙忍着笑道：“嗯，都是你的功劳。”

被他这么一说，觉得自己幼稚哭了的黎沫，顿时一句话都说不出口了。天呐，她这种三岁小孩的台词是怎么回事？真是要老命了。

怕黎沫继续提心吊胆的，顾亦笙就没有继续跟她说案件的情况了。在黎沫这里待了两天，他忽然不想结束现在这样的相处模式。

两人出来喂了猫过后顺便去物业中心看看二狗，黎沫之前听说二狗是碰瓷跟着关忆雪回家的，都没想到它是一只性格这么敏感的狗狗。

“黎小姐，你来了啊？”物业的人看着黎沫，表情里带着些许无奈，“二狗可能是想主人了，每天都不停叫，现在叫累了，它才停歇一会儿。”

“是吗？”黎沫低头就对上二狗那黑葡萄似的眼珠子，为了不让它害怕，她蹲下身子和二狗平视，温柔的声音小声道：“二狗，我来看你了，妈妈不在身边，你会害怕吗？”

在看着黎沫的时候，二狗格外乖巧，许是知道她没有攻击性，连流浪猫都能欺负她的。

“咦，奇怪了，这些小动物是通人性吗？它是不是也知道黎小姐你平时喜欢救助流浪小动物，跟我们小区的流浪猫狗关系不错啊。”物业人员都觉得神奇。

黎沫一向比较讨小动物的喜欢，她看了下，二狗的水盆都脏了，物业人员没有养宠物的经验，自然不会像爱宠人士一样精细，她小心翼翼地拿出水盆，给二狗重新换了一碗水，这爱干净的狗狗立刻舔了起来。

“二狗好乖好乖。”黎沫试探着伸手进去摸了摸二狗的头，毛质没有家养的狗狗顺滑，可以看出流浪的时候有多凄惨了，她来的时候带了两根狗狗吃的火腿肠，加在二狗的食盆里，这小家伙喝完水又开始狼吞虎咽吃了起来，吃得热泪盈眶。

“真的太神奇了，这两天它都没吃太多，我还以为这只狗食欲不好。”物业人员还在感叹，难道这狗看人的颜值吗，看到美女胃口都好起来了。

顾亦笙在一旁静静地看着黎沫，都说被小猫小狗喜爱的人，身上会带着一种特别的气息，是它们跟她玩闹时，给她打上的“标记”，这样其他的猫狗都会知道，这是一个有爱的两脚兽。

或许，善良的黎沫也是这样吧，所以这些流浪动物都会主动亲近她。

就一会儿的工夫，黎沫已经和二狗玩得很开了，她捏着袖口的蕾丝蝴蝶结逗着二狗，二狗像是扑蝴蝶一样不停跳起来想用爪子刨着玩儿。

“二狗，好玩吗？”黎沫悦耳的笑声在物业中心响起，物业人员都看得露出了长辈般的笑容。

二狗拼命摇着尾巴朝黎沫示好，她蹲下身子的一瞬间，它就扑了过来要让她抱抱！

“好啦好啦，你不要舔我了。”黎沫轻笑，二狗直接躺在地上给她翻肚皮了，这是撒娇的意思，然而在看清楚二狗的肚子时，黎沫的表情突然变了。

“这是怎么回事？”

二狗的肚子上毛很浅，腹部和侧腹深浅不一的划伤瞬间出现在众人眼前，顾亦笙看清楚的时候，立刻摸出手机给姚子安打电话。

“怎么会这样？”黎沫立刻心疼地抱起二狗，红着眼圈儿质问物业人员，“二狗受伤了！”

这伤口不是旧伤，应该就是这两天的事情，黎沫想到关忆雪家砸碎碗的声音，但是这伤口不像是二狗不小心趴在碎片上面的，而像是……人为。

“不可能啊！二狗这两天一直被关在这个笼子里，而且也没有接触很多人，它太凶了，我们除了给它食物和水，都没人靠近它的！黎小姐，我们物业是绝对不可能有虐待小动物的人的，小区这么多流浪猫流浪狗，也从来没出现过恶性虐待事件，我们这里都是有监控的，如果你们不放心可以看看监控。”物业的人委屈得不行，为他们没有及时发现二狗受伤感到愧疚。

“先把二狗送去医院，消毒包扎要紧。”顾亦笙二话不说，准备把车开出来。

“二狗，你乖，我带你去看姚医生。”黎沫才知道为什么二狗一直叫，它该有多不舒服，多害怕。

狗狗一向是人类的向日葵，遭受了多么恐怖的事情，才会让这么亲人的小家伙如此警惕和恐惧。

“伤害你的人，不可原谅。”黎沫心疼哭了，二狗像是知道她的难过一样，乖乖地趴在她怀里，任由着她抱着往外走，根本不挣扎，也没有想逃跑的意思。

坐上顾亦笙的车之后，黎沫深呼吸忍着眼泪，她不能够让自己糟糕的情绪影响到二狗，她真的快被虐待二狗的变态气死了。

到底是多心理变态，才会做出这种伤害小动物的事情！

知道黎沫在忍着不哭，顾亦笙心疼不已，他低声道：“二狗会好好的，它知道谁对它好。你很坚强，对不对，二狗？”

二狗像是知道顾亦笙在跟它说话一样，摇着尾巴，心情看着美滋滋的，黎沫只是看得更心酸。

到了医院，姚子安迅速检查了二狗的情况，气得直骂人：“这到底是哪个变态做的？败类！人渣！只有心理极度阴暗的人才会做出这种事情，这伤口就是这几天的事情，你们把这个狗狗营救出来，应该知道主人的信息吧？这种人还不去朋友圈和微博曝光？叫什么名字，地址是什么，我马上给这变态主人寄花圈！”

姚子安的话更是让顾亦笙心里的某个猜测被证实，他沉声道：“这件事情我会很快解决的。”

黎沫听得一阵心惊，二狗在送到物业中心之前，一直都在关忆雪家里，难道是张太太或者是死去的张先生做的？可是张太太在医院里还心系二狗，看着不像是会做出这种残忍事情的人。

“二狗暂时交给医院寄养，物业的人也照顾不好它，等它伤好了，我们再给它重新找主人吧。”顾亦笙直接把一切都安排好了，怕黎沫担心。

二狗已经跟护士小姐姐们打成了一片，打消炎针都不闹，还蹭着玩儿医院的逗猫棒，把护士们收养的小流浪给气坏了。

“嗯，好。”黎沫见二狗这么快就跟人亲近了，这说明它根本不是敏感怕生，之前就是害怕有人伤害它，再加上身体不舒服，才会拼命大叫。

姚子安强调道：“一定不能放过这种变态！不管是什么手段，必须严惩！”

黎沫和顾亦笙从医院走出来的时候，都还在想着姚子安的话，如果不是张先生做的，那么温柔、被张先生伤害了还依旧爱着他的张太太，会有可能吗？

顾亦笙知道黎沫很迷茫，他正想说什么，手机就响了起来。是陆尔岚的来电。

不小心看到顾亦笙屏幕上的备注，黎沫心里瞬间就不是滋味了起来。现在都已经是私人时间了，还给顾亦笙打电话。

黎沫在脑海中想了一百种趁着顾亦笙打电话，制造出响动的方法，目的就是为了让陆尔岚知道，顾亦笙现在身边有其他人。可是真的要实施了，她又觉得自己太丢脸。

“阿笙！你在哪里……你能不能来接我？”

陆尔岚的声音一改平日的冷静，浓浓的醉意和拖长了的语气，一时让顾亦笙脑补不出她是怎样的形象了。

“你喝了酒？”顾亦笙没想到陆尔岚喝了酒竟然给自己打电话，她酒品不太好，这件事情一起共事的很多人都知道，自从以前年会她喝醉失态后，再也没人敢灌她的酒，陆尔岚一向克制，也不会让自己再犯如此低级的错误。

“我让洛安过去接你。”

“不！你如果让洛安来，我都不知道自己会做什么过分的事！”陆尔岚重重地把酒杯放在桌上，烦闷道：“你就不能来看看我吗？好歹我在你手下兢兢业业工作了这么久？你就不会担心，我喝醉后被人乘人之危？”

一连串的反问让顾亦笙更是烦躁，她大老远从美国追回来，董事长叮嘱过很多次了。“尔岚就算是再精明能干，她也是个女孩子，这次跟着你回国，你一定要多照顾她，可不能让她碰到什么麻烦事。”

他讨厌麻烦，更讨厌纠缠不清的女人。工作中的陆尔岚公私分明，工作能力强，喝酒立刻就把她所有的好形象都毁了。

手机里不断传来女人的醉话，顾亦笙被她吵得不行，想到她确实对风尚有功，两家又交好，若出了什么事还真对的更麻烦了："把地址告诉我，我马上过来。"

转过身时，顾亦笙猝不及防对上黎沫这双黑白分明的眼眸，像是明镜似的，直接照进他的心底。

"你要去找谁？"

黎沫眼睛一眨不眨地看着顾亦笙，语气平淡，表情自然。

可是这空气中，就是忽然泛起了醋味。

第十三卷

Midnight Party
（午夜宴会）

No.24
Mysteries

顾亦笙自然听出来黎沫这话里的别扭，深黑的眸子里原有的烦躁顷刻间消失，漾起了点点耀眼的光泽。

“是我的助理，陆尔岚，你见过的。”顾亦笙的语气云淡风轻，仿佛他大晚上出门去找他的异性助理，并不是什么值得让人惊讶的事情。

黎沫眨了眨眼，就像是能用这个动作缓解她满肚子的酸水一样。

“哦，你是说上次来你家的那位美人啊。”黎沫虽然已经猜到了，但是听到顾亦笙亲口说出来，心里还是会不舒服。

你的助理上次还冤枉我，在你们公司那么多人面前怼我呢！这句话被黎沫吞进肚子里，她才不会说出这种跌范儿的抱怨。

顾亦笙假装没有听出黎沫这话里的不爽，他忍着笑回答道：“嗯。”

“……”真的听到顾亦笙承认陆尔岚是个大美人，黎沫的内心是崩溃的。

虽然夸她好看的人有很多，但是眼前这个男人，是自己喜欢的人，这完全不是一回事呀。

“陆小姐人长得美，还那么高挑，工作能力也很出色，真是个厉害的人啊。”黎沫每说出一句，就扎心一下，天知道她根本不想夸自己的情敌啊。

顾亦笙拿着外套和车钥匙，唇角噙着若有似无的笑意对黎沫道:“走吧，我们一起出门。”

让她也一起？这是什么意思？黎沫一时愣怔，不知道顾亦笙是怎么考虑的。

“你去接陆小姐，我跟着去不合适吧？”黎沫尴尬地笑了笑，言语之中明显把顾亦笙和陆尔岚说成一对了，“她应该只想让你一个人去，我一个人在家没事的，我已经好多了。”

顾亦笙伸手扣住黎沫的手腕儿，动作优雅中不失礼貌，根本不会让异性有任何冒犯的感觉。

“一起去吧，你一个人在家里，我不放心。”

男人的声音依旧好听到犯规的程度，尤其是他这双眼，深深望着她的时候，总让她有一种他很深情的错觉。这样的误会和脑补实在是太可怕了。

和顾亦笙一起相处的时间没好到一种不可思议的程度，让黎沫都没有时间去想其他可怕的事情。

她现在没办法想象，等这次案件结束，顾亦笙离开了，她会是怎样的寂寞。一个人的时候还没有这种明显的感觉，在体会到和他待在一起的美好时刻后，她真的有点害怕再次恢复孤身一人了。

等黎沫反应过来的时候，顾亦笙的宾利已经在路口调换了方向。

“黎沫，打开手套箱看看。”

走神的黎沫听到男人的声音，她懵逼道：“什么手套箱？”

见顾亦笙的视线落在她面前的柜子上，她连忙打开，又暴露她的见识短浅了。男人的声音低沉磁性，带着淡淡的笑意，更是让黎沫一阵手忙脚乱。

打开过后，手套箱里面居然放着一板草莓牛奶，粉嫩嫩的小包装拿着很方便。

这是把她当小孩子了？

黎沫撇了撇嘴，还是乖乖拿出一盒喝了起来，真甜，香甜的草莓味一直渗透进心里。

确认身后跟着的那辆大众是保镖的车，顾亦笙缓缓驶入主干道，开往陆尔岚所在的夜魅俱乐部。

心情难免复杂，黎沫一直望着窗外的景色，一路上都没有说什么话，只是在到达酒吧一条街附近的时候，她明显看起来比刚才焦虑了不少。

“怎么了？”顾亦笙以为黎沫看到了什么可怕的场景，言语中透露着担忧。

摇了摇头，黎沫有些不好意思道：“我从来没去过夜店……总觉得有点乱，这还是第一次来这附近。”

言下之意就是她有点紧张了。

微微挑了挑眉，顾亦笙虽然知道黎沫和普通的职业女性比起来，性子更单纯，但是他没想到她居然这么乖巧。

“额，是不是我太土了……酒吧夜店一个没去过。”黎沫尴尬地用食指挠了挠脸颊，“我爸爸以前对我门禁管得严格，搞得我现在如果九点还在外面，都莫名心慌害怕。”

“女孩子确实应该早点回家。”顾亦笙赞同地点了点头，在他看来，黎沫和公司的职场女性完全是不同的生物。

就拿陆尔岚来说，在业务和应酬中锻炼出一身好酒量，不管在什么样的场合都能Hold住，她偶尔因为压力大，去酒吧和夜店喝酒解闷，顾亦笙都不会觉得奇怪。

而坐在他身边的黎沫，身上还保持着一种青涩的少女感。从一开始在曜煜的新品发布会上见到黎沫那一刻，顾亦笙就没办法将她当作普通的角色来对待。

换作是其他公司的调香师，顾亦笙只会从商人的角度，跟她谈发展前景和薪资待遇，然而他却完全拿黎沫这女孩子没有办法。

“那你让我跟你一起来这里。”黎沫小声地抱怨了一句，如果不是顾亦笙硬拉她出来，她是绝对不会在这个点儿出门的。实在是太可怕了。

“你跟在我身边就好，不用担心。”顾亦笙说到这里，给黎沫慢慢解释道：“我跟尔岚只是普通的同事关系，或许董事长有撮合我们两人的意思，但是我并没有这方面的想法，我只是单纯认可她的工作能力而已。”

没想到顾亦笙竟然给自己解释这个，黎沫脸一红，抓着安全带的手不自觉地一紧。说得就像是，他不想让她误会一般。

“陆小姐很好，工作能力比我强多了，为人处世也很圆滑，还比我高，比我成熟……”

黎沫差一点就说出“比我漂亮”这种话了，她都不知道自己是哪根筋搭错了，竟然在顾亦笙面前对比她和陆尔岚。

“黎沫，你不用拿自己跟她比较。”顾亦笙靠边停好车，单手支在方向盘上，深邃的眼眸望进了黎沫慌忙无措的眼中，“在我看来，你比她好一万倍。”

黎沫一时间忘记了所有的语言。在顾亦笙的注视下，她所有的羞涩和心虚尽显无遗。

她把刚才那番话说给顾亦笙听，确实只是想要听听他的回答，可是现在他真的说出了自己期待以上的话语，她却不敢直接面对了。

心脏快要从嗓子眼跳出来了，黎沫双手抓着安全带，无意识地折磨着这可怜的带子。

顾亦笙正要说什么，就听窗户上传来了礼貌的敲击声。

“先生，停车吗？七块钱一个小时。”车位管理员冲着顾亦笙露出一个标准的微笑。

车内暧昧的粉红氛围被打断，黎沫说不清楚自己心里是什么样的感觉。在她的妄想中，她刚才都能听到顾亦笙对自己的告白了……

好吧，她最近在陷入单恋后，内心世界越来越可怕了。

“麻烦了。”顾亦笙无奈地笑了笑，降下车窗，从管理员手里接过一张停车卡，再次转头面对黎沫时，他也没了想继续刚才那个话题的心情，“我们进去吧。”

黎沫拘谨地点了点头。像个从未晚归的学生一样，黎沫紧紧地跟在顾亦笙的身后，生怕一个不注意，就跟他分开了。

酒吧一条街霓虹灯闪耀，节奏感强烈的音乐倾泻而出，还没有走进夜魅俱乐部，黎沫就听到吵吵嚷嚷的声音，让喜欢安静的她蹙起了眉头。

“里面人多，我拉着你，免得走散了。”顾亦笙抓住黎沫的手腕儿，细心地没有接触到她的皮肤而是直接贴着她的袖口。

“嗯，好。”黎沫乖乖地点了点头，真的走到夜店门口了，她再怎么别扭，都不得不怂了起来。

忽然暗下来的视野，让黎沫的瞳孔不得不去习惯。脚下不小心踢到一个酒瓶子，黎沫踉跄了一下，朝着前面的顾亦笙扑了过去。

“小心。”顾亦笙侧身就揽着黎沫的腰把她扶了起来。

“啊，不好意思！”黎沫脸涨得通红，她尴尬地把掉落下来的长发拨到耳后，却发现顾亦笙拉着她的姿势变成了十指相扣。

心脏不受控制地乱跳，黎沫都不知道自己的注意力应该放在哪里了。

舞池里扭动的身躯和眼花缭乱的灯光效果已经不是能够困扰她的因素了，周围的杂声潮水般退去，黎沫所有的感官都集中在了被顾亦笙握着的手上。

“你跟紧我，这里太吵，我怕听不到你的声音。”顾亦笙低着头凑近黎沫的耳边道。

“嗯，好！”黎沫稍微提高了声音，仰着脖子回应他。

不知道是不是黎沫的错觉，她总觉得顾亦笙唇角的笑容比刚才进来时还要灿烂。

和周围人夸张的夜店打扮比起来，一身舒适白色连衣裙的黎沫就像是一个异类，和这里的气氛格格不入。

不少人都注意到了黎沫，甚至还有男人朝着她举起了酒杯。被这些粘腻的视线吓到，黎沫连忙贴在顾亦笙身边，恨不得抱着他的胳膊了。

笑容渐渐扩大，顾亦笙直接长臂一伸，男友力十足地将黎沫揽入怀中。

“啊……”黎沫因为紧张，小声地惊呼，可是顾亦笙就像是没听到一般，没有任何反应。

身姿纤细的女孩被他揽在怀里，更显娇弱，顾亦笙心里满是怜惜。带她过来，确实是他动了小心思，但是看到她受到惊吓，他还是后悔了。

因为顾亦笙占有欲十足的动作，不少想来搭讪黎沫的男人都悻悻而退。

“会害怕吗？”顾亦笙沉声询问黎沫。

“嗯？”黎沫抬眼就对上顾亦笙担忧的眼神，即使是在这样昏暗的环境中，他这双黑亮的眸子却还是依旧耀眼，“我没事的，又不是去鬼屋。”

黎沫为了打消顾亦笙的担心，开了个小玩笑。她并不是娇滴滴的小女生，在这种环境确实会不习惯，但是还不至于“嘤嘤嘤”地躲在别人身后。

握着黎沫的肩头紧了紧，顾亦笙带着她找了一圈儿，都没有看到陆尔岚的身影。手机上没有显示任何陆尔岚的消息和电话，顾亦笙眉头紧蹙，不知道她想要做什么。

“怎么了？”黎沫悄悄打量着四周，莫名觉得舞池里面的人好放得开，她纯属舞痴，根本不会跳舞。

“没事。”顾亦笙再次用视线在周围寻找，就在他准备先把黎沫带出去的时候，就看到吧台旁边的舞台上忽然出现了一道身影。

这道熟悉的身影将外套脱掉扔在地上，露出了里面的贴身马甲和皮裙，慵懒地坐在高脚凳上，陆尔岚拿起了话筒。

顾亦笙眼神一沉，他不知道陆尔岚是在发什么疯，平时的她不是这样的处事风格。

顺着顾亦笙的视线看过去，黎沫在看到那身材火辣的御姐时，下意识地想要举起手捂住顾亦笙的眼睛。

陆尔岚的装扮并不是太过火，只是这贴身的打扮将她所有的曲线勾勒得淋漓尽致，再加上她微醺的醉态，舞台下的男人们一下子就沸腾了。

“如果愿望可以实现，我希望你能看到默默无言的我，我对你的爱，为什么你还是不明白？这世上没有一个人，会比我更爱你……”

沙哑的嗓音带着不尽的魅惑，痴痴的情愫更是让人着迷，不少人都沉醉在陆尔岚这首充满爱意的歌声中。

“这不是陆小姐吗？”黎沫说着，抬头看顾亦笙的表情，却发现他脸色平静，没有任何反应。

，在看到顾亦笙那一瞬间，陆尔岚的歌声更加悲切，仿佛要把一切都化作这歌声，让他知道她的情意。像是要把工作和私人的所有压力都释放出来一般，陆尔岚已经感觉不到其他男人看她灼热的视线了，她只希望被顾亦笙关注。

顾亦笙没有回答黎沫的问题，反问道：“会不会太吵了？”

“呃，确实有一点。”黎沫被这些男人的口哨声和起哄声吵得头疼，她不太适应夜店的风格，尤其是陆尔岚一曲结束，开始唱一首撩人的性感舞曲时，周围的声音更是嘈杂。

“你的爱是火，我的心是火，爱情就是火，我们就是火，我已经爱上你！别叫我停下来！”

陆尔岚借着酒意，在这强烈的音乐中唱嗨了，周围捧场的人更是让她彻底放开，跟随鼓点摇晃着身体。

明明没有过火的动作，黎沫都看得一阵脸热，她还未做出伸手捂住耳朵的动作，脸侧便贴上了一双温热的大掌。

“现在好一点了吗？”顾亦笙倾身和黎沫拉近距离，“抱歉，因为我的关系，让你这么困扰。”

全世界只剩下自己扑通扑通的心跳声，黎沫愣愣地看着男人这放大的英俊五官，双方的气息都快交缠在一起了。

不远处有好几道身影贴在一起，忘我地接吻，黎沫忽然就脸热了起来。

他的手贴在她的脸上，应该已经知道她害羞紧张的事实了吧？这么想着，脸上的热度更是持久不下。

必须说点什么来缓解这暧昧的气氛，黎沫摇摇头表示自己没有不高兴，“我真的没事的，你不用太担心，倒是你准备什么时候把陆小姐带走啊？”

“等她唱完吧。”顾亦笙满眼无奈，完全拿发酒疯的陆尔岚没有办法。

毕竟是共事了这么久的同事，顾亦笙不可能放任这样的陆尔岚自己在这里，如果经历了什么糟心的事情，他心里也会过意不去。

黎沫乖乖点了点头，忍不住偷偷羡慕陆尔岚，身材好辣，唱歌真棒。

不等这首节奏强有力的音乐结束，守在舞台旁边的男人就蠢蠢欲动了起来，甚至还有人奋力地往上伸着手，想要趁机占陆尔岚便宜。

眼见着一个男人要摸上陆尔岚的腿时，他的手被她狠狠打掉。

“不要随便碰我！”陆尔岚抬手把长发撩到脑后，冷艳高傲的眼神更是激起男人的征服欲。

“你这女人！敬酒不吃吃罚酒！”被陆尔岚打了手的男人顿时就怒了，他伸手就要把她拽下来。

看不下去的顾亦笙牵着黎沫上前，对陆尔岚道：“尔岚，你醉了，先回家吧。”

“阿笙！”陆尔岚冷艳的眸子在看到顾亦笙时，瞬间变得欣喜了起来。然而下一秒，她发现静静站在顾亦笙身后的黎沫了。

“她怎么跟你在一起？”陆尔岚眼里是毫不掩饰的嫉妒，她完全没想到，竟然会在这种时候看到黎沫。

顾亦笙没有回答陆尔岚这个毫无意义的问题，他重复了一遍道：“你醉了，快回去，明天还有工作。”

“哈哈哈，工作！工作？”陆尔岚扒着头发，崩溃地笑道：“凭什么我每天兢兢业业为你卖命，你就在家陪着这女人？你是不是因为她，这几天才不在公司？”

夜店魅惑戏一下子切换成狗血剧，黎沫还是这其中的枪把子，她的心情瞬间很是复杂。

“尔岚，这是我的私事，我不认为需要一一向你汇报。”顾亦笙眉宇间染上冷意，“如果你执意胡闹，我只能请人把你带出去了。”

很少看到顾亦笙对自己如此强势的一面，陆尔岚愣在原地，表情满是失落和受伤。

黎沫想说点什么，都被周围不正经的男人给打断了。

“喂！这位帅哥，你不厚道啊！你怀里抱着一个小美女，你还要跟我们抢台上这个美人？”

“我怎么觉得这小美女比舞台上这个好看许多啊！小美女，你叫什么名字？我们交个朋友啊。”

“对啊，你要是想把这美人带走，把你身边这个清纯的小美女留下啊，不然我们多没意思。”

小美女……

头一次被叫得如此年轻，居然还是在这种环境下，黎沫不知道自己该哭还是该笑。

刚才还不动声色的顾亦笙听到这些人对黎沫的调戏，脸色顿时冷了下来，“她是我的人，请不要随便开玩笑。”

“……”黎沫呆呆地看着顾亦笙，她以为自己被这夜店的噪音吵聋了，才会出现这样的幻听。

陆尔岚听得一清二楚，她的脸唰地一下白了。就算是为了维护谁，顾亦笙也不可能说出这样的话。他这样说了，就说明黎沫对他来说，很重要。

陆尔岚彻底崩溃了，那她怎么办？

“你这家伙倒是开不起玩笑，怎么，老子就是要，你拿我怎么办？小美女，过来我这边！”

一个不信邪的黄发男人邪笑着朝着黎沫这里走来，伸手就想碰她。

然而这手还没有靠近黎沫，便被顾亦笙轻松地扣住，直接迫使他转了一圈儿，手被折在背后！

“啊啊啊痛痛痛，我开玩笑的，我开玩笑的！快放开我！”

顾亦笙简单的一个动作就让其他不怀好意的人收起了不轨之心。他们都纳闷了，怎么刚才把这男人看成了斯文好欺负的角色？

把这男人推到一边，顾亦笙沉声对陆尔岚道：“尔岚，还不下来？”

被男人冷得彻骨的眼神看得心里一惊，酒意也醒了一大半，陆尔岚弯腰捡起她的外套，悻悻地朝着台下走了过来。

“我现在找人开车送你回去，你不要再胡闹了。”顾亦笙越是平静，周身的气场越是冷漠。

知道自己这次彻底惹恼顾亦笙了，陆尔岚后悔的同时又有点不甘心。下来过后，她更是能清楚地看到顾亦笙对黎沫的维护。就像是担心有谁把她抢走了一样，这瞬间让陆尔岚心里负面情绪狂涌。

就在这时，不远处酒瓶子砸碎的声音响了起来。

“啊！怎么回事！！”

“快离他们远一点！”

黎沫被这刺耳的危险声响吓得一激灵，转过头去看时，只见一个头破血流的男人躺在地上。

这画面瞬间刺激着她去想案发当天她看到的可怕场景，黎沫周身的血液仿佛倒流了。

发生口角的两方还在激烈的争吵，隐约有了要动手的趋势。同样被吓到的人群开始骚动了起来，原本在这拥挤嘈杂的空气中就没什么逃生的空间，受到阻碍就推开，是人类求生的本性。

不知道被谁推了一把，黎沫竟然一下子被推挤的人群推着，离开了顾亦笙的身边！

“顾先生！”黎沫在这一瞬，慌得变了脸色，惊恐的眼神像是一只受了惊吓的小白兔。

顾亦笙第一时间就要往黎沫身边靠近，却不料在他身后的陆尔岚忽然拉了他一把。

“放开！”顾亦笙顾不上其他的人和事，眼里只看得到黎沫。

陆尔岚双手抱着顾亦笙的手臂不让他离开，“她只是跟你分开一瞬间，你都紧张成这样吗？她到底有哪里好？”

“哪里都比你好。”

顾亦笙眼里泛着明显的怒意，他大力拨开陆尔岚的手，朝着人多的地方挤过去。忽然觉得自己像是电视剧里面被迫和亲人分开的可怜女主一样，黎沫失笑，在一开始的害怕过后，迅速冷静了下来。

尤其是当她发现顾亦笙看着自己的眼神中满满的担忧，她的心情更是甜到冒泡。不管怎么说，知道他关心自己，这个事实就足够她开心好几天了。

“我没事的，等人散开我就……”黎沫正抬手对奋力挤过来的顾亦笙招手，让他不用担心。

就在这时，黎沫的腰部忽然被什么尖锐锋利的东西抵住了。

“嘘，如果还想活命的话，就乖乖的，不要挣扎不要说话。”

“否则，我不知道我手里的刀会怎么样。”

男人低哑猥琐的声音从身后传来，瞬间让黎沫的背都跟着凉了起来。可怕的话不停从这男人嘴里说出来，从未经历过的恐惧和害怕涌上心头。她想到当时那杀人凶手也是这样偷偷从她的背后靠近，整个人都不好了。

毫不知情的顾亦笙还忙着靠近，黎沫看着他认真的动作和眼神，鼻子一红，差一点就要哭出来了。

她活了这么多年，第一次被人用刀尖指着，而且还是不要命的人。将眼里的情绪掩饰得很好，黎沫完全听从身后这人的指示。

“告诉他，你没事，你先挤出人群去一边等他。”

男人干瘪的嗓音中带着几分狠意，似乎是嫌弃黎沫的反应太慢了，他刀尖用力，便在她的腰间产生了极大的威胁度。

“好好，我现在就说。”黎沫快被吓哭了，她还要忍着恐惧，对顾亦笙和和气气道：“我没事！我先在那边等你！”

说完，也不管顾亦笙同意不同意，黎沫就被身后这完美隐匿在人群中的男人逼着往外走。

不行，她绝对不能被他这样牵着鼻子走，谁知道到了人少的地方，她会发生什么事情？

“先生，你是不是找错人了，我跟你无冤无仇的，”黎沫在这个时候反应灵敏得可怕，她不能坐以待毙。

“问这么多干什么？”男人似乎很反感黎沫的话多，他恐吓道：“你是想让我在这里先捅你一刀？”

“……”黎沫当即噤声，吓得嘴巴都紧闭了起来。

她被茫然地带离这拥挤的中心，和顾亦笙距离越来越远了。不敢去想一会儿自己会受到怎样的对待，黎沫生怕腰间抵着的这把匕首就这么不长眼地捅进她的身体里了。

用眼神搜索着顾亦笙，黎沫心都凉了一截。她都找不到顾亦笙了……

男人带着她去往的方向正好是一处安全通道，黎沫自然不会真的听他的，被带走她就完蛋了。

再面瘫，黎沫的表情都不得不丰富了起来，她瞪着眼，不停地用眼神发出求救信号！

无奈旁边的人都急着自己从这骚动中脱身，哪里能够帮得了黎沫？

“休想跟我耍花招！”男人毫不客气地用刀柄在黎沫背上一敲，吓得她差一点就腿软跪倒在地！

深吸了一口气，黎沫都不知道自己是得罪谁了，要这样恐吓她。就在她不断朝着边缘移动时，角落里忽然伸出一双大手，用力拽着她的手臂，往外使劲一拉！

身后拽着她的男人见她有了逃脱的趋势，上前正欲行凶，就被人给挡了回来。

“啊——”黎沫像是悲鸣的小动物一般，吓得尖叫，还以为碰到身后这恐怖分子的同伙了，绝望使她眼圈儿一红。

“别怕，是我。”

顾亦笙一把将黎沫抱了个满怀，转头就吩咐伺机等待的保镖道：“把他抓起来！”

不等保镖们上前，这男人似乎是知道没戏了，转身就想迅速逃走，却因保镖人数多，很快就被压制住。

陆尔岚马后炮地走过来，就看到顾亦笙抱着黎沫，她羡慕得脸都红了。曾经她喝醉酒的时候，想借着酒劲靠近顾亦笙，都被他铁壁防御似的，推给了洛安。

她拼死拼活努力工作，应酬也主动帮他挡酒，到头来，她什么都没有，而她最期望的怀抱，他却轻易给了另外一个女孩子。

眼尖的陆尔岚发现顾亦笙放在身侧的手正在往下滴血，她惊吓道：“阿笙，你的手流血了！”

“什么？”黎沫顾不上自己的恐惧和害怕，她稍微推开了顾亦笙的怀抱，侧头想去看他手上的伤势。

“你是为了保护黎小姐吗？”陆尔岚说这话时，眼神一直看着黎沫，仿佛是她的责任，害得顾亦笙受伤一般，“你每次都是这样不顾自己，我先送你去医院！”

说着，陆尔岚就要撇开黎沫，拉着顾亦笙往外走。

后退一步避开陆尔岚，顾亦笙拧眉，不悦道：“尔岚，这里不关你的事，你不要试探我的底线。”

陆尔岚心里咯噔一声，难道他刚才看出来了吗？她确实发现黎沫有些不对劲，但是她没想到会有人袭击她，她只是私心不想要顾亦笙离开她，去另外一个女人身边而已，这都有错吗？

察觉到这两人之间微妙的氛围，黎沫下意识地想要躲开，却被顾亦笙拉住手。

“黎沫，别再从我身边跑开，乖。”顾亦笙像是安抚小姑娘一样，哄着黎沫，语气温柔得不可思议。

黎沫脸一红，她想说自己在这里会不会太尴尬，毕竟陆尔岚瞪着她的眼神看起来，眼珠子都要掉下来了一样。

心里嫉妒得要命，陆尔岚执意等待顾亦笙的回应。再次转眼看向她的男人，眼里完全没有对着黎沫的宠溺，被一层漠然掩饰得严严实实。

“尔岚，不要让自己太难看，这是我最后一次容忍你的任性，董事长那边我也会明确告诉他。”顾亦笙点到为止，刚才陆尔岚的无理举动已经让他忍无可忍了，如果不是他反应及时，现在受伤的多半就是黎沫了。

“感情不是单方面的事情，是双方的，我已经有了喜欢的人，所以，下次你不要再给我打电话了，私人时间也不要来我家里，我怕我喜欢的人不高兴。”

顾亦笙一连串的告白让陆尔岚面如土色，骄傲如她，被这绝情的男人伤得体无完肤。

黎沫的心情也好不到哪里去，她脑海中一串问号。顾先生有喜欢的人了？有喜欢的人，为什么还拉着她的手，还这样陪着她？

心里有一个答案呼之欲出，可是黎沫不敢相信，这种甜蜜的结果太玄幻了。

顾亦笙知道自己已经说到位了，便不再跟陆尔岚浪费时间，过多的关心，只会让对方更加放不下而已。

被男人拉着往外走，黎沫转头想要看陆尔岚一眼，都被他拉了回来。

“有人送她回去的，你现在难道不应该关心关心我的手吗？”顾亦笙伸手在黎沫眼前一晃，吓得她差点腿软。

男人的手心被划破了一大条口子，应该是刚才为了保护她，直接用手接下了那歹徒的一刀。虽然伤口已经迅速结痂了，但是看着仍旧触目惊心。

看黎沫要哭不哭的可怜样子，顾亦笙又心软了，他拍拍她的肩头，反过来安慰道：“我没事的，伤口不深，只是看着可怕，去医院消毒包扎一下就可以了。”

他刚刚一定是疯了，才会想着让她多心疼心疼自己，结果把人给吓到，心疼的反倒是他。

“真的吗？”黎沫这一晚上心情大起大落的，现在已经心累死了。

“真的没事了。”顾亦笙执意让黎沫坐在副驾驶，他自己开车去医院，为了证明自己没事，他还在她眼前活动了一下受伤的手。

“啊！你别乱动了！”黎沫扑棱着双手就去把顾亦笙的手给抓了下来，像是捧着易碎品一样，小心翼翼地轻抚着他手心没有受伤的地方。

酥酥麻麻的触感从手心传来，顾亦笙喉头滚动，眼神不自觉地暗了下来。

气氛刚刚好，也没有破坏氛围的人来，顾亦笙压低了声音，笑着问黎沫道：“我今晚说的话，你都听到了，你考虑得怎么样了？”

什么考虑得怎么样？

黎沫双手还捧着顾亦笙的手，她一脸茫然地抬起头，干净的小脸上满是不解。

因着这抬头的动作，女孩脸侧的乱发胡乱地散开，凌乱中多了几分俏皮的意味。

顾亦笙失笑，最近围绕着案件各种事情，人生第一次告白，他原本想挑个浪漫的时机，无奈总是被干扰，一直被搁置了。

只是，他不管怎么暗示，这个迟钝的女孩子都听不懂，索性挑明了说。

“我喜欢的人，不管我怎么明示暗示，她都听不懂我的告白，你说怎么办？”

黎沫的脸没出息地红透了，她手一抖，就要放开顾亦笙，却被早就猜到的男人重新拉住了。

温暖的大掌覆在她的手背上，不给她逃离和退缩的机会。

“什么怎么办……”黎沫缩了缩脖子，不敢去看顾亦笙的眼睛。

“黎沫，给我一个机会，让我继续照顾你，好吗？”

和对外人说的时候不一样，男人的告白里没有任何的强势和霸道，甚至还带了点商量的意味。

他没有说“我喜欢你”、“当我女朋友吧”，而是说想要照顾她。

想到这阵子和顾亦笙在一起的点点滴滴，黎沫眼圈儿莫名一热，他确实很照顾自己。

单身的时候，黎沫看电视剧里男主角肉麻的告白，她都在想，如果她是女主角，估计鸡皮疙瘩掉一地了。

她人生第一次接受的告白，没想到是这样温暖的一句话。

[如果遇到一个愿意照顾你的男人，就嫁了吧。]

想到妈妈经常对自己念叨的，黎沫红着眼圈儿对上顾亦笙深情的眼眸，郑重地点了点头。

男人深邃的眼里像是有星辰大海，吸引着她想要无限靠近。温柔的轻吻落在唇瓣上，黎沫微微颤抖着睫毛，闭着眼回应着他。

不带任何情欲的亲吻彻底安抚了她这一晚的负面情绪，好像只要有他在，什么都不用害怕一般。

她也有男朋友了，愿意保护和照顾她的男朋友。

黎沫都不知道自己的手臂是什么时候环上顾亦笙的脖颈的，每次跟他靠近，她就不敢多看他的脸一眼，还没出息地心脏狂跳。

忽然想到什么，黎沫郁闷地用额头抵在顾亦笙的胸膛，闷闷道："我好早之前就喜欢你了，谁让你这么晚才喜欢我。"

顾亦笙挑眉，他好笑地用手指挑着黎沫的下巴，让这羞涩的女孩抬起头，"什么时候？说出来，我们比比？"

"幼稚！"黎沫被顾亦笙逗笑，嘴里这样说着，她却忍不住认真想了起来，"应该是上次掉进游泳池的时候？"

男人握着方向盘的手不自觉地一紧，表情有点一言难尽。

"怎么了？伤口痛吗？"黎沫凑近顾亦笙，心疼道："要不你还是停下来，我来开车吧？"

在挑明了心思之后，她的担心和心疼都可以毫无保留地表达出来了。

"不是。"顾亦笙自嘲道："我自认能够看懂你的微表情，没想到却猜错了你的心意，我们第一次见面，我就忘不了你了。"

"……"黎沫张了张口，脸都硬生生憋红了。

她还是头一次被男人这样直接说，对她念念不忘的。这句话是这么动听的话吗？

没想到顾亦笙竟然在第一次见面就对自己有好感了，黎沫害羞地用食指挠了挠脸颊，因为他的喜欢和青睐，让她觉得好高兴。

比自己调出来的香水得到认可还要激动。

“不过之前我也没办法向你表明心意。”顾亦笙似笑非笑地看着黎沫，“不然你会以为，我是为了挖你到风尚才这样做。”

黎沫想要否认，但是一对上男人明镜似的眸子，她就说不出话了。好吧，她好像确实容易误会。

两人就像是相处了很久的情侣一般，气氛自然而甜蜜，和他们之前的相处模式差不多。

这种舒服的感觉，让黎沫很是受用。

顾亦笙的手机在这个时候忽然想了起来，他直接摸出来，让黎沫接听。这是女朋友的特权吗？

黎沫眼里一闪即逝的羞赧，在看到屏幕上显示的“冷逸”二字时，她愣了愣，打开了扬声器。

“冷警官，人送到了？”顾亦笙知道冷逸的来意，简单明了地挑明了。

“嗯，嘴巴很紧，暂时什么都不愿意透露。”冷逸话语中充满着兴奋，一点都没有头疼的感觉，越是棘手的人，他越是喜欢找出他的漏洞，“不过我们找到了王莹莹的父亲，她的父亲欠了很多赌债，经常找她要钱，你猜我打听到什么了？”

“等等，调香师小姐是不是在你身边？”

“在。”顾亦笙失笑。

“王莹莹的父亲告诉我们，她怀孕了。”

黎沫刚才还听得一头雾水的，听到这里，她奇怪道：“咦，不可能啊？”

“什么不可能？”冷逸就觉得黎沫这里能挖到一些消息，毕竟王莹莹也和她算是有间接的联系。

“是这样的，事发当天，我闻到了浓香水的气味，一般来说，我们都不建议孕妇喷香水，毕竟含有化学成分，麝香对胎儿的负面影响一般传得很离谱，尽管我们现在用人工麝香代替了天然麝香，但是也不能排除对人体的副作用。尤其是这一款秘境 24 号，檀香味的沉香醇有可能影响到孕妇的情绪，浓厚的味道也是很多孕期客户不喜欢的，闻着容易反胃。”

第十四卷

Amour
（当爱来临时）

No.24
Mysteries

黎沫这番话说出来过后，电话那头的冷逸直接没了声音。

她茫然地看着顾亦笙，发现男人挑了挑眉，眼神很冷。半晌，电话那头的冷逸无奈地叹了叹气。

“果然是这样啊……”

“怎么了？”黎沫还没有想清楚是怎么回事，她迷惑道:“不好意思，是因为我刚才说得太复杂了吗？”

“没有没有，黎小姐帮了大忙，你们先去医院，我马上就跟着过来。”冷逸说完，便匆匆忙忙的挂掉了电话。

黎沫觉得自己一定是理解能力有问题，不然她怎么听不懂他们说的话呢？

“你告诉了冷警官我们要去哪个医院吗？”黎沫傻乎乎地抓住了一个奇怪的重点。

顾亦笙被黎沫这难得呆萌的模样逗笑，他摇摇头，眼里满是笑意。

“你没告诉他，他知道？”黎沫又懵逼了，回答她的，是男人肯定地点头。

“……”黎沫觉得自己不能够脑补太多了，毕竟她这才刚刚和顾亦笙确认心意在一起。

可是这莫名嗅到一股奸情的感觉，是怎么回事？一路上顾亦笙都故意卖着关子，让黎沫心里跟小猫抓似的，根本就停不下好奇心。

“一会儿就给你说。”顾亦笙忍着笑意，越是逗她，越能发现她可爱的一面。从来不知道，女孩子是这么可爱的生物。

黎沫发现顾亦笙的恶趣味过后，也就不再中套了，她怎么忘记这男人腹黑的属性了。

到达医院的时候，黎沫看到这熟悉的环境，愣怔道：“怎么来这里了？”

如果她没有记错的话，第四人民医院离御龙庭确实很近，可是从酒吧一条街过来，并不是最近的医院。

“方便一会儿回家。”顾亦笙随口说了一个借口，便拉着黎沫的手往门诊部走。

刚才在酒吧一条街，整体都是昏暗的氛围，被顾亦笙拉着，黎沫还不觉得有什么。现在走进光线敞亮的医院，她忽然就有些不好意思了。

“你别拉着我啦。”黎沫跟在顾亦笙的身边，小声地对他说，“这里好多人看着呢！”

抓着黎沫的手并没有放开的意思，顾亦笙轻笑道：“我牵着我的女朋友有什么不对？让他们说去吧。”

“你。”黎沫闹了个大红脸，她才不像这男人这么脸皮厚。

“如果你实在介意，就当作我受伤了，需要你拉着手才能站起来吧。”顾亦笙唇角一勾，倾身在她耳边低语：“或者需要你亲亲才起来？”

低沉动听的男声沙哑磁性，近距离在耳边漾开，让黎沫耳根都染上了绯红色。

“你讨厌！”黎沫拍了顾亦笙一把，恼羞成怒地把他的脑袋推开。

顾亦笙依旧是温柔的笑，还是第一次被人说讨厌，还这么开心的。

两人本来就是俊男靓女组合，身材比例和气质又跟演员明星似的，自然引来不少人侧目。

高颜值的情侣组合永远都是大家羡慕嫉妒恨的对象。

顾亦笙很会把握逗黎沫的度，总是见好就收，让她有气都发不出来，只能叮嘱门诊部的护士给这男人处理伤口的时候，千万不要留情。

“你干脆在我伤口撒点盐吧。”顾亦笙坐在椅子上任由着护士包扎，伸手一揽，便让弯着腰的黎沫一下子朝着他的方向撞了过来。

脸颊被男人趁机亲了一口，黎沫红着脸作势要打人。

“哎呀……你们真是太虐狗了！”护士小姐眼里透露着羡慕，她也好想拥有顾亦笙这么帅气迷人的男朋友。

意识到自己不管做什么，在别人眼里都有打情骂俏的嫌疑，黎沫尴尬地站在一边，坚决和顾亦笙保持距离。

处理好伤口过后，顾亦笙却没有直接离开的意思，带着黎沫往住院部走。

“我们这是去哪里？”黎沫和顾亦笙十指相扣，已经习惯了这件事情。

“去看看关忆雪。”顾亦笙摸了摸黎沫的脑袋，“你不是好奇吗？马上就知道了。”

“……”

黎沫觉得自己跟顾亦笙一比，真的是智商欠费了，她实在是捉摸不透这是怎么回事。

两人来到关忆雪所在的病房楼层时，打开电梯门，就见冷逸和他的小跟班吴正豪正站在垃圾桶边，不知道在讨论些什么。

“来了？”冷逸笑着对顾亦笙点点头，伸手指了指VIP病房的方向，“你们先进去吧，我在这里等。”

“可以。”

察觉到吴正豪落在黎沫身上的惊艳视线，顾亦笙挑了挑眉，抬手揽着一头雾水的黎沫迅速走了过去。

一眼就发现顾亦笙和黎沫之间的相处氛围比之前更亲密了不少，冷逸好笑地对吴正豪道：“小吴，你就别看了，人家正甜蜜着呢，你没有机会的。”

吴正豪一脸苦逼道：“我也是这么觉得的。”

“从关忆雪这边下手是一个突破口，我们搜查的范围就围绕着和她相关的地点就是了。”冷逸伸了个懒腰，眼下是深深的阴影，“最头疼的两个案子结了，我就可以轻松一阵了。”

“放心吧老大，快了！”吴正豪信心十足地拍着胸口，“我们先等顾总的结果。”

这次顾亦笙没有单独让黎沫去见关忆雪，而是牢牢地跟在她身边。

“关小姐，我又来打扰你了。”黎沫不好意思地跟关忆雪打了个招呼，毕竟她这次什么慰问品都没有带。

关忆雪的精神依旧没有任何起色，素颜的她，让黎沫想不起来之前那个光彩照人的贵太太形象了。

在看到顾亦笙揽着黎沫走进来时，关忆雪先是一愣，随即笑道："恭喜顾总，总算把黎小姐追到手了。"

顾亦笙也随之一笑，宠溺又无奈："没办法，她就是太迟钝。"

"……"黎沫没想到连关忆雪都看出来了，她真是无话可说。

注意到顾亦笙手上动作的别扭，关忆雪意外道："顾总怎么受伤了？"

"黎沫跟我出去的时候，被人袭击，还好她没事。"顾亦笙脸上满是庆幸的表情，他自己受伤根本不算什么。

黎沫没想到顾亦笙连这些事情都全部告诉关忆雪，她以为他们关系很一般。

"真是太可怕了。"关忆雪像是身临其境一样，脸色跟着难看了起来，她看着黎沫的眼里带着几分歉疚，"我家的事情给黎小姐造成了这么多困扰，实在是很抱歉。"

黎沫连忙摆摆手，想要靠近关忆雪的时候，却发现顾亦笙揽着她的手臂没有丝毫放松的意思。她无奈地看了男人一眼，后者却只是笑笑。

对这个连女人的醋都吃的男人无语了，黎沫对关忆雪道："我没事的，关小姐你不用自责，等警方把那犯罪嫌疑人捉拿归案，给你们一个交代！"

再说下去，黎沫连"天网恢恢疏而不漏"这种法治频道的标准台词都要搬出来了，顾亦笙哭笑不得。

关忆雪眼神微微闪烁，她喃喃道："果然，你们还是知道了吗？"

心里咯噔一声，黎沫看这意思，关忆雪也知道这次事情跟王莹莹有关，她生怕让她感到不愉快，连忙向顾亦笙求救。

"没想到这次的案件和'香水杀人案'一点关系都没有，反转真是叫人意外。”顾亦笙自然地岔开了话题，在黎沫看来，他这救场可以给满分了。

谁知道，关忆雪的脸色却更白了，她似乎是有点虚弱，掐了掐太阳穴，轻声道：“是啊，没想到居然是她，这家丑，终究是要外扬吧。”

那么骄傲的女人，如今是这副灰败的模样，黎沫说不心痛是不可能的。渣男和小三真是世界上最让人唾弃的生物了。

“案件的真相还不能这样轻易就决断。”顾亦笙话锋一转，一本正经道：“我来的时候听冷警官说，袭击黎沫的人已经快撑不住了，估计今晚就能招供，好像凶手另有其人。”

“真的假的？”黎沫瞪大了眼，“你的意思是说，这人不是王莹莹派来的？”

“嗯。”顾亦笙幽深的视线直接望向关忆雪，“王莹莹可能已经死了。”

乍一听到王莹莹的死讯，关忆雪的眼里却没有任何的惊讶和痛快，她苍白着一张脸，低垂着眼帘，没有任何表示。

“王莹莹肚子里还有一个不足三个月的孩子，一个资深香水控，我难以想象她会用那么浓烈的香水，甚至亲自跑到你们家谋害你们。”

黎沫扯了扯顾亦笙的袖子，让他不要再说王莹莹的事情了。她能够理解关忆雪现在的心情，从鬼门关被抢救回来，她多半已经看开了。

“黎沫，你说另外一瓶香水叫什么名字？”

突然被点名，黎沫愣愣道：“No. 24 Mysteries，秘境24号，怎么了？”

“这个香水当初主打什么概念？”

黎沫不知道顾亦笙为什么没头没脑地说出这句话，她条件反射地回应着：“这是宴会系列中代表隐秘恋情的香水，当初概念广告是一个性感神秘的美人在派对上和恋人一见倾心，双方却没有互相表露，用纸条留下讯息，宴会结束后在第 24 号大道幽会。”

对于男人来说，他的恋人就是神秘森林中最靓丽的光彩，他们享受着幽会的感觉，她是他最性感、最魅惑的女神。

张思远对王莹莹，就是这样的感觉。

关忆雪听到这里，呼吸都不顺畅了，她总是以为王莹莹纠缠、勾引她的老公，实际上到底是谁痴缠着谁呢？

“我不知道这个香水有这样的意义，真是讽刺啊。”关忆雪拍了拍胸口，用力地吸了一口气，“如果不是她指使的，这件事又是谁做的？实在是辛苦你们了，黎小姐这次也被连累，被袭击，被凶手打晕，如果我当时忍着没有晕过去就好了，这样我也能看清楚凶手那可憎的面目！”

一口气说了这么多话，关忆雪露出了疲惫的表情，她掐着眉心，连精神力都没办法集中了。知道这次事件对关忆雪的打击和影响，黎沫低声让顾亦笙别打扰她了。

顾亦笙却在这个时候奇怪道：“嗯？关小姐怎么知道，黎沫被凶手打晕了？”

“啊？”关忆雪猝不及防被问到，她蓦地睁开眼，就对上顾亦笙这双深不见底的黑眸。

两只手不自觉地抓在了一起，关忆雪强行打起精神道：“你可能不知道，黎小姐上次来给我说过，她当时看到餐盘盖的反射了，可是却记不清楚了。难道是我记错了？抱歉，我最近有点神经衰弱，这些事情都记不太清楚了。”

“是这样吗？”黎沫蹙眉，总觉得这对话有些不对劲，“可是我不记得告诉过你这些啊。”

“黎小姐你最近应该也有点神经衰弱了吧，遭受这么多事情。”关忆雪不知道黎沫早就一五一十把事情都告诉了顾亦笙。

“这样。”顾亦笙点了点头，并没有深究，甚至贴心地给关忆雪找了个台阶下：“我来的时候看到冷警官在楼下，有可能是他告诉你的吧？真是心急，人才刚刚抓走，他就迫不及待地过来找你了。”

“是这样吧？”关忆雪揉了揉太阳穴，她的头已经够痛了，只想快点躺下休息。

“好啦，你别拉着关小姐聊天了！你没看到别人已经很累了吗？”黎沫小声谴责了顾亦笙一句，拉着他就要往门外走。

感激地看了黎沫一眼，关忆雪静静地看着他们离开的背影，极度疲惫的闭上了眼。就算是有了困意，她都不敢轻易入睡。

走廊上，并没有离开的顾亦笙正被他新上任的女朋友“批评”。

“人家关小姐都已经不想继续聊了，你都不顾别人的感受啊。”黎沫全方位地谴责了顾亦笙的“不懂事”。

把正在录音的手机摸出来，按下停止录音键，顾亦笙笑着揉揉黎沫的头道：“你真可爱。”

“……”黎沫总算是知道一个拳头砸在棉花上是什么样的感觉了，现在就是。

她说了一大堆，这男人就夸她可爱？

不光是顾亦笙不懂得体贴女性，冷逸这位直男警官更是。

“怎么样，搞定了吗？”冷逸迈着大步子朝着顾亦笙的方向走了过来，在看到后者晃了晃手机的动作时，他一下子大笑了一声：“顾总，辛苦了。”

顾亦笙不动声色道：“举手之劳，冷警官才是辛苦。”

“让一让，让一让。”冷逸也懒得跟顾亦笙继续客套了，他直接对守在病房门口的同事敬了个礼，然后就大力推开了关忆雪的病房门，还不随手关门！

“这是在做什么啊……”黎沫看得头疼，正要上前去帮忙关门，就见冷逸和吴正豪二话不说摸出手铐，铐在了关忆雪的手腕儿上。

这是什么玄幻的展开……

黎沫看得整个人愣住了，这警察怎么这么不靠谱，乱抓人干什么？

阻止了黎沫想要上前帮忙的动作，顾亦笙抬了抬下巴道：“你先别动，看着。”

眼里的疑惑在看到顾亦笙笃定的眼神时，瞬间平复，黎沫选择乖乖跟着他一起站在门口观望。

“关忆雪小姐，我们怀疑你和张思远中毒案，以及金龙区杀人抛尸案有关，请你跟我们回去协助调查。”冷逸说着，就要把关忆雪从病床上拽下来。

“你们有什么证据？我也是受害者！我现在还不能出院，你们放开我！我的主治医生在哪里？她说过让你们暂时不要刺激我的！我要找我的律师！”

刚才还虚弱的关忆雪现在像是疯了一样，歇斯底里地吼了起来。她抱着病床的柱子，就是不愿意松手。

“很遗憾，你派去袭击黎小姐的人，已经招了。”冷逸咧嘴笑得痞气，“刚才说漏了一个，你还有教唆杀人的嫌疑，你的律师嘛，我们自然会通知的，但是你现在必须跟我们一起回去。”

“胡说八道！你这是污蔑！警察就可以随便冤枉人吗？”关忆雪胡乱地用脚踢着吴正豪，却被轻易地压制住了，“我的家人呢？我爸我妈呢？他们不会让你们把我带走的！”

冷逸眼里露出怜悯：“谁年轻的时候没遇到几个渣呢？怪你自己眼瞎，可是因爱生恨要杀人的，倒是只有你了，你应该在你这个远房亲戚被抓到的时候，就知道后果了。这世上哪里有不透风的事情？”

“你胡说！他怎么可能招！不可能！”关忆雪双眼充血地喊出这句话时，她自己都愣住了。

颤抖着抬起手，关忆雪指着冷逸不可思议道：“你们趁我情绪不稳定，套我的话？”

她的手指往右一移，同时指向了站在门口的顾亦笙。

回答她的，只有冷逸满意的笑容，他点头道：“你这个亲戚确实被你洗脑很成功，以前犯过事，他坚持说没人指使，只是见色起意才袭击了黎小姐，至于我们为什么怀疑到你头上，只能说，有时候巧合太多，反倒是画蛇添足了。”

关忆雪气得说不出话，她用力抠着门不放手，太太恨了。

一切都按照她的预料展开，然而她万万没想到这个黎沫这么爱管闲事，竟然在她的共犯还没有离开的时候，就赶到了，把她打晕是一个意外，那天黎沫说漏嘴后，关忆雪这才知道这个差错。

关忆雪疯狂的姿态哪里还有正常人的理智？

“你们这两个混蛋！干什么多管闲事！凭什么这两个贱人谋划财产转移，甚至还要造成我的意外死亡骗取高额保险就可以，我正当防卫、保护我自己，哪里不对了？”

“我如果不弄死他们，现在死的就是我！张思远这混蛋在我喝的保健品里面加致幻药！他们想害死我！”

关忆雪说着说着，笑着流出了眼泪：“我哪里对不起他？如果不是我为了他付出这么多，他一个死穷鬼能有今天的成就？竟然为了一个贱人要弄死我！去死吧！”

越听越是心惊，黎沫在关忆雪被带走的时候，不自觉地往后退了一步。这样的关忆雪太让人陌生，甚至还有一点恐怖。

“别怕。”顾亦笙把黎沫保护在身后，待关忆雪走了过后，他才叹了一口气，“现在，再也没有危险因素能伤害到你了。”

黎沫还没有从关忆雪这疯狂的自爆中回过神来，傻乎乎地问了一句：“你们的意思是，张先生是关小姐杀的？”

“嗯。”顾亦笙拉着黎沫往医院外面走，准备带她去吃点夜宵，顺便，最后请辛苦的保镖们吃一顿饭，可以结算他们的工作了。

“不可能啊！我当时看着她和张先生一起倒下的……等等，她自己喝了自己下的毒药？”黎沫满脸看玄幻剧的表情，“自杀？”

顾亦笙知道黎沫现在脱离的精神还没有回到体内，他按照她的口味，点了两份砂锅米线：“她算着剂量，自己没喝多少，所以她抢救回来了。”

明明已经坐在了店里，黎沫却感觉到一阵凉意从背后升起，“这也太可怕了吧……她还误导我以为是‘香水杀人案’！”

“恐怕她刻意把二狗带回家，就是为了第一时间引起你的注意力，你是听到狗的叫声才冲下去的，只是她没有想到虐狗的事情被我们发现得这么快。”顾亦笙在想明白过后，都只能感叹关忆雪心思缜密，多半被张思远出轨的事情逼疯了。

黎沫思细级恐，忍不住打了个冷颤，还好二狗被她及时发现才没有伤口感染。

不想再继续这个话题，黎沫这个连名侦探柯南都不敢看的战五渣选择在沉默中等待自己的红烧砂锅米线。

红彤彤的汤锅里面是美味的米线，最上面堆着几块儿香喷喷的红烧牛肉，黎沫往碗里加香菜的时候，忽然拍了拍桌子！

“怎么了？”顾亦笙被黎沫这小动作吓了一跳。

“我去！关忆雪是不是觉得我傻，所以才让我第一个发现现场的！”黎沫气鼓鼓的，满脸写着不高兴，“按照你的说法，她估计也是故意让我知道张思远出轨的事情吧？天呐，我就说前阵子每次回家，都觉得有人在跟着我，指不定就是她！因为她有一天冲过来告诉我有人尾随了她，还误导我以为是香水杀人案的凶手！”

“而且哦，下雨那天，她狼狈地站在楼下，就像是很受伤很可怜一样，我的天呐……”黎沫现在想起来，和关忆雪相处的每一处细节都好可怕。

“噗。”顾亦笙不厚道地笑喷了。

黎沫直接站起来揍了顾亦笙一拳，不高兴道：“你是不是也觉得我傻！”

“不是，我觉得你很可爱，很善良。”顾亦笙的眼神从来没有如此真诚过。

黎沫语塞，他还不如不回答，她更觉得自己傻透了怎么办？埋头怒吃米线，她被烫得嘴巴里“呼呼”地吸着气。

“慢点吃，吃太烫了对食道不好。”顾亦笙给黎沫倒了一杯温热的茶水，“并不是你傻，只是你没有心眼，所以就被关忆雪算计了，只不过，她最后还不是栽在你手里了吗？”

“嗯？”黎沫正要往碗里凶残地加辣椒，听到顾亦笙的话，她又傻了。

“她制造两种香水气味，是想误导你告诉警方，这事情是王莹莹做的，这确实是很精明的一招。”顾亦笙耐心地给黎沫分析，“只不过你出现得太早了，甚至看到了共犯的脸，她估计早就生出杀心了，毕竟你像个定时炸弹，不知道什么时候会想起来指认她的亲戚。”

“停！别说了！”黎沫吓得瑟瑟发抖，女人果然是很可怕的生物，从各种意义上来说，“一会儿我晚上又要做噩梦了。”

顾亦笙把加的一盘牛肉夹进黎沫的碗里，调笑道：“你晚上有我陪睡，不用怕。”

“咳咳咳！”黎沫差一点就被辣椒给呛死，察觉到保镖先生都朝着他们偷偷看过来了，她面红耳赤道：“不要把这么纯洁的事情说得这么猥琐好吗？”

“我只是陈述事实。”顾亦笙耸了耸肩，无比委屈，“对了，这件事情结束后，我陆陆续续把东西搬到你这上面来吧，你一个人住太空旷了。”

筷子上夹着的牛肉都重新掉进了碗里，黎沫红着脸羞赧道：“怎么忽然就同居了……”

“你让我继续一个人住在楼下吗？晚上我害怕怎么办？”顾亦笙说着假话脸不红心不跳的。

脸皮厚不算什么，追老婆，脸皮要来做什么？

“……”黎沫的头上一串省略号，没有什么辞藻能形容她现在坑爹的心情。

猛地想到什么，黎沫双手抓着勺子，对顾亦笙别扭道：“你之前说过的话，还算话吗？”

“嗯？”顾亦笙眉头一扬，明明知道黎沫指的是什么，还偏要装不懂让她心急。

“你说过的呀，只有自己人才能去你家。我现在算你的……自己人了吧？”黎沫为了 Ariel 新品，连这种没羞没臊的话都说出来了。

男人眉宇间瞬间充满着茫然，他疑惑道：“我有说过这句话吗？”

话音刚落，刚才还双手拿着勺子，举手投足之间娇憨可爱的女孩子直接单手举起勺子，那架势就像是要朝着他脑门儿招呼过来一样。

顾亦笙掩着唇角低笑一声，“周末带你回去，满意了吗？只不过，这么急着跟我一起见家长，你做好心理准备了吗？”

“谁、谁跟你见家长啊！我只关心你家的花园！”黎沫气焰瞬间减弱一半，被顾家家长给吓到了。

顾亦笙越看越觉得黎沫可爱极了，他若有所思道：“倒是我可以先见见你哥哥，你帮我约一下他的时间，我有事情想跟他谈谈。”

“哦，好。”黎沫不知道他们要聊什么，直觉她听不懂，经过今天的事情，她已经放弃自己的智商了。

※

一个月后，Ariel 系列新品香水 Amour（当爱来临时）发布会如期举行，发布会即将开始的五分钟前，《Fashion》杂志人气模特常情在微博上现场直播，在线观看人数很快就突破了一千万。一周前常情就在给她的 Ariel 女神免费打广告造势了，作为 Ariel 系列骨灰级粉丝，常情邀请粉丝跟她一起“剁手”。

新晋香水板块负责人正站在上面播放风尚集团和曜煜香水公司战略合并后，最新产品发展和销售情况，并着重以这次新品的提升和改善为重点进行了简短的介绍。

“我们这次把原本计划花在营销费用上的部分钱花在了香水瓶身

和香料成分上，大家可以从香水瓶的质感和设计造型能够看出来，据说我们的调香师 Ariel 小姐对香水瓶的要求很高，以前在曜煜没少吐槽过这件事，我们风尚现在好不容易和曜煜‘搭’上关系，自然要拿出我们的诚意，过多的吹嘘我就不说了，大家可以直观感受到。”

个人演讲风格极强的男人穿着西装站在台上，和死板的介绍完全不同，引发现场此起彼伏的笑声。

“怎么是个男人？我要看女神！”

“我也是来围观我女神的女神的，能让常情女神迷上的女人，肯定不简单！”

“哇我能说这现场布置很戳我的少女心吗？”

屏幕上评论刷得飞快，全都是不满。

常情切换成前置摄像头，露出她那张美艳动人的脸，安抚道：“你们别急啊，先等等，我家女神还没出来呢！”

常情含笑的视线落到了舞台旁边某一处，充满了期待。

时隔一个季度没有上台介绍香调，黎沫站在台下，紧张得不行，就连背景她最喜欢的《爱的礼赞》交响六重奏都没办法缓解她的情绪。

她觉得自己真的应该买点脑白金补补脑了，她现在几乎连自己定的香调都要忘记了。

黎沫都已经紧张成这样了，偏偏慕心雨要来给她添乱。

“妈呀，你们负责人叫什么名字？好帅！好有范儿！最重要的是，他还单身吗！”慕心雨作为风尚合作伙伴中的一员，仗着在受邀之列，和黎沫一起站在离舞台最近的地方。

“你闭嘴。”黎沫真想把手里的香水塞进慕心雨的嘴里，这丫头就是来给她帮倒忙的。

慕心雨心疼地抱住胖胖的自己，自怨自艾道："我所有的朋友都脱单了，原本就指望着你跟我一起战斗到底，没想到你一转眼就有了男朋友不说，连家长都见了，谁懂我的心酸？"

"……"黎沫觉得自己见到戏精本人了。

"你看看你看看，你家亲爱的正在前面看着你呢！"慕心雨一双狗眼快被这闪光弹一样的秀恩爱给亮瞎了，"你家顾总这样的绝版好老公都被你预订了，让我们这些单身狗怎么活啊！"

黎沫听慕心雨一说，转过头，果然就看到顾亦笙正温柔地注视着自己。

[没问题的。]

男人用口型这样对她说道。

黎沫原本因为紧张快要僵硬的唇角，总算绽放出一丝清浅的笑意。

"呵呵呵呵看你这荡漾的小表情，这狗粮我不吃！"慕心雨牙都要酸掉了，"时尚界最俊美多金的两个男人，一个是你未来老公，一个是你亲哥，你就说，你还有什么可紧张的！"

黎沫拒绝跟这个毫无逻辑的女人说话。

"不过，风尚和曜煜合并得真是时候啊，香水杀人案和毒杀亲夫案刚刚结案没多久，再来这么一出，业界内外的关注度这么高。"慕心雨故作深沉道：" Ariel 小姐，我掐指一算，你这次的新品要火啊。"

顾亦笙用手指了指后面，示意黎沫，他一会儿会站在哪个位置。

点了点头表示明白了，黎沫微微一笑，看着顾亦笙的话，她应该就不会紧张了。

"话说你和你家顾总还住在御龙庭吗？婚房应该要换个地方吧？"慕心雨想到黎沫楼下曾经住着谁，就糟心得不行，"我看了后面媒体出的通稿，就是关于整个毒杀案的来龙去脉，那一波三折的，导演们估计开心疯了，这下又有拍电影的素材了。”

“别提这可怕的事情了，你想让我做噩梦吗？婚房什么的，看阿笙的安排吧，他不让我操心这些事情。”

黎沫自从跟顾亦笙在一起过后，比以前懒散了不少，习惯性地依赖这个可靠的男人，感觉自己不需要努力学着成熟、精明和稳重，有他在就好。

“你都要被你家顾总宠成小姑娘了，算了，你本来就是小姑娘。”慕心雨看着面前身着裸粉色礼服裙的黎沫，对比下自己这身职业套裙，明明都是差不多的年纪，她看着硬生生比黎沫大了好几岁。

黎沫失笑道：“等你遇到宠你的那个人，你也会是这样的状态的，别灰心。”

“……”慕心雨一时语塞，沧桑道：“你变了，你以前单身的时候不是这么说的！”

两人乱侃了一会儿，快到黎沫上台简单推介 Amour 的时候了。

“加油，黎沫沫，你是最胖的！”慕心雨握着拳头给黎沫打气。

“去你的！”最近被顾亦笙养得圆润不少的黎沫气得瞪了慕心雨一眼，倒是真的没有任何紧张的情绪了。

深吸了一口气，黎沫在站在台上那一瞬，就看到出现在她视线正中央的顾亦笙。

唇边自然漾起甜美的笑容，黎沫流畅地介绍她的诚意之作。

“苦涩和甜蜜，组合成更为饱满的爱情，这次在调制 Amour 的时候，我们以带着微微苦味的橙花油作为前调的开头，苦橙花花瓣和枝叶的香味重合在一起，微苦中不失清新。拨开这淡淡的苦味，中调甜香的气味接踵而至，清新的花香和果香展示出爱情甜蜜又酸涩的特性，饱满的油桃、爽口的菠萝、还有黑加仑和蜂蜜，果汁般的元气正适合恋爱中的女人，后调则平衡了苦味和酸甜味两者，为这爱情平添了几分令人难以捉摸的神秘感，甜美中不失小性感。当爱来临时，会有苦涩和甜蜜，同时还有一些可爱的小心思，Amour 正符合这所描述的一切，希望大家在试喷后，会喜欢 Ariel 系列的新成员。”

舞台上的女孩白得发光，举手投足之间的魅力更是耀眼得让人无法忽视，然而她最美的瞬间，就是低头抚摸 Amour 那花瓣般的瓶身时。

设计精巧的香水瓶被她捏在白皙的指间，像是一朵粉色的娇花绽放在冰雪上。

发布会现场的布置和今天的主题交相呼应，旨在唤起顾客们心里最珍惜的爱恋，粉色的水晶灯下，黎沫就像是一位拿着捧花，等待着新郎的小新娘。

“太优秀了，我不知道应该如何形容我们家沫沫。”台下贵宾席，一位优雅温柔的太太情绪激动，她正在视频通话，这些话显然是她跟对方说的，她试图抬高手让手机那头的人看到她家沫沫最美的角度。

说话的人是顾亦笙的母亲，温雅，她正在跟她的丈夫顾靖泽通话。

“好了，你已经说过无数次了，我知道她长得好看。”顾靖泽一向强势冷肃的架子，在爱妻的面前都摆不起来。风尚集团香水部门整顿完毕之后，顾靖泽才知道陆尔岚已经申请辞职了，这位他一向看好的女孩子选择离开，是他没有想到的事情。

顾靖泽当时都已经做好亲自杀回来的准备了，他倒要看看是谁，把他这个冥顽不化的儿子迷得找不着北了，然而顾亦笙不愧是他亲生的，早就背着他，把黎沫领回家了。

第一眼看到乖巧懂事的黎沫，温雅就特别喜欢这个女孩子，她以前一直想要个女儿，黎沫符合了她想象中的完美女儿形象。

等顾靖泽准备为难黎沫的时候，都已经晚了，他的太太彻底被这小姑娘哄得心花怒放，各种限量款香水和定制版香水时不时出现在温雅的朋友圈，最可怕的是这小姑娘一手好厨艺，被温雅夸上天了，经常念叨着要去儿媳妇那里去蹭饭。

“这么漂亮、优秀、还会挣钱的儿媳妇你去哪儿找？最重要的是儿子喜欢，你想反驳我的一切借口都不重要。”温雅一句话把顾靖泽堵得，一口气差点没上来，“你要是还有不满，那我就在国内再多待一阵子吧，反正我们三观不合。”

顾靖泽：……

他还能说什么？

顾靖泽原本想拿这次新品发布来挑刺，现在看前期线上预订的反响，还有这发布会的热度，他心里最后一点不舒坦都要被他儿子给碾平了。

不知道温雅是不是故意的，镜头被她放大对准了顾亦笙，顾靖泽一看，这满眼爱意、周身就差冒出粉红泡泡的男人，他都不想承认这是他那个曾经不开窍的儿子。

背景音乐忽然变得立体了起来，等所有人发现的时候，特意请来的交响团已经迅速就位。

现场演奏版《爱的礼赞》倾情献上。

就在所有人都没弄明白这是怎么回事时，就见一席黑色手工定制西装的男人抱着一束火红的玫瑰，从会场正中间，一步一步，走上了舞台，站在了那位美丽的调香师身边。

“黎沫，能给我一个永远照顾你的机会吗？”顾亦笙当着众人的面，单膝下跪，跪在了黎沫的面前。

霎时间，无数的粉白花瓣从天而降，会场的氛围被掀上了一个大高潮！

没想到竟然在Amour的发布会上，见证了这样一段浪漫的爱情，全场来宾都跟着鼓起了掌来。

黎沫惊讶地捂住了嘴，完全没想到顾亦笙会来这么一出。

台下的慕心雨羡慕得起码要死三次，常情忍不住在直播中惊呼出声了。

这样完美的爱情，真的是每一位少女曾经憧憬过的最高配置！

“老公，天呐，阿笙真的太浪漫了！沫沫都要感动哭了！”温雅感动得热泪盈眶，正要去看自家老公的反应时，就见对方已经黑屏下线了，这是她家老傲娇最后的挣扎。

“答应他！答应他！”

不知道是谁带的头，现场响起了整齐的喊声，温雅双手放在嘴边做喇叭状，跟着喊了起来。

黎沫一双眼水汪汪的，盈满了泪水，偏偏又忍着不让它掉下来，她郑重地点了点头。

“我爱你。”

顾亦笙站起身，拥抱黎沫的同时，在她耳边说给她一个人听。有些爱语，只要讲给自己最爱的人听到就行。

黎沫闹了个大红脸，等她反应过来的时候，自己似乎已经成为了顾太太。

看出女孩眼中的懊恼，顾亦笙一把抱住她往台下走，调笑道：“想反悔已经不行了，这么多人作证，你答应了就不能失言，知道吗？黎沫小姐。”

“哼。”黎沫没好气地瞪了这腹黑的男人，“你真是太胡来了，在新品发布会上搞事情！万一影响了我的Amour，我就再也不要理你了！”

顾亦笙趁着顾客们都开始试香，没有注意到这边，他低头在黎沫唇瓣上偷香了一口。

“放心，我从来不做没把握的事情，我的求婚，只是作为呼应今天主题的一部分，只会锦上添花，不会画蛇添足。”

一直觉得自信的男人最有魅力，黎沫还是头一次想给他一拳。稀里糊涂就答应成为有夫之妇，内心还是少女的黎沫有些崩溃。

不远处的楚逸寒已经没眼看了，恨不得把这拱走他家白菜的猪批一顿！他这个当哥哥的还没有同意呢，他怎么就擅自宣布求婚，还成功了？这妹夫套路真的太深了。

如果不是看在曜煜和风尚合并后，平台和资源都比之前更上一层楼，楚逸寒绝对不会搭理他的。

托顾亦笙的福，楚逸寒也总算能跳脱香水公司老板的身份，回归到楚氏主持大局。

左手被握进顾亦笙的右手里，黎沫微微一动便和他十指相扣。每当这个瞬间，她都会无比心动，缱绻又温暖。

和顾亦笙一起观察着现场香水爱好者对Amour的反应，黎沫在清晰感到会场中甜蜜的氛围渐渐扩大时，心里一阵满足。

她将自己和顾亦笙认识的过程中，理解到的“爱”融入了这瓶香水中，也希望更多喜欢香水的人，能够找到属于自己的那份爱。

“提前恭喜我家感性的调香师，新品发布成功。”

顾亦笙抬起两人紧握的手，在黎沫手背上落下一吻。

成功地被他撩得面红耳赤，黎沫低声道："哪有这么快就知道结果，又不是你喜欢，大众都喜欢了。"

"也是。"顾亦笙勾唇一笑，"我喜欢调香师本人，大众不能喜欢，她是我一个人的。"

"幼稚鬼！"黎沫拉扯着想要甩开顾亦笙的手，"放开啦！这么多人看着！"

回答她的，是男人温柔依旧的轻笑："不放，一辈子都不放。"

恍惚间，又回到了他们第一次在新品发布会上初见的那一刻。

"到我这边来。"

"不好意思！刚刚谢谢你！"

"不客气。我是顾亦笙。黎沫小姐？"

"啊，是！您好。"

"你好。有机会下次再聊。"

浪漫的背景中，Amour的广告语完美融合在了悠扬的提琴合奏声中。

[曾经我以为只有气味和感官才是最真实的存在，直到你以那样绝对的姿态，炫目又强势地走入我的世界。]

[Amour，苦涩和甜美奏出的双重爱之歌。]

（完）